エリィ・ゴールデンと悪戯な転換
ブスでデブでもイケメンエリート
四葉タト
Yuto Yotsuba
illustration
ミユキルリア
Ruria Miyuki
Fatty Fugly, but Ellie Golden is a Gorgeous Lady all the same!!

エリィ・ゴールデン
（小橋川）

「エリィ！」
「どれだけ心配させれば気が済むの……」
クラリス
エイミー・ゴールデン

アリアナ・グランティーノ
「ココに
手を置いて……
早く……」

「あら、ごめんなさい」
「ハルシューゲ先生……」
「では集中して、魔力を高めて」

「あ、あ、あなた
何てことしてくれたんですの⁉」
スカーレット・
サークレット
ボーンリザード

「なんだ、これ」
「こ、これは……」
「ボーンリザード…」

エリィ・ゴールデンと悪戯な転換
ブスでデブでもイケメンエリート

Fatty Fugly, but Ellie Golden is a Gorgeous Lady all the same!!

Contents

エリィ・ゴールデンと悪戯な転換

ブスでデブでもイケメンエリート

Fatty Fugly, but Ellie Golden is
a Gorgeous Lady all the same!!

四葉タト
Yuto Yotsuba
illustration
ミユキルリア
Ruria Miyuki

1 目覚め

目を開けると、白いレースの天蓋《てんがい》が風になびいて優しく揺れていた。

やけに身体が重く感じる。

ここがどこなのか分からなかった。

自宅の寝室に天蓋《てんがい》付きベッドなんて置いていないし、こんな豪華な内装の家を持っている友人もいない。

どうやら、またやってしまったらしい。

いや、ヤってしまったと言い直したほうがよさそうだ。

きっとクラブか飲み屋かバーで引っかけたどこぞの女とアレに及んで、しかも泥酔して記憶がない、という最悪なパターンだ。そしてここはどこかのホテルだ。ラブホテル。間違いない。

重い頭を左右に振った。

隣に見知らぬ女が、と思ったがそんなことはなく、ベッド脇にあるテーブルに清潔そうな白い洗面器が置かれ、同じく清潔そうなタオルがかけられている。品の良い絨毯《じゅうたん》が敷かれた、十畳ぐらいの部屋だ。家具はベッドと高級そうなタンス、あとは椅子がいくつか置いてある。どれも高級そうで、英国風でエレガントなものだった。

病院？

いや、それにしては妙に豪華だ。見れば見るほどおかしいと感じる。

天蓋《てんがい》付きのベッドに、素材が不明なこげ茶色をしたシンプルなカーペット。ベッドの手すりには奇妙な模様が描かれていて、その端にはどこかの知らない神をモチーフにした女性の絵が親指ほどの大きさで彫られていた。家具をよく観察すると、高級そうではあるが、エレガントというよりは作りが大味な気がしないでもない。中世風な演出、ここに極まれり、といった様相だ。豪華、というよりは、レトロ、と表現したほうが的確だろう。

……ちょっと不安になってきた。

昨晩、仕事が終わってからのことを反芻《はんすう》する。

花金だ！　と叫んで同僚と六本木に繰り出し、よく行く高級な和食屋で飯を食べ、そのあとバーで飲んでからクラブでＶＩＰ席を取って、女の子をとっかえひっかえして何度もシャンパンを乾杯した。

同僚が昇進した祝いもかねて、しこたま酒を飲んだ。

ネクタイを振り回して踊りまくった。

そのあと気に入った女の子二人を引き連れて外に出た。

ここまでは憶えている。

そこから先の記憶が、霧がかかったように思い出せなかった。

とてつもなく重要なことで思い出さなければまずいことになる、と本能が警告を始めた。

思い出そうとすればするほど、心臓の鼓動が速くなり、頭の中が焦燥《しょうそう》で破裂しそうになる。嫌な予感が心を駆け巡り、全身から汗が噴き出していた。

気持ちの悪い冷や汗が、額からだらだらと流れていく。

俺は、あのあと、何をしたんだっけ？

どうしてこうなったんだ？

もう一度思い出そう。

クラブでＶＩＰ席を取ったところまでは記憶がはっきりしている。そして三番目にナンパした女の子の足が綺麗で、ずっと触っていた。色白できめ細かい肌で、あれは気持ちが良かった。

いや、ちがうちがう、その先だ。

その子をつかまえ、同僚はギャルみたいな軽そうな女にもたれかかっていた。

全員酔っ払っていた。

そして店を出て、飲み直そうということになり……。

そうだ、タクシーを呼んだんだ。

そこまで思い出し、強烈な事実に、ぞわりと全身が震えた。

そうだ……。

あのあと俺は……。


――暴走してきた黒塗りの高級車に、轢《ひ》かれたんだ。

気づいたら寝てしまっていた。

何はともあれ生きている。

そろそろ会社に連絡をいれないとまずいだろう。一日寝ていたとすれば、日曜日になっているはずだ。症状を医者に聞いて、最悪休みをもらわないといけない。

くそ、でかい商談の前日だっていうのに、最悪だ。

「エリィお嬢様！」

ドアが開いたかと思うと、誰かがベッドに飛びついてきた。

「やっと目を覚まされたのですね。わたくし心配で夜も眠れませんでした……」

誰だこのオバハンは？

外人だな。

様々な苦労を乗り越えてここまで生きてきたのであろうと思わせる、苦労人の雰囲気を醸し出していた。泣きはらした茶色の瞳。その横には優しげな小皺が刻まれ、整った美貌には少し陰りが差しているものの、かえってそれが女性的な魅力を感じさせる。

古い海外映画の使用人みたいだ。

というか格好も使用人だった。

黒地の膨らみのあるワンピースに白いエプロンを掛けている。作業を色々やり終えてからこの部屋に来たのか、エプロンはところどころ汚れていた。

「なぜあのようなことを……。いえ、あのような場所に行かれたのですか？」

彼女は涙を拭おうともせず、しゃくりあげている。

「旦那様や奥様、お嬢様方、皆様、エリィお嬢様がご乱心されたと……わたくしはそのようなこと一切信じておりません。エリィお嬢様のお立場を分かっている方など、誰もおりません……」

すんごい悲しいシリアスな展開のところ申し訳ないんだが……。

エリィって誰よ？

オバハンメイドは、ハッとした表情になって俺の顔を覗き込んだ。

「申し訳ございません。まだお体が本調子ではないのですね……」

やべ、声が出ねえ声が！

どうすんだよ、明日の商談、俺がプレゼンしないと絶対に取れないぞ。

「お体をお拭きしますね」

彼女は優しくうなずくと、タオルをしぼって、大事な壊れ物を扱うかのように俺の顔を拭いていった。

心の中は明日の仕事のことで非常に焦っている。

それでも、首筋や腕を拭いてもらうのは気持ちがよかった。

「いつ見てもエリィお嬢様はお肌が綺麗ですこと……」

そう言ってオバハンメイドは俺の腕をそっと持ち上げた。

つーか、エリィって誰だよ。

はあっ⁉

持ち上げられた自分の腕を見て驚愕した。

心の中で叫び声を上げるぐらいぶったまげた。

声が出てたら「なんじゃこりゃあ！」と叫んでいただろう。

俺の腕は、白く、ぷよっと、太くなっていた。

あの、黒く、がちっと、ジムで鍛えた筋肉は、どこにいったんだ？

「大丈夫ですよ、エリィお嬢様。すぐお体はよくなりますから……」

いやだから、エリィって誰よ？

◆　◆　◆

――どうなってんだこれ。

なんとか動くようになった両腕を顔の前にかざした。

そこには自分の腕じゃない、自分の腕があった。

なんともだらしなく脂肪のついた太い腕。異常、といっていいほど白い肌。毛なんかは一本も生えていない。よく見ると毛根すらないぐらい、つるっとしている。

手のひらなんかは、もっとひどい。

俺の手はもっと男臭くて、ジムでかなりトレーニングしていたので血管が浮き出ていた。それがどうよ、この手は！

ぷよぷよして関節が脂肪で埋まってやがる。

デブだな。これはデブだ。

人間ってこんなにすぐ太れるのか？

結果にコミットするトレーニングジムの逆バージョン？

いや……何なのコレ？

どんだけトレーニングしたと思ってるんだ。

仕事の合間を縫ってジムに行って、食事制限までしてたんたぞ。

もちろん、モテるために。

俺は完璧主義だ。ぶよぶよのおっさんとか格好悪いだろ。来年で三十だから健康には人一倍気を使ってきたんだ。それに営業は見た目が大事だ。精悍《せいかん》な体つきのほうが信頼度も高くなる。

しっかし、どうしたもんか。

声は出ないし、身体は腕と頭しか動かない。

「失礼します、エリィお嬢様、エイミーお嬢様がお見舞いに来られました」

そういうオバハンメイドの声とともに、ドアが静かに開いた。

「エリィ！」

入ってきた人物はオバハンメイドと同じように俺に飛びついた。そして顔を上げると、はらりと悲しげに涙を流した。

どアップになった、金髪の美女がそこにいた。

金色の髪にブルーの瞳、桜を散らしたような薄いくちびるは、嗚咽《おえつ》をこらえて揺れている。輪郭もほどよく丸く、垂れ目なのがどこか保護欲をそそる。鼻梁《びりょう》は作り物のようにまっすぐ伸び、白い肌は誰もが羨むほど綺麗できめ細かい。まぼろしでも見ているかのような伝説級の美人であった。

俺は何を隠そう女好きだ。それも相当の女好きだ。追加してイケメンで営業力はトップクラス、趣味も多くて友達も多い。身長は一八〇センチに少し届かないぐらい。最近でいうところの、リア充の完全体みたいな人間だ。まあ冷静に第三者の目で自分を分析しても、他人からかなり羨ましがられる容姿をしている。

それもあり、女性経験は普通の男より遥かに多いと自負している。

その俺が伝説級というのだ。間違いなく伝説級の美女だ。そして伝説級にいい匂いがする。

とりあえず色々考えるのをやめて深呼吸した。肺の隅々まで伝説がいきわたるように、思い切り空気を吸い込んだ。

「どれだけ心配させれば気が済むの……。あなたは私以上に繊細で引っ込み思案で臆病で……」

ぽかり、と美女が俺の肩を叩いた。

ぷよん、と肩の脂肪が伝説級美女の手を柔らかく弾く。

「エイミーお嬢様」

「ごめんなさい、クラリス。私ったら病人になんてことを……」

オバハンメイドに咎《とが》められた美女は叩いた肩にそっとくちづけした。

叩いたところにくちづけ？

くせえ。映画でしか見ねえぐらい、くせえ行動だ。行動も伝説級とは……すげえ悔しいんだけど、なんだかそこはかとなく嬉しい。

「エリィ、今度こんなことをしたら私、もうあなたとは二度と口をきかないからね。嫌いになっちゃうからね」

そう言って美女はまた涙を流した。

オバハンメイドが、ハンカチを出してそっと美女の涙を拭こうとする。それを美女は押しとどめてハンカチを受けとり、自分でハンカチの角っこを使って涙を吸い取った。仕草までも伝説級だった。こんな所作ができる女は銀座の一見さんお断りのとある店ぐらいでしか見たことがない。その店にも負けてない。いやむしろ、見た目補正が入って余裕で勝っている。

しばらくの間、エイミーと呼ばれる美女は俺のぷよぷよになった手を握っていた。

よほど心配だったらしい。オバハンメイドともろくに口をきかず、ベッドの脇にひざまずいたまま、かれこれ三十分ほどそうしていた。

「早く元気になってね、エリィ。あなたの部屋にあったものは、クラリスに持ってこさせるから。何か必要なものはある？」

そうだな、とりあえずスマホ、持ってきて。

「あら、まだ声が出ないのね……よほどショックだったんでしょう」

そうして美女は俺のぷよっぷよの手を握り直して、十分ほど自分の胸に抱いた。

やわらかい感触を楽しみつつ、嫌な予感を身体で感じた。

見ず知らずの伝説級美女が、飲みすぎて車に轢《ひ》かれた男を、なぜこんなに心配しているのか分からない。陰謀に巻き込まれた、と冗談ながらも半分本気で推測する。そこまで重要な個人情報や会社の機密は取り扱っていないが、俺の営業力を目当てに引き抜きにくる輩は他社に多数いる。まさかこの美女を使って俺をヘッドハンティングするつもりだろうか。

こんな美女を雇って引き抜くメリット、費用対効果があるのか？

去年、派手に他社の契約を全部うちのモノにしたおかげで、ライバルの営業から露骨な牽制をくらった。他社のライバルからなら構わないだろうと、睨まれた営業の担当場所を狙って契約を正規の方法でぶんどった。それ以上はやるなと会社から釘を刺されたぐらいだ。

普段じゃ拝めないほどの、特別賞与をもらった。ちょっと同僚には話せないレベルだ。

その年の年収は過去最高だったな。今年の税金も最高だったが。

まあ、この営業力なら他社に行っても相応の成果は出せるだろう。ヘッドハンティング説は、あるかもしれない。

そうこうしているうちに、クラリスというオバハンメイドが、部屋に女物の荷物を次々に運んできた。

それと一緒に、夫婦と思わしき男女と、目のくらむような美女が二人、入ってきた。

「クラリス。エリィは全快したの？」

部屋に入るなり、美人ではあるが性格がキツそうな女性が声を上げた。見た目は二十代後半に見えるが、修羅場をくぐってきたかのような隙のない雰囲気のせいで、年齢不詳に見受けられる。

大きな釣り目を細め、視線をクラリスに投げた。

厳しい目にも何ら臆することなく、クラリスはメイドらしく一礼した。

「いいえ、奥様。まだお声が出ないご様子でございます」

「そう」奥様と呼ばれた女性は俺のぷよっとした右手を取った。「あなたって子は本当に心配ばかりかけるわね……」

「まったくだ……」

女性の旦那らしき、垂れ目のイケメンが慈しむように俺の頭を撫でる。

いや、男に撫でられる趣味とかないから、やめてくれ。と思っても、振り払うほどの力が出ない。

「生きていてよかったわ」

そして、身長が一七五センチほどはありそうな、エイミーと呼ばれた伝説級美女と似ている女性が、俺の左手を取った。

男を窒息させるほどの色気が漏れている。大きな垂れ目にくびれた腰。目尻にある泣きぼくろが何とも艶めかしい。歳は二十代前半だろうか。

「エリィはいつもみんなに心配かけるのね。だから普段から、しゃんとなさい、と言っているでしょう？」

その後ろから、怒っているような悲しいような、どちらともいえない表情をした女性が、ゴージャスな金髪をかき上げて注意してきた。奥様と呼ばれた女性とよく似た釣り目をしている。伝説級美女とお色気美女と容姿が似ているため、三人が姉妹ではないかと推測できた。

なるほど。最初に病室へ入ってきた男女が父と母で、伝説級美女、お色気泣きぼくろ美女、釣り目ゴージャス美女が三姉妹、ということか。しかも全員が巨乳。遺伝子ってすげえな。

うん、よく分かった。

とりあえず、全員がとてつもなくイケてる家族だってことは分かった。

で、何なのコレ？

なぜ俺のところに来るんだよ。意味が分からない。ひょっとしたら身体がぷよぷよになっていることと何か関係があるのか？

これからエリィをどうする、という話を全員でし始め、しばらくすると会話が終わったらしく、四人は出て行った。

「エリィ、できる限りのことはするから、何でも言ってね。学校が終わったらまた見に来るからね」

エイミーと呼ばれていた伝説級の美女がいなくなると、メイドオバハンも姿を消した。

くそ、声が出ればあれこれ聞けるものを。

会社に連絡ができないのは心配だが、まずは身体を治すことに専念しよう。なぜ外人メイドが世話をしてくれるのか、なぜイケてる家族が来たのか、なぜ俺が太っているのか、めちゃくちゃ疑問点はあるものの、現状では何もできない。こういうときは図太く立ち回るのが俺流だ。

ちらりとテーブルを見た。

外人オバハンメイドが持ってきた物が整理されて置かれている。

花柄の可愛らしいポーチ、化粧道具が入っているであろう、これまた可愛らしい両手大の箱、手鏡、雑多な本、ピンクとか白とか男の俺からしたら絶対着ないであろう女用の服がいくつか。

あと、皿の上に甘そうなお菓子類。

ギリギリ手の届く場所にあった手鏡を持った。

そして、なにげなく覗き込んだ。

ファッ⁉⁉⁉

そう、俺は何気なく覗き込んだのだ。

フェッ⁉⁉⁉⁉⁉

そうなのだ、俺は何気なく覗き——ヒィイイイイイイイイイッ！

2 どうすんのこれ

ブスだ。

あとデブ。

ブスでデブだな。うん、間違いない。デブスだ、デブス。

――くそっ！

右手に持っていた手鏡を、思い切り地面へ叩きつけた。

――どうなってやがる！

どうやら手鏡で自分を見た後、あまりの衝撃に何時間か失神していたようだ。

何度も何度も確認した。だが、間違いではなかった。

手鏡の中にはぽっちゃりと丸い顔をして、肉の厚みで目が陥没している少女がいた。不摂生をしていたのか、脂物ばかり食べていたのか、ひどいニキビ面だ。そんなブスが申し訳なさそうな顔で手鏡に映っている。一ヶ月契約を取れなかった営業マンのような、うちひしがれた表情で手鏡に映り込んでいた。

年齢はおそらく十二から十五歳ぐらいだろう。いまいち外人は外見から年齢が判断できない。

まあ、そんなことはどうだっていいんだ。

鏡というものは光を反射させ、正面にある物体を映し出す、そりゃもう日本でも世界でも生活に欠かせない道具だ。もちろん自分の顔を確認することができる。世の中の女性は、バッグに必ず手鏡を携帯しており、いつでも化粧や髪型が乱れていないかチェックするもんだ。そう、この手鏡だってそうだ。自分の目の前に持ってくれれば、あら不思議。顔をしっかり見ることができるんだ。すごいなー、鏡ってすんごぉい。人間の文明社会には必須なアイテムだ。

「あら不思議。じゃないわよーーーーーーーーーーーーーーーーーーっ！」

思いっきり叫んで、バンバンと布団を叩き散らした。

なぜ、俺が、デブで、ブスで、ニキビ面の、外人で、女で、少女になってるんだ！

おかしいだろ、これ！

くそ、顔を引っ張っても痛いだけだ。

おー、神よ！

我を救い給え！

神様、信じてないけど。

あー、もうなんなんだよ、これは！

このデブ！　くそ！　どうなってやがる！

自分の腹をパンチしても、ぽよん、と小気味良い弾力で押し戻される。

「誰か説明してちょうだい！」

あれ、しゃべれる。声、女の声じゃん……。

「あーあーあー」

なんだこの可愛い声は！

きゃわいい声は！

「わたしの名前は小橋川デス」

自分の名前を言ってみるが、何だろう、違和感しか感じない。

あれ、そういえば身体が動くな。

試しに、思い切り力を込めて起き上がった。そしてその巨体に驚いた。たぶん起き上がれなかったのは身体の具合がよくなかったせいもあったが、身体が重かったことも理由だろう。

ベッドから下りるだけなのに、転びそうになる。

必死に絨毯《じゅうたん》にぶっとい足を伸ばして立ち上がった。軽い立ちくらみがしたものの、すぐに平気になったので、ゆっくりと歩いてみる。

うお、何だこれ。すんげー重い。

本当の自分の身体機能は素晴らしかった。全身筋肉だったしそこまで体重は重くなく、運動神経も悪くなかった。大股で早歩きをすれば小さい女子が走るのと変わらないぐらいのスピードが出た。

だが、これはなんだ。

歩く度にどこかしらの肉がぽよんぽよん上下に揺れて邪魔。身体全体にバーベルがついたように重い。乳と腹が出ているせいで真下が見れない。

何度か転びそうになり、タンスや壁にもたれかかった。

ふらつきながら部屋をうろうろしていると小さなドアがあった。開けると、そこは小さなクローゼットになっていて、ドアの裏側が全身鏡になっていた。

不意に映った姿を見て、口を開けて、完全に放心してしまった。

身長は一六〇センチほど、体重は一〇〇キロはあるであろう金髪の少女が、ぽかんと口を開けていたのだ。

そう、俺だ。いや、俺、なのか？

「お嬢様いけません！　歩いてはお体にさわります！」

ドアを開けて入ってきたクラリスと呼ばれていたメイドが、俺にしがみついてくる。

そしてオバハンメイドは白いぷよぷよした腕を掴み、顔を覗き込んできた。

「どうされたのです？」

「これは、誰？」

鏡に映っているおデブな少女は、鏡の向こうで自分を指さしていた。

「なにを言っているのです。エリィお嬢様に決まっているじゃないですか」

「エリィ……」

「はい。由緒正しきゴールデン家四女の『エリィ・ゴールデン』お嬢様でございます」

「ゴールデン……ヨンジョ？」

「はい。そうでございます」

「ゴールデン……ゲキジョウ？」

「はて。私物の劇場などございましたか？」

「いえ、なんとなく……」

「さようでございますか。それではベッドに戻りましょう」

オバハンメイドが言い終わるか終わらないかのタイミングで、この現実についていけず、目の前が真っ暗になって卒倒した。

◆◆◆

降りしきる雨の中、空中をさまよっていた。

身体にあたる雨粒は、透明な俺の身体をすり抜けて地面で弾け、吸い込まれていく。天空には見ているだけで焼け焦げてしまいそうな巨大な稲妻が走り、大音を轟かせ、世界を丸呑みにしようとしていた。

大木を中心にした池のほとりに誰かがいる。

金持ちが屋敷のついでに道楽で作った池であろうか。辺りを見ると、池のちかくには洗練された東屋があり、大理石のようなテーブルがしつらえてあった。さらにその奥には屋敷に繋がる通路が続いていた。

気になって、池のほとりへとふわふわ漂いながら進んだ。

そこには、先ほど全身鏡に映っていた、デブでブスでニキビ面の少女が、ずぶ濡れになって突っ立っていた。その悲壮感たるや、言葉では言い表せないものであった。見ているこっちまで悲しくなるような、絶望した顔でうつむいたまま、動こうとしなかった。

どれぐらいそうしていただろう。

彼女は時折、くちびるをかみしめ、眉をひそめ、自嘲気味に笑ったりしているが、それは注視していないと見逃してしまうような些細な表情の変化であった。

その様子を空中に浮いたまま見つめていた。彼女へと吸い寄せられ、眼球が磔《はりつけ》にされたように動かない。

やがて少女は泣いた。

すすり泣きだったそれは、時を待たずして号泣に変わった。

すべてをあきらめたかのような、鬱憤《うっぷん》をぶちまける号泣だった。

稲妻を飲み込むかのように天をあおいで大口を開けて、絶叫していた。

俺は胸が苦しくなった。

息もできずに両手で心臓を押さえ、身もだえた。身をよじることで何とか平静を保ち、少女の悲しみを全身で受け止めないようにした。そうでもしていないと、悲しみに押しつぶされてしまいそうだった。

少女はひとしきり泣くと、風呂にでも入るかのような手慣れた仕草でサンダルを脱ぎ、服を着たまま池の中に入っていった。

止めなければ。

そう思ったが、身体がなぜか動かない。

びくともしない。

そもそも今の自分は透明で、生身の身体がある状態ではなかった。動けても彼女を止めることなんてできない。それでも、池に入ることを止めなければ、錯乱した彼女が何をするか分からない。

どうにか身体を動かそうともがいているうちに、彼女は胸のあたりまでどっぷり池につかり、両手を組んでお祈りを始めた。何かを呟いているようだ。俺にはそれが何なのか分からないが、早く彼女を池から引きずり出さなければいけない、ということだけは分かった。

天空では稲妻が雷光を放つ。

彼女の容姿がデブでブスでニキビ面なんてことはどうでもいい。助けたかった。事情は分からないが、おそらく彼女は死のうとしている。目の前の女の子ひとり助けられず、男を名乗る資格があるだろうか。

めちゃくちゃに腕や足を動かす。

どうにかして動きだした身体で、彼女のもとへ走った。

空中に浮いていたので、飛んだ、といったほうが正しいかもしれない。

がむしゃらに前に進んだ。

しかし、間に合わなかった。

彼女は呟きをやめると、両手を目一杯に広げて、笑顔になった。

鼓膜を突き破る凄まじい破裂音と同時に、目の前が雷光で真っ白になり、髪が逆立つほどの爆風が巻き起こる。池の真ん中にあった大木がメキメキと音を立て倒れ、炎が舞い上がった。

彼女は大量の電流を浴びて、ショック死した魚のように、池にぷかりと浮かんだ。

そんな衝撃的な光景を真上から見下ろし、いまだかつてない絶望に叩きつけられ、若かりし自身の苦い記憶が鮮烈にフラッシュバックし、いつの間にか意識を失った。

◆　◆　◆

夢だったと気づくのに五分ほどかかった。

横を見ると心配そうな顔をしたオバハンメイドがうちわで風を送り、隣では伝説級の美女が俺の手を握っていた。

彼女は死んだのだ。

あのとき、雷に自ら打たれて死んだ。あれはたぶん、夢なんかじゃなく現実なんだろう。というか、俺の記憶なんだろう、きっと。

そして俺も、六本木で酔っ払って、ふらついてるところを黒塗りの高級車に轢《ひ》かれて死んだ。

きっとそうに違いない。

それで魂みたいな状態になった自分が少女に乗り移った。そういうことではないだろうか。

ということは、俺と彼女は二人ともあのとき死に、そして身体だけエリィ、中身は俺、という新しい状態で復活した。

そうか。そうだったのか。

なるほど……。

これが神様のいたずらか。

いたずらオブゴッドか。

まったくもって、ひどい悪戯だ。

理不尽で、非科学的で、ＳＦ的で、愚にも付かない誰に言っても信じてもらえない悪戯だ。

そうかそうか。そういうことだったのか。

そっかぁーっ。

イケメンの俺が、ブスでデブの女の子に、憑依《ひょうい》したってことね。

結構あるよね、そういう話。

地球上で一年に十人は入れ替わって、人生が大変なことになるって話、聞いたことあるからな。

オッケー納得した。こんなの良くある話だよな、うんうん。

ってねえよ⁉　まじでねえよこんなこと⁉　聞いたことねえよ⁉⁉⁉⁉

ずぇんずぇん納得できねえええええっ！

なぜイケメンの俺が、ブスで、デブで、ニキビ面で、外人で、女で、少女になってるんだ！

くそ！　このデブ！

腹をパンチしても小気味良い弾力で、ぽよんと弾き返されるだけだ。

くそ！　くそ！　くそぉぉぉぉっ！

頼むから誰か俺を元の姿にもどしてくれえええええええええええええええぇ！

3 エリィの日記

「エリィ、大丈夫？」

エイミーという美女が瞳をうるませながら顔を覗き込んでくる。

とりあえず、うなずいておく。

「まだ事故から二日も経ってないのよ。安静にしていないとだめ」

美女の、黄金比のように美しく均衡の取れた顔を見つめながら、茫然自失していた。

俺はもう俺ではないのだ。

イケメンで、トップ営業で、モテる男、デキる男の小橋川ではないのだ。

両手をあげて、脂肪で陥没した指を見つめる。

何度確認しても両手は元に戻らないし、あの力強さは返ってこない。エリィという少女は死に、俺の身体もおそらくは死んだ。そういうことだ。これは事実なのだ。

やり残したことは山ほどあった。

翌日に控えていたプレゼンテーション。ニューオープンする都心の大型ショッピングモールの一角を手に入れる予定だった。うちの会社の化粧品ブランドを初めて独立店舗で展開する絶好の機会であり、管轄《かんかつ》はまったく違うが、新規店舗プロジェクトチームから部署をまたいで自分が抜《ばっ》擢《てき》された。どれほど練習して時間を費やしたか……悔やんでも悔やみきれない。

口説いていた女の子が五人いる。

とりわけ気に入っていたのは、番号を教えてくれない他社の企画営業と、ガールズバーのスタッフだ。

企画営業の子は黒髪できつい目をしたガードの堅い女だ。そのわりにセンスのいい香水とスーツを着ていて、気配りのできる人だった。

ガールズバーのスタッフは女子大生だ。ありえないぐらいの巨乳で、なんでも、俺のことを気に入ってくれたらしく、お茶しに行く予定を取り付けたところだった。

くそう、なんてもったいないんだ！　ちくしょう！

悔しくて、ベッドの端をバンバン叩いていたら、伝説級美女は驚いたような困ったような顔をした。

「ごめんね。そんなにベッドから出たかったの？」

「ちが……います」

あやうく男言葉になるのをすんでのところで堪えた。

「そう。でも元気になってよかった」

「さようでございますね」

伝説級美女とオバハンメイドが、交互にうなずいた。

俺は、自分が死んだという仮説に、妙に納得していた。信じたくはない。信じたくはないのに、考えれば考えるほど、その結論が腑に落ちる。あの夢で見た雷雨も、実際にこの目で見ていたのだろうと、なんら問題なく受け入れることができる。

これでも自分は現実主義で、完璧主義だ。

だから、なのかもしれない。

こんな状況になって、信じられない、とずっとわめいてる奴のほうがどうかしている。現に俺はブスでデブでニキビ面の少女なのだ。動かそうと思えば、腕も動くし思考もできるし話すことだってできる。この身体が俺自身なのだ。これが現実なのだ。

「あの、ここは私の部屋……ですか？」

とぼけたふりをして聞いた。

「ここはグレイフナー病院よ」

伝説級美女は俺の手を両手でにぎりしめた。

「グレイフナー、ですって？」

ついぞ聞いたことのない地名に、聞き返してしまう。

不思議なもので、一度しゃべると、すらすらと女っぽい口調で言葉が出てくる。生前のエリィのなごりなのだろうか。

「お嬢様……」

メイドは困ったように目を伏せた。

「ごめんなさい……ええっと、クラリス。私、記憶が曖昧《あいまい》になっているみたいなの」

「まあ！」

美女がすかさずおでこに手をあてがった。

「痛いところはないの？」

「今のところ、ないです」

「それならいいけれど……。ねえエリィ、あなた、あの日のことは憶えているの？」

「雷雨があった日のこと？」

「そうよ。あなたは屋敷の裏庭で池に飛び込んで、運悪く一本杉に落ちた雷の衝撃で倒れたの。お医者様が言うには生きているのが不思議だと言っていたわ。私の治癒魔法で傷は癒えたけれど、全身やけどでひどい状態だったのよ？」

池には飛び込んでないが、まあ似たようなもんだろう。

それよりこの美人、治癒魔法、とか言ってなかったか？

冗談にしては笑えないな。

「お父様はあなたに悪霊が乗りうつって、自殺に追い込んだと言っていたけど、私はそんなこと信じてません」

「悪霊……」

「エリィは気にしなくて良いのよ」

しばらくエイミーという伝説級美女と話をした。

どうやらこのエイミーはゴールデン家の四姉妹の三女で、顔も頭も良く、性格も優しく、いい匂いがし、おまけに胸もでかいという超人のような女性であった。そして話の中で度々あがってくる、治癒魔法、という単語から察するに、本当に魔法というアホみたいな非科学的なものが存在していて、この世界では常識として受け入れられているようだ。

　しかし、現実は非情である。

　このエイミー姉さんと話せば話すほど、彼女の美しさを知ることになり、俺が憑依《ひょうい》したエリィが、ブスでデブだと実感してしまう。本当に同じ遺伝子なのか鑑定依頼をかけるべきだ。むしろエリィとエイミーが姉妹であることのほうが魔法だと思える。

　夜食をエイミーとメイドのクラリスが用意し、甲斐甲斐しく世話してくれ、面会が終わる時間まで俺のことを看てくれた。

　どうやらエリィは、この二人に相当に可愛がられているようであった。

「それじゃあ、また明日ね、エリィ」

　そう言ってエイミーは俺のおでこにキスをして病室から出て行った。おでこにキスとか、リアルに海外っぽいな。続いて何度も心配そうな目を向けながら、クラリスが静かに退室する。

　二人が去ってから、様々なことが頭をよぎり、とても眠れる気分にはなれなかった。

　俺は太い足を動かしてベッドから這い出た。

　カーテンを開けると、満月が浮かんでいた。

　月が地球の倍はあった。

「ははは……」

　何となく分かってはいたが、ここは地球ではないようだった。

それに、おかしい点が多々あった。

まず、日本語ではないのに俺が話せている。

無意識のうちに身体であるエリィが理解し、俺が勝手に日本語で認識しているのであろうか。それとも俺とエリィが合体するなんて不思議現象があるぐらいなのだから、勝手に翻訳する機能が備わっているとか。まあ、どっちにしろ楽してしゃべれてるから何でもいいが。

文字も日本語ではないのに読める。

メイドのクラリスが持ってきた本を手に取ってページを適当にめくると、すんなりと言葉が理解できた。英語と似ている文法のようであったが、時折、ひらがなや漢字が混ざって出てくる。これは日本人である俺の目にだけ、そう見えるのかもしれない。

そこまで考え、部屋の奥にあるクローゼットを開けて、姿見を見た。

見慣れた自分の顔はそこになく、ブスでデブでニキビ面の少女が映っていた。

はあ……。

肩を落とすと、少女も贅肉でまるくなった肩をがっくりと落とした。

エリィは俺で、俺はエリィになってしまった。

これはまぎれもない事実だった。

現実を受け入れようと、新米営業時代に培った不屈の闘争心とポジティブシンキングで、何度もガッツポーズを取ったが、効果はほとんどなかった。デブの少女がむやみやたらと「よっしゃあああ」とガッツポーズを取る姿を見て、いったい全世界の何人が鼓舞《こぶ》されるというのだ。まったくバカげている。

「もうっ！」

地団駄を踏むと、その重みで床が抜けそうだ。

声がやけに可愛らしいので、まったく迫力がない。

それにおかしいのが、言葉を発すると、自動的にお嬢様言葉となって口から発せられることだ。ついさっき「くそっ」と言ったつもりが「もうっ」に変換されている。しかも、思っていた言葉とは別のフレーズを言っているくせに、まったく違和感を感じないという不思議さだ。

何なんだこれ。

何だっていうんだよ。

◆◆◆

かれこれ自分の姿を見てから三日が経過した。

考える気力が湧かず、ベッドの上でごろごろする。

エリィの巨体でも左右に寝返りをうてるほど、でかくていいベッドだった。

デブのわりに食欲はあまりない。

というか精神が俺だから、食欲が湧かないのかもしれない。

朝昼晩の食事はパンと野菜スープ、生野菜、デザート、という健康的なメニューだったが、食べる気にもなれず、スープとデザートだけ食べていた。

無駄だと分かっていても、何度か姿見で自分を確認した。当然、俺はエリィであった。現実は受け入れなければならない。

ちなみにこの三日間で驚愕したのは、エリィのパンツが特大だったことだ。

パンツっていうよりは、ちょっとした子ども用タンクトップ？　レディース物の上着？　頭にかぶると、穴が二つ空いたチューリップハットのようになってしまう。女子のパンツといえば水泳帽のようにピチッ、となるのが定番だというのに。小さい頃、姉さんのパンツをかぶって「パンツマン！」とポーズを取って幾度となくげんこつをもらったもんだ。

……姉さん、元気かな。

いつになるか分からない俺の結婚を楽しみにしてくれてたのに、それが今や、わけの分からん異世界で、デブでブスの少女になってるって言ったら笑ってくれるだろうか。うん、きっと豪快な姉さんなら爆笑だな。

パンツをかぶっている俺を見て、メイドのクラリスが顔を真っ青にして止めてきたのには笑った。「お、お、お嬢様、おパンツをかぶるなんて、なんて果てしない」と、どもりながら、はしたないを果てしないと言い間違えていた。ある意味、でかパンツが果てしなさを演出していたので間違いではない。

もちろん、笑ったのは心の中だけだ。すぐ叱られて、静かにマイパンツを脱いだ。脱帽ならぬ、脱パンツ。

ちなみにメイドのクラリスは、どうやら家の仕事を終わらせてから、合間を見てせっせと病院に顔を出してくれているようだった。クラリスの他にメイドは来ないのかと聞いたら、ものすごく寂しそうな顔をされたので、今後はその話題に触れないでおこうと思う。彼女が寂しそうな顔をすると、目元の苦労皺がより濃くなり、悲壮感が半端じゃない。

クラリスが夕食を膳にのせて運んできてくれた。

「エリィお嬢様、こんなにやつれてしまってはお体に障ります。しっかり食べませんと」

いやいや。まだまだ現役でデブっすよ？

推定で一〇〇キロはあるぞ。

つーか、どんだけエリィの顔ぱんぱんだったんだよ。

相変わらず食欲はなかったので、スープとリンゴとグレープフルーツを食べて、膳を下げてもらった。パンに手をつけなかったのでクラリスが食べさせようとしてきたが、やんわりと断った。

部屋を簡単に掃除してベッドのシーツを替えると、彼女は部屋を出て行った。

ひとりになって、色々と考える。

やり残した仕事のこと。

家族のこと。

友人のこと。

日本のこと。

重い体をゆすって部屋をうろうろと歩き回る。

ふとテーブルに積んであった書籍類の一番下に、隠れるようにして置いてある文庫本サイズの日記帳を見つけた。ピンク地の外装に、花柄のレリーフが装飾されている、いかにも女子という外見の日記だった。

日記には銀製の鍵がかかっていた。

しかも、ひっくり返しても横から見ても上から見ても、鍵穴がない。

どうやって開けるのか四苦八苦していると、鍵に親指をのせたら勝手に解錠された。

中々にすごい仕組みだ。

原理は不明。

くの字に曲がった銀板で表拍子と裏表紙がつながれていたのに、親指をあてがうと、自動で銀板の真ん中がぱかっと開くのだ。異世界の魔法的な何かで作られた物だろうか。日本でいう、指紋認証の解錠システムみたいなものか。

重い体で机まで移動して、備え付けの椅子に座った。

太っているせいで椅子の取っ手に贅肉がはみ出るのはご愛敬だ。

電気がないこの世界では、夜具にランタンを使っている。

机にあったランタンの火を強くし、日記を開いた。

日記にはエリィのすべてと言える物が詰まっていた。その衝撃の内容に目を見張り、時間を忘れて読みふけり、エリィの十二歳から十四歳になるまでの生活を疑似体験することになった。どうしてエリィが日記に鍵をかけていたのか、なぜ雷が鳴る豪雨の日に自宅の池に入ったのか、その理由が記録されていた。

◆◆◆

本腰を入れてエリィの日記を最初から読むことにし、太い腕を伸ばしてランタンを引き寄せた。

丸くて可愛らしい字で、丁寧に書いてある。彼女は几帳面な性格だったのだろう。

『1003年3月22日
私はエイミー姉様とお話をしていると、嬉しい気持ちと悲しい気持ちで、時たま混乱してしまう。あんなに美しいエイミーお姉様と私が姉妹であることが信じられない。今日、お父様に私は養子なのかと聞いたら、ひどい剣幕で叱られてしまった。

やっぱり私には信じられない。

せめて私にエイミー姉様の十分の一でも美しさがあればと、鏡を見ていつも思う。どうして私はこんなにデブでブスなんだろう。

それに、エドウィーナ姉様は身長が高く、聡明で、スタイルがとてもいい。流行りのドレスを着たエドウィーナ姉様を、紳士達が振り返って確認していた様子を私は何度も目撃している。男性は、女性をよく品定めしている。私が通りすぎたときに振り返るのは、私がデブでブスだからだろう。こんなに太っているのは町で私ぐらいしかいない。

私はお姉様が大好きだけど、ブスでグズの私のことをエドウィーナ姉様はあまり好きじゃないみたいで、ちょっと悲しい。年が離れてるし仕方ないのかな。

エリザベス姉様はゴールデン家の特徴である垂れ目ではなく、釣り目で大きな瞳。うらやましい。気が強い姉様に見つめられると簡単な殿方なら、なんでも言うことを聞いてしまう。ちょっと怖いけど、美しくて素敵な姉様だ。もちろん私はエリザベス姉様のことも綺麗で大好きなんだけど、やっぱりお姉様は私のことが好きじゃないみたいだ。こんなデブと町を歩いたら恥ずかしいもんね。

私も綺麗になりたい。でも、どうせそれは無理だ。

せめて魔法がうまくなれば、みんな私のことを褒めてくれるかもしれない。

魔法学校に入学したら、とことん魔法の練習をしよう。デブの私が剣術や槍術を鍛えてもたかが知れている。自分なりに頑張ってみよう』

『1003年4月1日

今日は入学式だ。入学祝いと十二歳のお祝いをしてもらった。

エイミーお姉様が、自分のことのように喜んでいてくれたことが嬉しかった。

お父様、お母様、エドウィーナ姉様、エリザベス姉様はあんまり喜んでいなかった。なんでだろう。私が歴史ある有名校に入ることを心配しているのだろうか。私のことをゴールデン家の恥だと思っているのかもしれない。仕方ないよね。

こんなこと考えていても何も始まらないよ。

緊張でうまく話せるか分からないけど、学童でほとんど友達ができなかったし、グレイフナー魔法学校では友達をたくさん作りたいな』

『1003年4月2日
光魔法の適性があった私はライトレイズのクラスになった。ゴールデン家はその名の通り、鉱物や自然に関係した「土系統」「水系統」の適性者が多いとお母様から聞いていたので、私は特別なのかと思ってしまう。きっとエイミー姉様に話したら喜んでくれるだろう。
適性検査が終わった後、クラスの自己紹介のときに何人かの男子生徒が私を見て笑った。すげーデブだ、と小声で言っていたのが聞こえてしまい、悲しくなった。でも、こんなことはいつものことだ。お母様やエイミーお姉様が言うように真心をこめて人と接すれば、いつか友達ができるはずだよね』

『1003年4月6日
お昼休みにお弁当を食べようとしたら、中身がからっぽになっていた。その日は食堂がお休みなので、みんなお弁当を持ってくる日だった。クラリスがお弁当の中身を入れ忘れるはずがない。
自己紹介のときに私のことをバカにしていた男子生徒がこっちを見て笑っていたので、私は勇気を出して、問いただした。彼は否定したけど、ズボンにゴールデン家特製のソースがついていたので言い逃れはできない。
人の嫌がることをしてはいけない、と言ったら、彼に、食い意地の張ったデブがうるせえぞと言われた。あんまりだ。ひどすぎるよ。私は何も悪いことしてないのに。
次の時間、お腹がすいて、お腹が何度も鳴ってしまった。
クラスのみんなは私のことを見てくすくす笑っていた。
男子生徒は先生に見えないように腹をかかえて笑っていた。
私は恥ずかしくて、その授業が終わった後、すぐに学校を早退した。
レディがお腹を鳴らすなんて、恥だ。
お母様に言ったら叱られてしまう。明日学校にどんな顔をしていけばいいんだろう』

『1003年4月10日
クラスではグループができあがりつつあって、私はどのグループにも入っていなかった。別にグループに入りたいわけじゃない。ただ友達がほしい。学校の帰りにカフェに寄ったり、一緒に勉強がしたいだけ。そういう普通の学校生活が私の憧れだ。
エイミーお姉様は四年生なので時々、学校で見かける。いつも素敵な友達と一緒で、男子はみんな姉様を見てため息を漏らしていた。あれだけ美人だからね。私にも少しだけ分けてほしかったな』

『1003年4月14日
クラスで一番お金持ちのサークレット家の次女、スカーレットが、私の杖を隠してしまった。

次の実習で必要なのに、なんてひどいことをするんだろう。

彼女に理由を聞いたら、私が太っていて邪魔で黒板が見えないから、と言われた。そんなことで大事な杖を隠すなんてひどすぎる。言ってくれれば頑張って脇にずれたり身体を倒したりして黒板が見えるようにできたのに。

そのことを彼女に言ったら、いちいちうるさいから話しかけるなと言われた。

近くにいた女の子達にもなぜか嫌われてしまった。私を見る目が冷たかった。

エイミー姉様に相談したら、姉様は泣いてしまった。

姉様はすぐにでもお父様に話すと言っていたけど、私はこれ以上お父様をがっかりさせたくなかったので、秘密にしておくよう姉様にお願いした。

姉様は、エリィの優しさに気づいてくれる人がきっと現れるとも言ってくれ、私の頬に優しくキスをしてくれた。エイミー姉様のおかげで、少しだけ気分が軽くなった』

『1003年5月2日
入学から一ヶ月。友達ができない。

ひとりでいるのがすごく寂しい。勉強はまだついていける。

ようやく杖が見つかったので、実習に参加できるようになった。もう杖を隠されないように、制服の内ポケットに常に入れておくことにした。

今日の授業でもペアを組むはずが、ひとり余ってしまい、先生とやることになった。

これはこれでお得なのかもしれないけど、私も誰かと一緒に実習をしたい。どうやって友達を作ったらいいいんだろう』

日記から目を離して顔を上げた。

エリィはいじめられていたのか……。

どこの世界でもいじめなんてもんは存在するんだな。俺にはいじめをする奴らの気持ちがさっぱり分からないし、いじめられている奴の気持ちも分からない。だが、エリィの日記はどうしてか心を強烈に刺激する。

その後の日記は、散発的に書かれていて、主にいじめられたことについてと、友達を探そうとしている前向きな文章が書かれていた。

エリィが健気すぎる。

もう読んでて、すんげえつらい。胸が痛い。

彼女はろくに友達もできないまま、二年生になった。

クラス替えはあるようだが、年に一回ある適性テストがどの分類になるかで、クラスが決まるらしく、日本のように学年ごとにランダムで入れ替わるわけではない。

クラスは全部で六種類。

「光」「闇」「火」「水」「風」「土」の六系統に分類されていて、適性が変わることはほとんどないようだ。よって学年が上がってもクラスメイトはほぼ変わらない。一年の勉強の成果で、特例的に適性魔法種が変わったりもするが、クラス移動のほとんどが家の事情や転校であった。

さらに付け加えると「光」「闇」は六種の中でもレアのようで、「光」「闇」クラスは1クラスのみだった。他四種は3クラスあるが、「光」のクラスでは、めったなことでクラスメイトが変わることはないだろう。

当然、いじめの首謀者であるサークレット家の次女スカーレットとも、エリィは同じクラスになり、いじめは止まらなかった。

サークレット家の次女スカーレット、リッキー家の長男ボブ、この二人が中心になってエリィにちょっかいを出していた。

胃に穴が空きそうになりながらも決して手を止めずに日記のページをめくった。

そんな苦しい内容を打破する事態が百ページぶりぐらいに現れた。

心なしか、可愛らしい丸文字が大きく感じる。

『1004年6月23日
図書室でクリフ・スチュワード様とお話をした。

朗読して魔法書を読んでいると、あの方は私の声が妖精のように澄んで美しいと言ってくれた。

たとえそれが声だけだったとしても、異性に美しいと言われて、私は顔が熱くなった。きっと真っ赤になっていたと思う。

クリフ様は目の病気で、残念ながら目の前がほとんどお見えにならない。

だからこそ私の声が美しいと言ってくれたのかもしれない。

クリフ様のお顔は美しかった。瞳は晴れた大空に反射する黄金のような金色をしていて、病気のせいなのか分からないけど、白目の部分が光にあたるとラメが反射するようにキラキラと輝いた。どこを見ているか分からないはずなのに、その目はすべてを見通しているようだった。金色のまつげに太陽の陽射しが当たると、私は何も言えずに、ただその美しさに見惚《みと》れた。

口元は優しそうにいつも微笑んでいる。

黄金の髪は肩口まで優雅に伸びていた。

そのことを話し、私の容姿のことを話すと、あなたの髪の色とおそろいで光栄です、と笑ってくれた。

ああ、なんて素敵なひとなんだろう！』

『1004年6月24日
クリフ様とお昼に図書館で会う約束をした。

彼は読めないけど本がとても好きだった。私に朗読をしてほしいそうだ。

私は即オーケーをした。

そして見えていないのをいいことに、ガッツポーズをしてしまった。最近流行っている、拳闘士のガッツ・レベリオンが試合で勝ったときにするポーズ。やってみると、なんだか楽しい気持ちになれた。レディには向かない仕草だけど、今日ぐらい、いいよね。

だってあのクリフ様と毎日ご飯が食べられるなんて。しかも、スチュワード家の執事が私のお弁当まで持ってきてくれるのだ。もらっている食堂代がおこづかいになっちゃう。クリフ様に何かプレゼントを買ってあげようかな。

早く明日になってくれないかなぁ。

こんなに学校に行きたいのは、生まれて初めてだ』

『1004年6月30日
クリフ様とお昼を一緒に食べるようになってから一週間。

毎日がすごく楽しい。

私は本を読むことが少しでも上達するように、近くの孤児院で朗読会のお手伝いをすることにした。引っ込み思案の私にとっては天地がひっくり返るほどの進歩だと思う。

今日はグレモン・グレゴリウス著『光魔法の理』という五年生で使う教科書を読んだ。しばらくはこれになるけど平気かな、とクリフ様がおっしゃったので、私は光の速さでオーケーをした。内容は難しいけど、いずれ私もやることになるのだから損はない。というよりクリフ様と一緒にいて損なことなんて何一つない。

授業で、私ができない魔法をわざとやらせて、スカーレットとその取り巻きに笑われたことなんてどうでもいい。どん底の一年間から私を救ってくれたクリフ様、ありがとう。そして大好きです。

クリフラブ！　クリフラブ！』


クリフ熱がやべえ。

つーか、クリフまじで神だ。俺の次にイケメンだと認定しよう。

エリィの日記はしばらくクリフと過ごした昼休みのことが書かれていた。

というより、それしか書いてない。

やっとできた自分の居場所だもんな。嬉しかったんだろう。俺も嬉しい。

あとは朗読会をやっている孤児院のこともちょいちょい出てきた。

彼女はひたむきになれる努力家だ。好きな人のために頑張れる熱いハートを持った情熱家だ。

うん、俺と同じだ。案外、俺とエリィは似ているのかもしれないな。

しばらく読み進め、二年生の冬まで時間が経過した。

エリィの年齢は、いま俺が開いている日記のページでは十三歳。日記のページ数は残りわずかだ。厚さ的にあと三ヶ月分ぐらいの分量だろう。

『1004年12月25日
孤児院の朗読会にも慣れてきた。子ども達はすごく可愛い。
男の子達はすぐ私のことをデブだと言う。やんちゃですきっ歯のライールと、黒髪で黒い瞳のヨシマサは特に口が悪く、いつも私のことをデブだデブだと笑っている。今日は朗読中に走り回っていたので、静かに座りなさい、と叱ると、不機嫌そうに床に音を立てて座った。

しばらく朗読をしていても聞いている様子がないので、手招きをした。冗談のつもりで自分の膝を叩いてここに座りなさいとジェスチャーすると、悪ガキ二人は膝の上に乗ってきて、柔らかいからずっとここがいい、と笑った。そのあとは真剣に朗読を聞いていた。朗読会をやってからずっとなついてくれなかったので、とても嬉しい。いつの間にかみんな私に寄りかかってくる。みんな私の弾力ある体に軽く肩をぶつけたりして、面白がっていた。

子ども達の小さな身体は、暖炉のように温かかった。デブでよかったと思ったのは今日が初めてだ。

気づいたら私は泣いていた。みんなが必死になぐさめてくれた。子ども達のその行動で、私はまた涙が止まらなかった。

泣いちゃだめだと思えば思うほど、涙がたくさん出てしまった。

デブだって真心で接すれば思いは通じるんだ。エイミー姉様の言っていた通りだ。

デブでブスだっていいんだ。

クリフ様が子どもには天使が宿る、とおっしゃっていたのは、こういうことだったのかもしれない。あの子達は私にとって天使だ。ずっと大切にしていきたい』

不覚にも号泣した。

ちくしょう、涙が止まらない。

うおおおお、エリィ！

お前はレディだよ。素敵な女だ！

ブスでデブかもしれないが、心は綺麗で清らかな女性だ！

心の中で叫び、テーブルの脇に置いてあった手鏡を手に取り、自分の顔を覗き込む。

うん、でもやっぱデブでブスだわ。一瞬で冷静になった。

それにしてもさぁ、子どもネタは昔から弱いんだよ。映画だってドラマだって子どもが絡んでくると、涙腺がゆるくなってしまう。

それに、エリィが自分自身を初めて認めたのだ。両親には心配されるばかりで認められず、美人な姉三人とは毎日のように比較され、クラスでは陰湿ないじめにあい、友達ができなかったエリィ。内気で弱気で、それでも優しい心を持っているエリィが、ようやく自分を認めることができ、居場所を得たのだ。

エリィ、おまえは本当に強い子だよ。

自分が同じ境遇だったなら、どうなっていたか見当もつかない。

家族が美男美女すぎて比較してしまい、クラスではいじめられて友達もいない。それなのに、おかしいことをされたらいじめっ子に勇気を出して進言し、愛する人のために孤児院で朗読の練習をし、子ども達にデブだデブだとバカにされても冷たくせず、真心があれば必ず伝わると清らかな心を持って人と接していた。

彼女は素晴らしい女性だ。聖母のような女の子だ。

クリフは、そんなエリィの優しさに惹かれて朗読をお願いしたんだろうな。

しかもエリィは無謀にもクリフの目を治そうと、光魔法の研究まで始めていた。

かなりの本を図書室で読んで、相当量の練習をしていたようだ。どうやら魔力量が少ないので、練習は捗っていなかったみたいだが、普段の勉強をしっかりやって、その後にできる限りの資料を集めていた。

日記は冬休み、正月、三学期へと入る。学校の休みの周期は日本とほとんど変わらないみたいだ。

エリィは昼休みにクリフと会い、孤児院で朗読をし、空いた時間で光魔法の特訓をしていた。字体が一年生の頃よりはっきりとしたものになり、自分に自信がついてきたのではないかと予想する。事実、いじめの首謀者であるバカ二人を、堂々と反論して追い返していた場面もあった。

クラス内では、やはり居場所がなくてつらい、悲しいと書かれていたものの、一年生の頃より陰湿なシーンは出てこなかった。

これは、このまま何事もないまま日記が終わるのではないだろうか、と思ってしまう。自分に自信のないひとりの女の子が、自分の居場所を見つけて一生懸命頑張る日記なのだ。あの雷雨の日、池に落雷したのは単なる偶然で、彼女の悲痛な号泣や絶望にゆがんだ顔は、魔法の研究がうまくいかなかったからではないか。そう予想して結論づけようと、次のページをめくったところで、手の震えが止まらなくなった。

日記の文字が殴り書きになっている。

彼女のものとは思えない、傾いた汚い字で、長文が記されていた。

『1005年3月10日

クリフ様がいなくなってしまった。

図書室の奥にある歓談室には書き置きがあった。走り書きで「エリィ、ごめんね」とだけ書かれていた。くずれた字体はクリフ様が書いた物に間違いなかった。私は混乱した。学校中を探し回った。グラウンド、屋上、食堂、演習場、職員室、魔法実験室。クリフ様のいた四年生のライトレイズの教室に行ったときは、なんだこのデブはという目で見られたけど、そんなの関係ない。いない。クリフ様も執事もいない。

私は昼休みが終わって始業時間になっても、歓談室にあった置き手紙を見て、学校中をうろうろとした。

嫌な予感がしていた。本当は分かっていた。

クリフ様はセラー教皇の孫だ。次男だとしても、地位は私より遥かに高い。あの方の祖国で何かあったのかもしれない。

私は心配でどうしていいか分からず、書き置きを胸に抱いて何度も泣いた。

泣いたってクリフ様は戻ってこない。そんなことは分かっている。

放課後になって校長室のドアを叩き、行方を聞いた。校長は白いひげをいじっているだけで何も教えてくれない。

私はクリフ様が住んでいる、町で一番大きな教会に行って、神父様に行方を聞いた。笑うだけで何も答えてくれない。

とにかく教会の店や民家に入って、所在を聞いて回った。誰も知らない。クリフ様の存在を知っている人も少ない。あんなに目立つ人だから、誰か知っていてもいいのに。

夜になると教会騎士が私を捕まえて、不敬な行動を慎むようにと、その区域から放り出されてしまった。

あの笑顔をこんなに簡単に失ってしまうとは思っていなかった。いつかはお別れが来るとは分かっていたけど、突然すぎて心がついていかない。胸が張り裂けそうだ。

クリフ様がいなくなるなんて、私には耐えられない。

私は誰かになぐさめてほしくて孤児院に行った。

だけど。孤児院はなくなっていた。

戦争でもあったかのように、建物が全壊し、燃え尽きていた。消火活動をしている警備団しかいない。

跡形もなくなっている。

見間違いかと思って来た道を引き返した。間違っていなかった。そこには孤児院があったはずだった。

私はその場にいた警備団のひとを捕まえて、事情を聞いた。

彼は盗賊の襲撃があって子どもは全員さらわれた、と言った。

もうなにがなんだか分からない。

いない。誰もいない。

私は走った。町の外へと走った。

デブだから何度も転んだ。

起き上がって走った。

誰もいなくなっていた。

途中、見廻りをしている警ら隊につかまった。事情を話すと、家に帰れと言われた。

帰れないと言ったら、馬車に乗せられて、無理矢理、家まで護送された。

お父様とお母様は私の泥だらけになった姿を見てカンカンに怒っていた。そんなことはどうでもいいのに。

頭の中がぐるぐるする。なんでこんなときに日記を書いているのか分からない。

クリフ様と子ども達がいないのに、私はなんで自分の部屋にいるんだろう。

分からない。つらい。かなしい。

クリフ様。クリフ様。誰か助けて』

走り書き、というより殴り書きだった。

最後の一行など、彼女の几帳面さからほど遠い、書いた文章の上から書かれたものだった。

その先が気になり、動悸《どうき》が激しくなるも太い指でページをめくった。

次のページは、前のページの比ではないほどに、荒れていた。
なんとか字の体裁を保ってはいたが、長時間彼女の字を読んでいなければ、判別は難しい。それほどの殴り書きだった。

『１００５年3月11日
リッキー家の長男、ボブ！
許せない！
孤児院がなくなったのはあいつのせいだ！
檻つきの馬車に乗せられていく子ども達を見た！
私は見たんだ！
あいつは孤児院の焼け跡を見て笑っていた！
あいつの父親は孤児院の管轄《かんかつ》だ！
絶対に何かやったに決まっている！
許せない！』

優しかったエリィの激情に、呼吸が荒くなった。
ひどい胸焼けがし、思わず両手で胸元のパジャマを握りしめる。
あの大人しく優しいエリィが、他人のことを「あいつ」と書くなんて信じられない。

どんなにいじめられても、ひどい言葉は今まで一言も出てこなかった。ここまでエリィが言うなんて、リッキー家の長男ボブは何をしたんだ。

子ども達が、檻つきの馬車に乗せられていた？

檻つき、ということは護送車のようなもので、もちろん逃げられないようにするためだろう。

これは許せない。

事実関係を確認した後、立ち直れないほどの罰を与えるべきだ。

さらにページをめくる。


『町の裏路地でローブを着た老人に会った。

必要な物を召喚する魔法陣の書き方と、落雷魔法の呪文を教えてもらった。

どのみち、もう私には何もない。

魔法が成功すれば、クリフ様が召喚できるかもしれない。

落雷魔法はボブに使おう。

なんてね。

こんな複合魔法が私にできるはずはないのは、分かってる。

だめだっていいんだ。

もう、いいんだ……。

エイミー姉様、ごめんなさい。

クラリス、ごめんなさい。

お父様、お母様、エリザベスお姉様、エドウィーナお姉様、バリー、みんなみんなごめんなさい。

クリフ様、ごめんなさい。

ああクリフ様。最期に会いたかった。

また図書室で一緒に本を読みたかった。

あなたの包み込むような笑顔を見たかった。

クリフ様に、会いたいよ……』


ぼろぼろと目から涙がこぼれ落ちてくる。

袖で涙を拭い、呼吸を整える。

日記がここで終わっているということは、エリィはこの後、雷に打たれてしまうのだろう。雷雨の日、この世のすべてを掻きむしるかのように泣き叫んでいた彼女の悲痛さが、日記を通して俺の心に突き刺さった。

次のページを開くと、茶色の羊皮紙が日記からはらりと落ちた。

椅子からはみ出たぜい肉を手すりから引き抜いて、転びそうになりながら拾い上げる。紙には、円を基調とした複雑な文様が描かれていた。

青いインクでまず円が描かれ、その内側に均等な大きさの円が四つ並んで描かれていた。四つの円の内側にはびっしりと文字が、メビウスの輪のような形で浮かび上がっていた。文字なのか模様なのかは判断がつかない。

これが日記に書いてあった「召喚する魔法陣」というやつだろうか。

裏面には何も描かれていない。

視界が悪いと思ったら、拭いたと思っていた涙が次々に溢れ出てくる。

あれ、なんでだ。

自分では泣いているつもりはない。

意思とは無関係に涙がこぼれ落ちて頬を伝い、絨毯へ落ちていく。

ひょっとして……エリィが泣いてるのか？

何度か深呼吸をすると、ようやくおさまった。

窓の外は明るくなっていて、小鳥が鳴き、淡い朝の太陽が部屋に差し込んでいた。日記の後半に他の魔法陣が挟まっていないか窓枠に寄りかかってぱらぱらとページをめくり、今後の計画について考える。寝不足の体に淡い太陽の光があたって心地良い。

とりあえずやることは決まった。

その１、ボブに復讐する。

その２、孤児院の子どもを捜す。

その３、クリフを捜す。

その４、ダイエットをする。

その5、日本に帰る方法を探す。(元の姿で)

エリィの無念を晴らしつつ、日本に帰る方法を探そう。

ここまできたらもはや、エリィは他人じゃない。彼女のやりたかったことをやりながら、自由に生きてみるか。まあ、デブでブスだけど、それはイケメンエリート営業の俺にとってちょうど良いハンデだろうよ。

いやあ、やっぱり俺って超プラス思考ーっ。

日記にはさっきの魔法陣しか挟まっていなかったが、最後のページに走り書きで、落雷魔法の呪文が書いてあった。

おお、魔法本当に存在するんだな。すげえ。

『《落雷《サンダーボルト》》
やがて出逢う二人を分かつ
空の怒りが天空から舞い降り
すべての感情を夢へと変え
閃光と共に大地をあるべき姿に戻し
美しき箱庭に真実をもたらさん』

めっちゃ恥ずかしいんだけど、大丈夫かこれ?

魔法ってこんなにめんどくさいもんなの？

これ絶対に人前で言うの嫌だわー。まあでも誰もいないし、試しに読んでみるか。

「やがて出逢う二人を分かつ……」

読んだ瞬間に、これはまずいと思った。

今まで感じたことのない力が、へその下辺りから体中を駆け巡って、今にも全身から弾け出そうになる。飲みすぎて吐きそうなときに、必死にこらえる感覚と少し似ているが、あれの何倍も暴発力がある。しかもそれが全身だ。指の先、胸、頭、のど、すね、肘、どこか出口を見つけて、力が飛び出そうとする。

日記を握りしめながら、耐える。

呪文の詠唱をやめる、という選択肢が頭をよぎるがすぐにかき消す。

途中でやめたら、たぶん全身がばらばらになる。

最後まで読めるかこれ？

早口で終わらそうにも、一文字発するごとに、口が粘土になったみたいに鈍く、動かなくなってくる。

これが魔法ってやつか。

落ち着け、落ち着け！

やれる。スーパー営業で天才でイケメンの俺にできないはずがない。

気合いで文字を読む。

言葉を口に出すと体内の力が増大していく。爆発しそうになる熱い「何か」を強烈な意志で食い止め、抑えつける。

なんとかして最後の一文字を吐き出すと、体が嘘のように楽になって、凝縮された力がピンボールのように全身を跳ねていた。

直感で理解した。

「落ちろ」

空気を切り裂く轟音が響き、空から叩きつけるようにして落ちた雷が、病院の庭にあった十メートルほどの木を真っ二つにした。

近くの木にいた鳥がギャーギャーとわめきながら、一斉に飛び立っていく。

何事か、と病院の職員と警備員、近所の人が、真っ二つになった木の周りに集まってきた。

「あ…………」

すみませーん。魔法練習してたら、まぐれでできちゃったんですぅ。ごめんなさーい。

なんて、デブの俺が言っても絶対に許してくれないな。

これは……洒落にならない……。

どういう言い訳をしようか考えていると、体が急にダルくなり、その場にへたりこんだ。

猛烈な睡魔に襲われて、落雷魔法がとんでもない魔法、いや、魔法とすら呼ばれていないことを知らないまま、絨毯の感触を頬で感じたところで意識を失った。

4　魔法とイケメンエリート

ぷりんぷりん。瑞々しく跳ねる、おしりと乳。

「ははは っ。まーてーよー」

水着姿の女の子達を笑顔で追いかける。

それはもう絶景であった。きわどいデザインの水着が何着も若い女の子に貼りつき、これでもかと肉体を強調している。鷲づかみにしたくなる豊満な乳を持つ女子が、わざとらしく転び、砂浜に素晴らしき肢体を放り出す。これまたわざとらしく、いたーい、と呟きながら、ずれた水着に指を入れて、ゆっくりと直す。エロ仙人がいたら、空中から鼻血を垂らし「ここが桃源郷ぞ！男ども、我につづけ！」と号令をかけることだろう。

俺はただひとりで、女人の群れを追いかけていた。

捕まえた女子をやさしく海に放り込み、押し倒して乳繰り合い、あるいはお姫様抱っこをして胸の谷間を覗き込む。ひとりだけに構うと、私も構ってよぉと言って逃げていく。自分はまた、だらしなく笑って走り出す。あまりの楽しさに何度か我を忘れてしまう。

ひときわ目立つ女の子を見つけた。

とびきり可愛くてスタイル抜群の金髪女子。身長は約一六〇センチ、腰が最高にくびれ、きめ細かく搾りたての牛乳のように白い肌、甘く垂れた瞳が庇護欲《ひごよく》をかき立てる。

全力疾走をして彼女を捕まえた。

「天使め。ついに捕まえたぞ」

誰が聞いても引くであろうセリフを吐き、女の子の肩をうしろから抱いた。

「捕まっちゃいました」

その子は、どこかで聞いたことのある可愛らしい鈴の鳴るような声で言うと、ゆっくりと振り返った。刹那的で圧倒的な恋の予感を憶えた。高鳴る鼓動、高まる感情と体温。女の子の柔らかさと匂い。

もったいぶって、目を閉じる。

視界が開けた瞬間に、美少女が日の前いっぱいに広がる幸福を思った。

目を開くと、そこにはデブでブスでニキビ面の金髪少女がいた。

◆◆◆

「エリィーーーーッッ!?」

思わず布団をはねのけて起き上がった。

「お嬢様！　大丈夫でございますか!?」

メイドのクラリスが、心配そうな顔で覗き込んでくる。

「み、水着は…？」

「水着でございますか？」

「……ごめんなさい、クラリス。なんでもないの」

「よほど怖い夢を見たんでしょう、おいたわしや……」

クラリスはまめまめしく俺の額を濡れタオルで拭き、冷たい水の入ったコップを差し出した。

ありがたく水を飲み干して、あれが夢だったことにがっかりする。エロ仙人、残念だが桃源郷はただの夢だったよ。俺の作り出した妄想にすぎなかった。あの水着群は、この世界のどこを探しても存在しない。

しばらく何も考えずにいると、クラリスが何事かを言いたそうに、上目遣いで俺を見てきた。

「お嬢様。大変聞きづらいことなのでございますが……」

彼女は絨毯を見て、こちらを見て、また絨毯を見て、という動きを繰り返す。

「お伺いしてもよろしいでしょうか」

「なに？」

水着の余韻に浸っていたかったがそういうわけにもいかない。

居住まいを正してクラリスを見た。

「あの木は、まさかお嬢様が？」

そう言って、雷に打たれ横倒しになった大木を彼女は見た。

「どうして、そう思うの？」

「お嬢様が倒れていた横にこちらが……」

彼女の手には日記が握られており、最終ページの落雷呪文をしっかりと広げていた。

どう答えて良いのか分からなかった。あれをやったとバレたら怒られて弁償になるだろうか。営業時代にも、やったやってないのいざこざはしょっちゅうあったが、責任をどこに持っていき、どちらが非をどのくらい被ればいいのか、経験から相対する人間の人となりを観察分析し、リスクを考えれば、すぐさま答えを弾き出すことができた。が、この異世界ではそれができない。圧倒的に情報が足りない。どこにリスクが転がっているかも分からない。

思案顔でいると、クラリスがさめざめと泣き出した。

苦労人であろう彼女が悲しそうに泣くと、それはもう世界中の悲哀をかき集め、丸めて粘土にして飲まされた気分になる。

あわてて両手を広げ、慰めの言葉をかけた。

「お願いだから、泣かないでちょうだい」

「わたくしは……わたくしは……陰ながらお嬢様を見守っておりました。お嬢様が夜更けまで魔法書を読み、何度も呪文を唱えるお姿を見ておりました……。もし、落雷魔法がお嬢様のものであったならば、こんなに嬉しいことはありません。お嬢様は誰にも負けないほどの努力をしておりました。落雷魔法をマスターしたならば、それはゴールデン家の快挙。落雷魔法は大冒険者ユキムラ・セキノ、砂漠の賢者ポカホンタスが使ったとされる伝説の魔法です。それを、それを……うぅっ」

クラリスはついに絨毯に突っ伏して号泣し出した。

重い身体をベッドから引きはがして、彼女の脇にひざまずく。

いや、正確にはひざまずこうとしたところ、贅肉でふくらはぎが押し返されて尻餅をついた。気にせず彼女の肩に手を置いた。

「顔を上げて、クラリス。そうよ、私がやったの。だからもう泣かないで」

「お嬢様……」

クラリスは涙でぼろぼろになった顔を上げて、こちらを見つめると、感無量とばかりにとびついた。

「お嬢様！」

「ありがとう」

「ということは、白魔法と空魔法までマスターされたのですね！」

「え、ええ。そうよ」

「おおお……エリィお嬢様……」

わけも分からず相づちを打つと、クラリスは飛び退いて、神を崇めるかのように両手を組んだ。

「ちょっとちょっと！　やめて、クラリス！」

組んだ腕を解こうとすると、思いのほか強い力で抵抗された。このまま放っておけば、会う度に土下座して合掌されそうだ。いい加減やめてほしいと、十回お願いしたところで、ようやくクラリスは平常運転に戻った。

「もうほんと勘弁してよね」

「申し訳ありません、お嬢様。あまりの嬉しさについ」

「これからは何があっても、いつも通りにしていてちょうだい」

「かしこまりました」

「ところで聞きたいことがあるんだけど――」

さっきから意味不明な単語が多々登場していた。白魔法だ、空魔法だ、大冒険者なんちゃらセキノ？　日本人かよ。それに砂漠の魔法使いアンポンタン？

うまいこと誘導して、一つずつ説明を求めた。

「それぐらいのことはゴールデン家に代々メイドとして仕えるバミアン家の端くれ、もちろん存じております。まず魔法には六芒星の頂点を結ぶ基本魔法がございます。下位魔法『光』『闇』『火』『水』『風』『土』の六系統。さらには上位魔法『白』『黒』『炎』『氷』『空』『木』。これらをすべて合わせた十二系統の魔法がこの世には存在しており、すべてをマスターせし者に、グランドマスターの称号が与えられます。称号を受けた者はただ一人。あの伝説の大冒険者ユキムラ・セキノただ一人なのです！」

なんだろう。だんだんクラリスの口調が熱くなっていく。

「砂漠の賢者ポカホンタス、南の魔導士イカレリウス、この両者もグランドマスターではという噂がありますが、かれこれ三十年も姿を見た者がおりませんし、生きているかどうかも怪しいです。ですが賢者と魔導士の争ったといわれるヨンガチン渓谷には絶大なる魔力の傷跡が残っており、少し危険な観光名所として有名でございます。その傷跡を作った魔法が、賢者ポカホンタスの放った落雷魔法ではないのか、と言い伝えられております！」

「クラリスはこういう話、好きなの？」

「大っ好きでございます！」

イメージぶっ壊れるわ！

苦労人のオバハンメイドが魔法と魔法使いについて力説しているのはかなり笑える。日本で置き換えると、普通のオバハン主婦がラノベ片手に主人公について井戸端会議で熱く語っている、そんな感じだ。

「お嬢様だって小さい頃、大冒険者ユキムラの話をしてくれと、何度もわたくしにせがんだではないですか。一人だけずるいです。お好きなくせにぃ」

どうやらクラリスは夢中になると親戚のおばさんのようになるらしい。堅苦しいよりは、こっちのほうがいい。お堅いのは好きじゃない。

「じゃあもう一度、大冒険者ユキムラの話をしてちょうだい」

「まあ、お懐かしいですね。よろしゅうございますよ」

クラリスは俺の手を取って立ち上がらせると、ベッドに誘導し、自分は立ったまま話を始めようとした。俺がベッドの隣をぽんぽんと手で叩くと、恐縮した様子でベッドに音もなく座った。

彼女から物語が語られた。

それは何度も話したであろうと思わせるに充分な、完璧な語り口調と抑揚、盛り上がるところでは効果音までついてくる。きっとエリィが幼い頃、何度も話をせがんだのだろう。

話をまとめると、大冒険者ユキムラは仲間と共に世界の果てを目指して旅に出て、すったもんだの末にたどり着くというストーリーだ。この世界がいったいどこまで続いているのか、何のために存在しているのか、彼はそんな謎を解き明かしてこのグレイフナー王国に帰還する、という冒険譚だ。

炎龍と氷龍との死闘は、悔しいが手に汗握ってしまった。中でも興味を引かれたのは、世界の果てには、何もない虚無空間が広がっており、この世の終わりを思わせるような絶景が広がっている、という話だ。四百年も前の話なので、もはや伝説と化して、童話に近い扱いになっているようだが。

日本で四百年前といったら江戸時代ぐらいの話だ。正式な文面で残っておらず、言い伝えを個人で書き起こして書籍にしている程度の歴史物語。少々信憑性《しんぴょうせい》に欠けるな。この世界は文明があまり発達していないみたいだから、余計にそう感じる。

さらに『世界の果て』にたどり着いて、『謎』を解き明かした、とあるが、いかんせん漠然としすぎていて、なんのこっちゃ分からない。謎ってなんだよ、謎って。

世界に果てなんてものはない。星が丸いことを理解していないだけだろう。

まあ、色々と突っ込みどころが満載だが、ひとまずは気にしないでおくか。

「私が落雷魔法を使えるって、あまり世間に知られないほうがいいんじゃない？」

「どうしてでございます？」

「だっているかいないか分からない砂漠のバカボンと南の帝王イカレルしか使えないんでしょ？」

「砂漠の賢者ポカホンタスです、お嬢様！　南の魔導士イカレリウスです、お嬢様！」

「ごめんなさい。で、その二人しか使えないような魔法が私に使えたら、なんだか色々な面倒事に巻き込まれるような気がするんだけど」

仕事ができる奴、特殊ソフトを使える奴、事務処理がやたらと速い奴、どこの世界でも業界でも、だいたいこういう奴らには面倒事がふりかかる。無理な仕事を押しつけられる可能性が高い。

「これでゴールデン家は向こう五十年安泰でございますよ。魔闘会で、ばばーんと他の家に見せつけてやればよいのです」

「どうもあなたは魔法のことになると見境がなくなるようね」

「申し訳ございません。ですがお嬢様、ご自分のお力を隠すなんてとんでもない。力は示してこそでございます。貴族はそうして繁栄を許されているのですから」

「そうね……」

魔闘会と貴族の関係性がさっぱり分からないので、とりあえず相づちを打っておく。

ゴールデン家は貴族なのか。なるほどね。どうりで金持ちっぽいわけだ。

「大きな声では言えませんが旦那様はここ五年、体調がすぐれず魔闘会で負けっぱなしです。どれほど領地を獲られてしまったか……。ああ、なんということでしょう！　ゴールデン家が五年連続で負けるなどあってはならないことでございます！　わたくしは悔しいです！　去年のリッキー家との一騎打ち！　勝負は五分五分というところで最後に旦那様が放った《ウインドブレイク》、あれは悪手でございました！　あの光景を思い出すだけで……だけで……きいいいいっ！」

「落ち着きなさい、クラリス！」

布団のはしを拳でずんずん殴りつけるオバハンメイドを止めた。

「これは失礼を致しました」

「とにかく、落雷魔法のことは、しばらく公表しません！」

「ええーっ！」

「だって砂漠の申し子ピラチンタスと南の覇者イカリャクが――」

「砂漠の賢者ポカホンタスです、お嬢様！　南の魔導士イカレリウスです、お嬢様！」

これ以上からかうとクラリスの血管が弾けそうだ。

「ごめんなさい。で、その伝説の二人ぐらいすごい魔法なんでしょ？　私だって次もちゃんとできるか分からないのよ」

「できます。お嬢様なら絶対にできます」

クラリスは目をらんらんとさせて俺の分厚い手を握った。力強く。手が白くなるぐらいに。

こわい！　このオバハンメイド、こわい！

それから言う言わないの押し問答をしたあと、不満を隠そうともせずにクラリスは昼食を置いて退室した。すでにだいぶ陽が高くなっている。

ほっとしたのもつかの間、俺とは反対にやる気を出したクラリスが、エリィの部屋にあった魔法書をありったけ持ってきた。でかいリュックと子どもが入るぐらいの手提げ袋を両手に持つほどの量だ。ベッドの横に積み上げて、頑張ってくださいと三十回ほど言って、今度こそ屋敷に戻っていった。

魔法根性が凄まじいな。

ちょうどよかったので彼女が持ってきた魔法書の『初心者でもわかる魔法大全』を開いて落雷魔法について調べた。

『複合魔法・落雷
「光」の上級にあたる「白」。

「風」の上級にあたる「空」。

この二種を掛け合わせてできる雷を落とす魔法。天変地異、厄災、とも言われるほどの超強力な魔法で、「魔導」と呼称されることもしばしば。呪文すら紛失しており、今現在、使える魔法使いはいない』

なるほどね。うん。説明がざっくりすぎてぜんっぜん分からん。

要は落雷魔法の存在はみんな知ってるけど、誰も見たことがねえよ、ってことか？

『上位魔法・「白」

「光」の上級にあたる。

全十二種の中でも最強の補助魔法であり、適性者が非常に少なく、どの国でも重宝される。回復に特化し、「水」「木」の回復魔法よりも強力で、上級を極めし者は切れた腕や足を再生することも可能。
基礎構成は下記の四つ。
下級・《再生の光》
中級・《加護の光》
上級・《万能の光》
超級・《神秘の光》
基礎構成の中級まで習得すれば、相当数の魔法を使いこなすことができ、優秀な後衛としてパーティーの要になるであろう』
すごっ！　切断された肉体を再生できるとか、外科医いらねーな。
白魔法すげえ。

『下位魔法・「光」

六芒星のうちの一つである魔法。補助系の色が強く、中級の《幻光迷彩《ミラージュフェイク》》、上級の《癒発光《キュアライト》》などが有名な魔法。探知、索敵には向かないが、癒しの光が使えることから冒険者には必須の魔法と言われている。

基礎構成は下記三つ。

下級・《ライト》

中級・《ライトアロー》
上級・《ライトニング》
世界の魔法学校では卒業基準の一つを上級魔法の使用としている』

どうやらこの本は題名通り、魔法の種類を簡単に記している初心者向けの本らしい。まったく知識ゼロ、生粋のジャパニーズの俺にとっては非常にありがたい内容で、読み終わる頃には魔法の種類によってどのような効果があるのか何となく把握できた。

そしてさっき自分が放った落雷魔法がどれだけ難易度の高いものかも理解できた。超簡単に、日記に魔法とはなんぞやをメモっていく。日記に書いたのは、近くに紙がなかったからだ。

まとめた魔法の六芒星と、簡単メモを見た。

下位魔法「光」「闇」「火」「水」「風」「土」
下級→初歩
中級→ふつう
上級→けっこーすごい
上位魔法「白」「黒」「炎」「氷」「空」「木」
下級→かなりすごい

中級→やべえ
上級→できたら天才
超級→崇められるレベル
複合魔法
下級・中級・上級・超級複合→伝説の魔法

すなわち俺は、伝説の魔法をこの世界に来て早々に行使したわけだ。確実にいろんな工程を飛ばしているような気がする。それにクラリスが「白」と「空」をマスターしたんですね、と言って、驚喜したのも無理はない。まあ気に病んでもしょうがないことだし、できてラッキーぐらいに思っておこう。

ひとつ疑問なのは呪文すら紛失したと記されていたが、エリィは落雷魔法の呪文をどっかのジジイからもらったと日記で書いていた。そいつを捜すことも、やることリストに追加しておくか。だって明らかに怪しいだろ。伝説級の魔法の呪文を持っていてピンポイントでエリィに授ける理由が、俺がこの世界に転生してしまった理由と無関係なはずがない。何か知っているだろう。

よし、やることが見えてきて、やる気が出てきた。まずはこの世界に慣れないと日本に帰る方法も見つけられないしな。

気づけば夕方になっていた。

病院の庭では、フード付きのロングコートを着た集団が、いかにも調査してるという風貌でノートを取りながらなにやら話し込んでいる。日本の事件現場のようにロープがされ、どこから噂をかぎつけたのか、見物人が集まり、串焼きを売る出店まで出ていた。

窓枠に寄りかかって呆れながら見ていると、クラリスが満面の笑みで夕食を持ってきた。

「クラリス。明日退院するわ」

配膳する手を止めて、彼女はこちらを心配そうに見つめた。

「お体は大丈夫でございますか？」

「平気。エイミー姉様にも、これ以上心配はかけられないしね」

「さようでございますね。エイミーお嬢様は毎日わたくしにエリィお嬢様の体調をおたずねになられます」

伝説級美女に心配かけたくないというのは半分で、もう半分は退院しないとこの世界に馴染めないからだ。まず情報が必要だ。何度も言うが圧倒的に情報が足りねえ。

「それからクラリス、誰にも見られずに魔法の練習をする場所はある？」

「あります！　ありますとも、お嬢様っ！」

真空を巻き起こさん勢いでこちらに顔を寄せるクラリス。

近いっ！　顔が近い！

「ゴールデン家の秘密特訓場がございます！　小さい頃はよく旦那様の練習を覗きに行きましたねぇ！」

テンションがうなぎのぼりのクラリス。

「かしこまりましてございます、お嬢様。始業式は三日後でございますから、二日間落雷魔法の練習ですね！　お昼のお弁当はわたくしがお持ち致します。なあに、大丈夫でございますよ。家のほうの仕事は他のメイドにうっちゃってきますので、ご心配なさらないでくださいまし」

「そ、そう。ありがとう、クラリス」

「伝説の魔法が明日……しかもエリィお嬢様が……」

「クラリス？」

「ああ、夢のようでございます……」

「あのーちょっと？」

「まさかお嬢様が伝説の……伝説のユキムラ・セキノと同じ………くふふ」

「クラリース」

肩を叩いて、ようやく彼女は我に返った。

「はっ！　失礼を致しました。では明日、お迎えにあがります。退院の手続きは今からしておきますので、家に帰らず、そのまま秘密特訓場にまいりましょう」

「そうね」

「ではしっかり食べて、早く寝てくださいね」

うきうきした足取りで、クラリスは部屋から出て行った。

どんだけ魔法好きなんだよ。

苦笑いをして、また窓の外を見た。

魔法か……。小さい頃ゲームで魔法にあこがれていたけど、いざ現実で使うとなると、どうなんだろうか。今後、必要になりそうだし色々できるようになっておいたほうがいいのだろうが、未知すぎて若干怖いな。

日本に帰る方法を探すにせよ、「力」と「金」はどの世界でもアドバンテージになる。

当面はそのふたつを手に入れる行動をしつつ、情報収集ってところだな。あと、ダイエットは絶対な。この体型は本気で許せん。

部屋の奥にある鏡付きクローゼットを開けて、大きなため息をついた。

鏡に映るエリィは自分の理想を遙かに下回る、というか日本でもこれだけ太った女子はいない、そんな女の子だった。

ふとクローゼットの中にある、四角い平べったい木製の物を見つけた。右側に数字が1から120まで書いてあり、可動式の矢印が0を差していた。

体重計だな、これ。間違いない。

現状を知ろうと軽い気持ちで体重計に乗った。そう、自分がどこにいて、どれくらいの能力があるのかを知るのは、ビジネスマンとして大切なこと——

「クラリィィィィス！」

体重計の数字を見て、俺の中で何かが弾け、気づいたら病室のドアを開け放ち叫んでいた。

「クラリィィィィィィィスッ！」

本気の叫びを聞いてクラリスが短距離選手ばりの速さで戻ってきた。

「ど、どうされました、お嬢様ぁ！」

「きなさい！」

「どちらに！」

「いいから早く！」

クラリスを病室に押し込んで、体重計を指さした。

「乗りなさい」

「な、なぜでございます？」

「いいから乗りなさい」

「でも、お嬢様……それはいくらなんでも……」

「の・り・な・さ・い」

「かしこまりましてございます！」

彼女の乗った体重計の矢印は50で止まった。

がっくりと膝をついた。

いや正確には膝をつこうとしたところ、贅肉が邪魔をして尻餅をついた。

間違いない、日本と同じ「キログラム」単位だ。

「どうされたのです？」

「ひゃく……」

「ひゃく?」

「一一〇キロ!」

「へ?」

「私の体重よ!」

「ほ?」

「ほ? じゃないわよ、ほじゃ! なんでこんなに太ってんの!?」

「それはお嬢様……まああれでございますよ。ガリガリに痩せているよりいいではないですか」

「よくない!」

身長が一六〇で体重が一一〇キロってお前、どうすんだよ! 冗談にもならねえよホント!?

動きは鈍いし、見た目も悪くなる。利点が思いつかない。

クラリスが背中を撫でてなぐさめてくれる温もりを感じながら、改めてダイエットの必要性を認識し、己を律しようと心に誓った。

5
洋服とイケメンエリート

朝の六時、うきうきと鼻歌を歌うクラリスに叩き起こされて、パジャマ姿のまま、ゴールデン家の秘密特訓場にやってきた。特訓場は病院から馬車で三十分ほどの林の中にある空き地にあり、訓練を覗かれないように十メートルの高い塀が設けられている。広さは野球場ほどで、所々に木が生えており、三分の二が平らな地面で、残りは岩場と水場だった。どうやら、様々な状況を想定し造られているようだ。ちなみにパジャマ姿なのは、あとでシャワーを浴びて私服に着替えるからだ。大量の汗をかくから、このままのほうが効率がいい。

「なぜこんなに厳重なの？」

秘密特訓場といっても、この塀はやりすぎじゃねえか？

「他家に手の内がバレては大変なことになります」

クラリスはこれでも秘密度が足りないとでも言わんばかりの回答をした。

「バレたら大変なの？」

「もちろんでございます。魔闘会の勝敗に響きます」

「その魔闘会にはクラリスも出るの？」

まさかと思って聞くと、オバハンメイドはツボに入ったのか、オホホホホ、オホホホホ、オホホッホホ、と笑い始めた。

「お、お嬢様！　わたくしのような弱っちい魔法しかできない人間が出られるわけございません。そりゃわたくしも一般参加の部で若い頃何度か挑戦しましたが、すべて一回戦で敗退でございます。若気の至りでございますね」

そこからクラリスの魔闘会マシンガントークが始まった。

魔闘会とやらは年に一回、一般の部と貴族の部、二つが開催される。貴族にとってはとてつもなく大きな意味があるそうだ。

なんと、貴族の部で勝てば領地が増え、負ければ領地が減る。

要するに、バトル式の陣取り合戦だ。

花形は「一騎打ち」の魔法勝負で、勝てば負けた側の領地を奪える。国を挙げての一大興行なので、「一騎打ち」「団体戦」「個人技」の三種目が魔闘会で競われる。

お祭り騒ぎになるそうだ。そして毎年、語り継がれる逸話と魔闘会の英雄が誕生するらしい。

確かに自家の領地がかかるとなると、入る熱も否応なしに高くなるだろう。

現代風にいったら、給与年俸の取り合いみたいなもんだ。

俺なら間違いなく興奮する。というかどんな手を使っても勝つ。

ちなみに伝説級美女のエイミー姉さんは「個人技」で十位に入賞したそうだ。伝説級に美人で優しくて魔法が使えてスタイルがいい。もはやオーバースペック、チートと言える。

そんな話をしている間にもクラリスは俺の横に長机を設置し、そりゃもう楽しそうな足取りで病室にあった書物を両手に抱えて持ってきた。すると、落として地面で本が汚れないようにシーツをサッと引き、てきぱきと病室に置いてあった配置を寸分違わず再現した。

この細かさと気配り、そして作業の素早さ。ひょっとしてクラリスはめっちゃ優秀なメイドなんじゃねえか？

「どんな研究でもできるようにアシストすることがメイドの務めでございます」

「さ、お嬢様、気兼ねなくやってください」

「きゃあっ！」

音もなくクラリスの隣に現れたのは、真っ白のズボンとシャツとエプロンを身に纏《まと》ったコック姿の男だった。見た目は初老で、頬に深い傷があり、眼光が鋭く、ただ者ではない空気を発している。白いコック姿よりもブラックスーツとグラサンが似合いそうな風体だ。

いきなり現れたから、心臓が止まるかと思った。

「お嬢様、申し訳ございません。夫がどうしても同行したいと駄々をこねたので仕方なく連れて参りました。お嫌であれば、すぐに帰らせます」

旦那かっ。

「クラリス。私は駄々なぞこねていないぞ」

ぎろりとクラリスを睨むコックヤクザ……もとい、クラリスの旦那。

「俺も行く！　連れて行かなければここを動かん！　と言って玄関であぐらをかいていたのはどこの誰よ」

「うっ……」

「なぜあんたは魔法のことになると怪盗ゼゼメーリみたいに目端が利くようになるの？」

「お前があんなにうきうきして俺に弁当を頼むからだろう！　何かあると誰だって気づく！」

「私はうきうきなんてしていません」

「へたくそな鼻歌まで歌って、どの口がそれを言うんだ」

「行くったら行くぞ！　行くったら行く！　とわめいたあんたは子どもみたいだったわよ！　普段は偉そうに俺は世界一のコック、バリー・バミアンだとか言って！　世界一でもないくせに！」

「なにを！」

「おやめなさい二人とも」

取っ組み合いの喧嘩になりそうだったので、言い合いをする二人の間に割って入った。いや、正確に言うならば割って入ったというよりは、太い身体をねじ込んで吹き飛ばした。

「これ以上言い争うなら、二人とも出て行ってもらうからね」

「ごめんなさい」

「ごめんなさい」

シュン、と二人は俯いた。どんだけ魔法見たいんだよ。

「クラリス、ええっと、バリーに例の話はしたの？」

クラリスの旦那は会話から察するに、バリーという名前みたいだな。

俺は昔から人の名前を覚えるのが得意だ。名前を瞬時に憶えて呼ぶことは、営業マンにとって非常に重要だ。それができなくて嘆いている同僚や後輩が数多くいたのでコツを教えてやったが、できるようになったのはほんの数人だった。

こんなことが異世界で役に立つなんて、何があるか分からないもんだな。

「お嬢様との約束でございますから、話しておりません」

落雷魔法を知っている人間は少ないほうがいい。どこから情報が漏れるか分からない。

腕を組んで考えていると、強面のバリーが、ずいと顔を近づけてきた。

「お嬢様。私は料理を作るしか能のない男です。どんな練習をされていようと、秘密は厳守致します。たとえ拷問をされようとも口を割ることはございません。どうか、お気になさらず訓練を行ってください」

一瞬、仁義を切られたのかと思って驚いたが、バリーの目は真剣そのものだった。

クラリスを見ると、彼女もそこは信用ができるのか、大丈夫でございますと一礼する。

「分かったわ、バリー。ただし、絶対に他人に言ってはだめよ。クラリスと二人でいるときも落雷魔法のことは話してはいけないわ。いいわね？」

「かしこまりました」バリーはコック帽を手にとって胸に当て、頭を下げた。「契りの神ディアゴイスに誓って約束をお守り致します」

「よろしい」

「ありがたき幸せにございます、お嬢様」

契りの神が何者かは知ったこっちゃないが、それが違えてはいけない宣言であり、バリーが約束を破るようには見えなかったので、空気を察してうなずいた。
クラリスの用意した椅子に座り、日記の最終ページを開いて《落雷《サンダーボルト》》の呪文を確認する。
朝のやわらかい陽射しが日記を照らす。
クラリスは素早く日傘を差して、傍らに立った。
『《落雷《サンダーボルト》》
やがて出逢う二人を分かつ
空の怒りが天空から舞い降り
すべての感情を夢へと変え
閃光と共に大地をあるべき姿に戻し
美しき箱庭に真実をもたらさん』
またあの感覚に襲われるのかと思うと、どうも緊張してくる。緊張なんてほとんどしない性質だが、未知の体験に胸の高鳴りと不安をおぼえた。
絶妙のタイミングでバリーが紅茶を差し出した。ほんのり温かく温度調整されている。ありがたく飲み干し、立ち上がった。
「いくわよ」
意を決し、全身から力が噴き出す感覚を想像して気を引き締め、精神を統一する。
「あの……お嬢様、杖は？」
「いらない」

さらに集中して、息を、吸って、吐いて、吸って、吐いて、呪文を唱える。

「やがて出逢う二人を分かつ――」

昨日とは違う感覚。制御が格段に簡単だ。

へその下から力が湧き出て、全身をゆっくりと覆っていく。これなら詠唱を省略して、魔法を唱えることも可能だろう。

瞬間的にそう判断して、詠唱を途中でやめ、三十メートルぐらい先の地面に雷が落ちるイメージをし、《落雷《サンダーボルト》》を一気に放出した。

バリバリバリッ――

ドォン！

轟音とともに《落雷《サンダーボルト》》が地面に落ち、衝撃で爆風と砂埃《すなぼこり》が舞った。

「どうやら呪文は最後まで唱えなくてもいいらしいわ」

《落雷《サンダーボルト》》の落ちた場所まで行くと、エリィの身体が横になって隠れるぐらいの穴が空いていた。かなりの威力だ。

どうよ、とクラリスを見ると、バリーと一緒にわなわなと体を震わせていた。

「おおおおお……」

二人は戦慄《せんりつ》した表情から、信仰している神の奇跡を見たような表情で膝をつき、這いつくばってこっちに来ると、俺のパジャマのズボンをつかんだ。

「お、お、お嬢様……なんと……」クラリスが呟く。

「お嬢様！　お嬢様ッ！」バリーが叫ぶ。

顔を上げた二人は顔面をぐしゃぐしゃにして涙を流していた。

「落雷魔法……なんて神々しい……」

「おどうだば！　おどうだば！」

クラリスとバリーは顔中から出るであろう体液を全部出さん勢いで号泣している。バリーは鼻水とよだれまで垂らしており、抗争に敗れたヤクザが死んだ仲間を思い悔しがっているようにしか見えない。「おどうだば」は「お嬢様」と言っているらしい。

二人は我を忘れて俺のパジャマズボンを引っ張る。

「しかも……杖なしでぇ！」

「づえなじ!?　おどうだば！」

「ズボン！　ちょっとズボン！」

ぐいぐいとズボンを引っ張る二人は号泣をやめない。

「杖なし！　落雷！　お嬢様あぁぁ！」

「ぶひょうずヴぉあ！」

「やめ！　ちょ！」

二人は全体重をパジャマズボンにかけて腕をぴんと伸ばした。

「おじょうざば……わたぐじは……わだぐじは！」

「べじょうぞヴぉあぁぁ！」

「こらッ！　やめなさい！　あっ！」

ついに俺のパジャマズボンはズリ下ろされ、二人はズボンに顔をうずめるように感極まってうわんうわん泣いた。

「おじょうざばあぁぁぁぁぁぁーーーーーーーーーーーっ！」

「おどうだばぁーーーーばだぶじがんどうぼあばびばびばばぼばりまぜぶっ！」

バリーに至っては何を言っているのか、まったく分からない。

デブの少女がパンツ丸出しでオバハンメイドと強面の料理人を這いつくばらせて泣かせている。端から見たら恐ろしい光景だ。

「クラリス！　バリー！　手を離して！」

「離しません、お嬢様！」

「じゅぼうずびぃ！」

ズリ下ろされたズボンを取り戻そうと、じたばたもがいていたら、太っているせいか尻餅をついてしまった。それでも二人は両手でしっかりとズボンを握りしめて離そうとしない。

やめてちょうだい、と二人の頭をげしげし蹴飛ばすこと五分、ようやくクラリスとバリーは正気に戻ってくれた。

「二人ともそこに座りなさい」

パンツ丸出しのまま両手を腰に当て、地面に正座をした魔法バカのオバハンメイドと強面コックを叱った。二人は取り乱したことに対して反省したが、落雷魔法をその目で見た興奮は醒めないようで、叱られても目を輝かせていた。

次やったらバリーに《落雷》サンダーボルト》をぶつけてバリバリにする、と宣言する。「ぜひとも！」と身を乗り出す彼にため息をついた。

——チュンチュン

秘密特訓場には爽やかな朝の風がそよぎ、小鳥達が楽しげにパンツの脇を飛んでいく。地面に正座するオバハンとおっさんの前で、小鳥が求婚のダンスをし、どこかへ去っていった。

「とにかく《落雷》サンダーボルト》は秘密よ！　いいわね！」

「イエスマム！」

正座したままなぜか敬礼する二人。

「それで、ちょっと聞きたいことがあるんだけど」

「なんでございましょう、お嬢様！」

「クラリス顔が近いわ。あと立ち直るのが早いわ。杖なし、と言っていたけど、普通は杖が必要なの？」

「そうでございます。杖があるとないでは十倍ほど威力に差が出ると言われております。一般人は、杖なしでは魔法は使えません」

そう説明しながら、クラリスが俺の太い足についた埃をタオルで拭き、新しいズボンを穿かせてくれる。

「じゃあ私は、なぜ使えるの？」

「それはお嬢様が天才だからでございましょう！」

「さようでございます！　杖なしで、しかも落雷魔法を……ううっ……」

バリーがまた泣き出しそうだったので、こら、と叱ってから話を戻す。

「詠唱の途中で呪文を唱えることはできるの？」

「できます。慣れれば魔法は無詠唱で使えます。さらに付け加えるなら、威力や範囲など様々な応用が利くのでございます。基礎魔法が行使できれば、派生して応用魔法が使えますが、六芒星の魔法才能と個人の得手不得手によってできるできないがあるので、練習には注意が必要でございますね。苦手な種類の魔法を頑張っても効率が悪く、時間と魔力の無駄になります」

先ほどの《落雷《サンダーボルト》》を発射する感覚を思い出しつつ、小さな雷が落ちるイメージで、地面に指を差した。

バガァン、という破壊音と一緒に軽く地面がえぐれる。

魔法バカオババハンメイドの言う通り、感覚をつかめば無詠唱で撃てるな。

クラリスとバリーが素早くひざまずいたので、怖い顔を作って二人に指を向ける。すると彼らはあわてて立ち上がった。またズボンをズリ下ろされるのは勘弁だ。

どのぐらい威力を調整できるのか確認しながら《落雷《サンダーボルト》》を放っていると、お腹がすいてきた。

すると、これまた絶妙なタイミングでバリーが昼ご飯を台車に乗せて持ってきた。それを見たクラリスが、本が山積みになったテーブルの横に食事用の丸テーブルを運び、脇にパラソルを立て、あっという間に準備を完了させた。バリーが満面の笑みで料理を並べていく。

ストップ。この昼ご飯、ちょっと待った。

「少し……いいかしら？」

「なんでございましょう、お嬢様」

「クラリス、顔が近いわ。私っていつもこんなに食べるっけ？」

「え？　ええ、その通りでございます。お嬢様はよく食べる健康的な女性でございますからね。入院中は少ししかお食べにならないので心配致しました」

「それにしてもこれは……」

肉の乗った皿が二つ、ポテトサラダのようなものが山盛り、甘ったるそうなお菓子が二皿、そしてパンがバスケットにたくさん入っている。

「あのね、バリー。私これ、いつも全部食べてる？」

「はい。お嬢様はいつも美味しそうに食べておいでです」

「あなたにお願いがあるわ」

「お嬢様、なんなりと」

バリーは旋風が巻き起こらんばかりに顔を寄せてくる。

夫婦は似てくると言うが、苦労皺の多いオバハンと頬に傷がある強面のおっさんが瞬間的に移動して眼前にどアップになるのは、心臓によくない。

「バリー、顔が近いわ。あと怖いわ。顔がカタギじゃない。私これからダイエットをするから、食事を減らしてちょうだい」

「ああ、ダイエットですね。かしこまりました」

「何その信用していない顔は」

「お嬢様。これで三五八回目のダイエットでございます」

エリィ……お前はどんだけダイエットに失敗してるんだよ。

「今回はうまくいくから」

「そうだと良いのですが」

「あの事故で覚醒したからね」

エリィの行動が変わっておかしく思われないように伏線を張っておく。何かあったら全部あの雷のせいにする予定だ。まあこの二人なら、そんなことしなくても大丈夫そうではあるが。

「できます。お嬢様は天才ですから」

クラリスがうなずいて紅茶をティーカップに注ぐ。

「筋肉量を増やすから、タンパク質を多めにして炭水化物を少なめにしてちょうだい。お肉は鶏肉を中心にしてね。魚類ならサバか鮭がいいわ。あとはビタミンのバランスもよく考えて、生野菜と果物のサラダをドレッシング少なめで用意してほしいわ。消費カロリーが摂取カロリーをやや下回るように調整して筋肉をつけながら身体を少しずつ絞っていきたいわね。献立の記録はクラリスにお願いしてもいいかしら」

二人はぽかんと口を開けている。

あ、そうか。異世界にタンパク質、炭水化物などの概念はないのか。

「鶏肉中心でよろしいのですか？　お嬢様はピッグーの肉が何よりお好きですよね？」

バリーはそう言って豚の生姜焼きみたいな皿をこちらに見せる。

ピッグーは豚肉と似ているらしいな。もう呼び方、豚でよくねえか？

「いいのよ、バリー。痩せたいから」

「魚類は高級品になるのでご用意するのは旦那様の許可が必要でございますね。それにサバとシャケという魚は聞いたことがございません」

「あのね……健康にいいらしいって、どこかの本で読んだのよ」

とりあえず本で読んだことにして誤魔化しておく。

「なるほど。後ほど町の商人に聞いてみましょう」

「え？　そこまで無理しなくていいんだけど」

「いえいえ、お嬢様が真剣なことは今回よく分かりました。私もゴールデン家の専属料理人として、できる限りの協力を致します」

「そう。ありがとう」

一番心配していたダイエット食問題がバリーの出現によって解決したのはよかった。それに、ゴールデン家が金持ちっぽくて助かる。これが貧乏人に転生していたら健康的なダイエットは難しかっただろう。いい食事は金がかかる。

そんなこんなでバリーには悪かったが四分の三ほど食事を残して、再び訓練を開始した。

《落　雷《サンダーボルト》》の威力を調整して放つ練習を繰り返す。

この《落　雷《サンダーボルト》》で、なんとなく魔法のコツをつかみたかった。体内に循環する力が魔力と呼ばれるものだろう。完全に掌握できれば様々な応用が利きそうだ。まずは魔法に慣れよう。

太陽が傾いてきたところで、魔法の練習は終わりにして、特訓場をランニングする。正確には身体が重すぎて走ることができないから、早歩きだが。

しっかり汗をかいて、夕日で特訓場がオレンジに染まったところでトレーニングを終わりにした。

「しかし、お嬢様の魔力は底なしでございますねぇ」

シャワーを浴びた後、クラリスが感慨深げに特訓場の更衣室で私服に着替えさせてくれる。

「そうかしら？」

「そうでございますよ。なんせ白と空の複合魔法を何度も放てるんですから」

言われてみればそうだな。エリィの日記には魔力が少ないと書かれていたが、俺がエリィの身体に入ったことと因果関係があるのかもしれない。

「クラリスは何か魔法を使える？」

「お嬢様の前であまり使ったことがございませんね。わたくしは風魔法が使えますよ」

そう言ってクラリスはポケットから鉛筆サイズの杖を取り出すと「《ウインド》」と呟いて杖を

振った。

　そよ風が疲れた体を吹き抜けていく。

「クラリスの適性は風なのね」

「そうでございます。洗濯物を乾かすのに便利です」

「へぇー。他には？」

「食器を乾かすのに便利でございます」

「あとは？」

「いけすかない貴族のヅラを飛ばすのに便利でございます」

「うんうん。他には何かできるの？」

「そうですねえ……」

「他には魔法、使えないの？」

「……」

「ほら、何かあるでしょう。竜巻みたいに風を起こしたりとか」

「……」

「あのー、クラリス？」

　クラリスはエプロンを持ち上げて、ムキーと噛みついた。

「お嬢様！　わたくしにも魔法の才能を分けてくださいまし！」

　これ以上いじめるとクラリスが泣きそうだ。

「ごめんなさい。で、クラリスは他の六芒星基礎魔法は使えないの？」

「残念ながら、わたくしはシングルでございます」

「シングル？」

「魔法を一種類しか使えないことでございます」

「あ、そういえば」

たしか日記の中でエリィが、シングルだとバカにされて悔しい、と時々書いていたな。待てよ。てことはエリィは適性魔法の「光」しか元々は使えなかったってことじゃねえか？

……いや、まずいだろ。

急に落雷魔法使えるようになったら、どうやってできるようになったのか、どこで習得したのか、なぜシングルだったのに突然落雷魔法をとか云々、あらぬ嫌疑をかけられる可能性大だな。

「落雷魔法は絶対に秘密よ、クラリス」

「ええーっ！」

「ええーじゃないわよ」

「せめて奥様と旦那様には言うべきかと」

「だーめ。言っちゃだめだからね」

「かしこまりました……」

着替えが終わったので部屋を出る。

誰かに着替えさせてもらうのがこんなに楽だとは思わなかったなー。楽ちん楽ちん。

クラリスがドアを開けたので部屋を出ようとする。入り口にあった姿鏡を見て俺は絶句した。

――――――ッ⁉


冷や汗が流れ落ちる。

ありえねえ……これは、絶対にありえねえ。

まじで。MA・JI・DEありえねえ。

「ク、クラリス……。この服はなに？」

「何というのは？　いつものお嬢様の私服でございますが」

なんてことだ。

あまりの混乱に一人称がおかしくなる。

「これが、あたい……？」

この私服を見て混乱しない奴がいるのだろうか。

白地にほんのりとピンク色が混ざった生地がワンピースの形に加工してある。まず、デブが膨張色である白とピンクをチョイスしていることが間違っている。次に、背中には見ているだけで鳥肌が立ちそうなでかいリボンがくっつき、いかんともし難い怒りを誘う。靴は無駄に大きくぼてっとしていてミスマッチに拍車をかけ、さらに恥を上塗りするように、裾やら腕周りにフリルがついていた。なんだこれ。なんの冗談なんだ。頭の黄色いヘアバンドは何なんだ。これは……

いったい………。
「何なのよぉッ！」
怒りのあまりスカートの裾についたフリルを力任せに引きちぎり、背中のリボンをむしり取って、色合い的に意味不明な黄色いヘアバンドを頭から引き抜き、統一感の欠片もないぼてっとした革靴を脱ぎ捨て、全部特訓場に放り投げ、《落雷《サンダーボルト》》で粉砕した。
ピッッッッッシャアアアアアアアアン！
ドズグワァァーーーーン！
ギャーギャーバサバサバサ
ブヒヒーン
ガラガラガラガシャーン
ヒーホーヒーホー
ブシュワーーー
耳をつんざく雷音が轟き、本日一番強力な《落雷《サンダーボルト》》がワンピースのフリル達を黒こげにしながら地面に大穴を開け、近隣の鳥が一斉に飛び立って、驚いた馬が急に走り出し、馬車が倒れ、臆病者のヒーホー鳥が驚きで呼吸困難になり、なぜか特訓場から温泉が噴き出した。
――あかん。やりすぎた。

6　服屋とイケメンエリート

クラリスが準備してくれた新しいパジャマ姿に戻ってやっと平静を取り戻した。

俺としたことが怒りで周りが見えなくなってしまった。

あれが自分の着ている服だということが許せなかった。そう。俺はスーパーイケメンエリート営業。服には人一倍のこだわりがある。妥協は許されない。あんなコーディネートを自分が着ていることは、他人の体に転生してしまったとしても、異世界にワープさせられたのだとしても許せるはずがない。別にエリィの服装の趣味をバカにしているわけではない。

人それぞれ好きな服やジャンルは好みがあり、好きに買って組み合わせるのは本人達の自由であり、楽しみでもある。それに、他人がどんな服を着ていようと興味はない。他人に服がダサいと指摘されるのは本人のプライドを著しく傷つける可能性がある。人は誰でも自分の服が格好いい、可愛い、と思っているものだ。たとえそれが『大いなる間違い』であったとしても、だ。

横を見ると、なぜかクラリスとバリーが土下座をしていた。

「ええっ⁉　ちょ、二人とも顔を上げて！」

急いで立ち上がらせようと二人の腕を取る。

しかし、オバハンメイドと強面コックはどれだけ引っ張っても頑なに動こうとしない。

「お嬢様のお怒りはごもっともでございます！」

「我々夫婦の不徳の致すところ！　どうぞ煮るなり焼くなり黒こげにするなり好きにしてくだされ！」

話が大事になっている。おいおい、どうしてこうなったよ？

「話がまったく分からないから顔を上げて、二人とも」

クラリス、バリーはおそるおそる顔を上げた。

「別にあなた達に怒ったわけじゃないわよ」

「え？」

「私が怒ったのは着ている服があまりにもダサかったから、自分自身に怒りを憶えたの」

「で、では、我々夫婦の粗相が原因ではないと？」

「あたりまえじゃない。あなた達のどこに失敗があったの？」

「パジャマのズボンをズリ下ろしてしまったことです」とクラリス。

「パジャマのズボンに鼻水をつけてしまったことです」とバリー。

思いっきり失敗があった。

「それは感動のあまりやったことでしょう、気にしていないわ」

二人は安堵から正座していた力を抜いて、お互いに寄りかかった。

「それよりクラリス、この辺でいい服屋はある？」

「ありますとも、お嬢様！」

もう復活したのか、各駅停車駅を通過する特急ばりの風圧を巻き起こしてクラリスがこちらに近づいた。

「顔が近いわ、クラリス。じゃあ家に帰る前にそこに行きましょう」

「かしこまりました」

静かにしていたバリーが手綱を操り馬車を移動させ、特訓場に乗り入れる。

いきなり噴出した温泉は家に帰ったら別の使用人にまかせることにし、パジャマ姿で馬車に乗り込んだ。

揺られること三十分、町に戻ってきた。夕日が落ちて街灯が灯る。時刻は午後六時。

馬車が乗り入れられるほど広いメインストリートは人が激しく往来しており、石畳の道路に面した店はバーや居酒屋、レストラン、定食屋、カフェ、服屋、武器屋、防具屋、ひっきりなしに人が出入りしている。馬車に轢《ひ》かれそうになる酔っ払いなんかもいるが、日常茶飯事なのか怒号が飛び交い、警ら隊と呼ばれるハンチング帽を被って大きな剣を背負った連中にしょっぴかれていた。

俺は海外旅行に行ったときの何倍もの感動を覚えた。

こんな異文化があるんだろうか。人間じゃない人間がいるのだ。

変な言い方だが、人間にまじって、虎の顔をして鎧を着込んでいる戦士風の男、とかげ頭でターバンを巻いた性別が謎の奴、うさぎの耳をした女、猫耳の子ども、腕だけ猿の大道芸人、中でも驚いたのは下半身が馬で上半身が人間というケンタウロスみたいな輩、そんな生き物が普通に行き交っている。

人種問わず肩を組んでわいわい飲んでいたり、真剣な顔で値段交渉したり、愛を語らっていちゃいちゃしたり、この世の動物全部をボールに入れてかき混ぜたような光景だった。

自然と目がそちらへ動いてしまうのは、やはり魔法関連の店だ。

杖専門店、魔工具専門店、魔道具専門店、魔法とは違うが愛玩獣専門店なんて店もある。

「いつ来てもグレイフナー通りは、混んでおりますねえ」

クラリスは軽いため息をついた。

「毎日これぐらい人がいるの？」

「そうでございます。お嬢様はこのお時間あまり外出されませんものね。人攫《さら》いにでもあったら大変でございますから」

この巨体を連れ去る輩がいるとは思えねえ。

一一〇キロだぞ。

「それで服屋はどこ？」

「あちらが若い女性物で人気の店です」

「クラリス。ここは国の首都なのよね？」

「もちろんでございます」彼女は胸を張った。

「グレイフナー王国の首都、グレイフナーでございます」

「そうよねえ」

うっすらと感じていた一抹の不安が見事的中した。

まさか、と思い、もう一度グレイフナー通りにいる人々をよく観察する。

そうか……これはアレだ……。あかんやつだ。

「どうして今さら、そのようなことを?」

「うーん、ちょっとした確認ね」

せっかくの異世界なのに残念すぎる。ごった返す町の人々の服装が全体的にダサいってそりゃないぜ……。

いや、むさ苦しいと言ったほうがいい。とりあえず困ったら飾りをつけておけ、という大ざっぱな服、でかいのが正義と言わんばかりのアクセサリー類、おまけに服装にあまり色がなかった。よく使われているのは、白、茶色、黒、たまに緑色、紺色。パステルカラーは稀に見る程度だ。年頃の若い女は、ほとんど白いシャツに茶色の革ドレス、丈は膝下、靴はぼってりとしている。もしくは無地のチュニック。意味不明な配色のペイズリー柄のチュニックを着ている女もちらほらいて、それはもーとてつもなくダサい。形がダサい。生地が微妙。変なフリルがいらない。異世界クオリティなのか皆スタイルがいいので、なんとか見れる、という状態だ。せっかくのスタイルが台無しだ。

しかも、ミニスカート姿の女性がいない。あの、女性の象徴といっても過言ではなく、幾人もの男を虜にして止まないリーサルウエポンが存在しないのだ。おかしい。これは由々しき事態だ。この異世界は貞操観念が高いのかもしれない。それこそ女性は肌を絶対に露出しないという文化が根付いている可能性がある。

髪型の多くはトレンドなのか小さい三つ編みを耳の上に通してうしろでしばる、というもの。ファンタジー映画でよく出てくる村娘のイメージだな。

男は大体だぼっとだらしないズボンを穿き、上から被るシャツのようなものを身につけている。胸のところに紐が通してあって、そこで締めたり緩めたりするらしい。いかんせん形がひどい。なんでもいいから動きやすければいいんだよ、といった風情だ。オシャレのつもりか、ハットをかぶっている連中もいるが、それらは服装と帽子のミスマッチで、かえってダサく見えた。時折、おっと思う服装をしている貴族風の男も、よく見ると生地がいいだけで、全体的な形やフォルムはよろしくない。

「全部消し飛ばしたいな……」

完璧主義の癖で、ついぼそっと呟いた。

クラリスが隣で合掌して「それだけはおやめください、お嬢様」と懇願してくる。

「聞こえてた？　てへ」

自分で言ってから、おデブの「てへ」に殺意が湧いたのはここだけの話にしておこう。

そして馬車が向かっている店の看板『愛のキューピッド』を見て、御者をしているバリーの肩を叩いた。

「引き返そう」

そのネーミング、嫌な予感しかしねえよ？

いやまじで。

「あのー、お嬢様」

「なに?」

「通過してよろしいんですか?」

「一刻も早く他の店に行ってちょうだい、一刻も早く」

「いつもお嬢様はあの店の服をご所望でしたのに」

「いいったらいいのよ! それより、他のお店はないの?」

「どのような店がよろしいでしょうか?」

御者のバリーが窓に顔を張り付けて尋ねてくる。

こええよ。ホラーかよ。

そうこうしているうちに『愛のキューピッド』の前に馬車がさしかかった。馬車は急には回れない。

外観は、それはもうピンクな雰囲気だった。

窓にもドアにもあまーい配色でフリルのついたカーテンがついており、壁も窓枠も屋根もすべて白。店の入り口に飾ってある鉢植えにはハート型の葉をした謎の植物がお出迎え。入り口の上には、丸字に赤で『愛のキューピッド』と刻印がされた看板がランプに照らされている。この異世界の服装を考えれば最先端なのかもしれない。でも、日本なら絶対に入りたくない店だ。

げんなりした顔で窓から店を見ていると、入り口のドアが開いて、まるまる太った厚化粧の女が出てきた。

「エリィ様、メイド長クラリス様、ご機嫌麗しゅう」

新型の特殊装甲かと疑いを抱くほどワンピースにフリルをつけたそのご婦人は、黄金の髪にきついパーマをあて、唇には真っ赤なルージュを引き、目元はブルーのアイシャドウを入れていた。

これはあれだな、夜中、枕元に出てきたら絶叫するレベルの化け物だな。

「新作ができましたので、ぜひともエリィお嬢様にご試着をと思いまして」

「お嬢様、どうされますか？」

「断って」

「かしこまりました」

クラリスは『愛のキューピッド』の店長らしきご婦人に向き直った。

「本日、お嬢様はお疲れでございます。またの機会に、ぜひ」

「まあそれはいけませんわね。では新作は取り置きをしておきますので、どうぞご気分の良い日にお越しくださいませ」

とんでもない見てくれだが、店長ご婦人の礼儀作法は美しかった。

なるほど、こんなメインストリートの一等地で変な店を流行らせているだけの手腕があるんだ。おそらくエリィのような貴族や金持ち向けの服をデザインしているのだろう。単価も高いし、若い女子の服なら回転率もいいはずだ。店の様子や店長ご婦人の着ている服からしても、結構儲かっているのだろう。

そう考えると、服で一攫千金《いっかくせんきん》を狙うのは悪くなさそうだ。

この異世界のファッション業界が、手付かずの開拓されていないフロンティアな予感がする。

幸いなことに洋服の知識は人一倍あるし、新しい服屋を立ち上げることも念頭に置きつつ、服屋を回ってみるか。

「どうされました、お嬢様?」

「なんでもないわ」

「では、別の店へ」

バリーは馬車を巡らせ、服屋というか雑貨屋のような日本の古着屋を連想させる店に入った。

店の中にはところせましと服が置いてあり、新品が手前、古着が奥に陳列され、使用済みの革の盾やステッキ、銅っぽい剣なんかも置いてあった。いやー、これはファンタジーだな。

俺はリングを捨てに行く小人族がいないか見回した。

——!?

いない。いるわけがない。あの映画好きなんだよ。マイプレシャス。

お目当ての女性物洋服類は流行であろう白シャツにやぼったい茶色の革のドレスが中心で、ワンピース、チュニック、カーディガンのような羽織る服なんかもあり、値札と一緒になぜか防御力の説明書きがあった。

「クラリス、なんで値札に説明書きがあるの」

「冒険者がよく来るので、そういう書き方のほうがウケるのですよ」

そう言って俺は値札に目を落とした。

『革のドレス。８０００ロン。

流行の革ドレス、スライムなんてへっちゃら！

一角ウサギの突進ぐらいなら大丈夫、かも⁉』

なんだよ「かも⁉」って。

『ペイズリーチュニック。３０００ロン
プリティーなペイズリー柄。スライムぐらいならきっと平気。

ゴブリンはちょっと危ないかも⁉』

だからなんだよ「かも⁉」って。

しかもデザインが下手で、ペイズリーじゃなくてゾウリムシに見えるぞ。

しばらく店内を物色して、服を広げては閉じ、を繰り返す。服を取って広げてくれるのはクラリスだ。彼女はこちらの心を読んでいるかのような素早い動きで先回りしてくれる。

茶色い麻のシャツ、薄茶色の麻のシャツ、どれもボタンはない。胸のあたりでひもを通して結ぶようだ。綿や革は値段がちょっぴり高い。綿があるなら文明的に色々なデザインで加工できるはずだ、という俺の考察は店内をよく観察するにつれて、なぜこのグレイフナー王国ではお洒落デザインがないのかという解答に近づいた、気がする。

そして、とある柄がないことに愕然とした。

「チェック柄が、ない……だと？」

あれほど有用で組み合わせに便利な柄が販売されていないことに戦慄《せんりつ》を覚えた。この国のファッションはいったいどうなっているんだ。

とはいえ、デブが店内でがっくり膝をついているのは、邪魔で仕方ない。

気を取り直してバリーに言って次の店へ行く。

『秘密の道具屋』という店だ。

どこにも秘密めいたものはない。ふつーの道具と服を扱う店だ。エリィに似合う大き目のサイズはない。チェック柄の商品も当然ない。

馬車に乗り込み、さらに違う店へと向かう。

『ＴＨＥ服屋』

安易すぎるネーミングに古着屋と大して変わらない品ぞろえ。

次、行こうか。

「洋服の専門店はないの？　ブランド物みたいな」

「ブランド、とはお酒のことですか？」

「それブランデーのことでしょ」

「そうでございます」

「そうじゃなくて、個人が広めたデザインの洋服を扱う店よ」

「そういった店はありませんね。服屋は服屋です」

「さっきの『愛のキューピッド』みたいな店よ」

「あの店は特別でございますよ、お嬢様」

だいたい把握できてきた。

ブランド物、という思考はない。たぶん『愛のキューピッド』がその走りのようなもので、これから時代の流れとともにブランド名がついた商品が流行っていくのだろう。

ふふふ、なるほどね。

「お嬢様、どうされました？」

「いいえ、なんでもないのよ、クラリス」

次の『ワイズ』という店もごく普通の品ぞろえと、流行を押さえた服しか置いてない。防御力の説明書きはあった。大した感動もなく店を出る。

「お嬢様」

「ひっ！」

御者の窓に顔面を密着させて、バリーが突然声を出した。

「バリー、心臓に悪いからそれはやめてちょうだい」

「申し訳ございません。私も会話に入りたくてつい。少し年齢層は上ですが『ミラーズ』はどうでしょうか」

バリーが手綱を操りながら聞いてくる。

「じゃあその店にして」

「かしこまりました」

一番大きいグレイフナー通りへ戻り、次の交差点を曲がると『ミラーズ』があった。

小ざっぱりしていて洒落た外観だ。俺が知っているシャレオツな日本の店とはまた趣が異なって感心する。

白亜の木製ドアに大きな鉄製ドアノブがついており、店の壁には新作らしき洋服がハンガーにかけられ、その周辺を光の玉が三つふよふよと浮遊している。たぶん魔法だろう。看板の文字も『Mirrors』と控えめに刻印がされていた。実際の文字は英語ではないのだろうが、俺の目には英語表記に見える。脳内で変換されているらしい。

精悍《せいかん》な顔立ちのドアボーイが待ち構えていた。着ている服装はやはりだぼっとして、いまいちであったものの、背にしょっている剣がいかにも異世界のようでかっこよく、鍛えぬかれているのか姿勢が良かった。

やっぱ男だし憧れるよなー、剣とか鎧とかこういうの。

まあ、デブでブスの女の子だから着られないけどぉ。

店に入ると、店員が俺の服装を見て困惑し、お辞儀だけして去っていった。

パジャマ姿じゃ、しょうがねえ。

クラリスが影のごとく静かについてくる。店内の服を取ろうとすると、さっとこちらに広げてくれた。

うん、まあまあだな。

「ここは十代後半から二十代前半の女性向けのお店ですね」

わりと上質なチュニックとシャツがある。カーディガンや、ワンピースもある。しかし、やはり日本だったらあっていいはずのズボンやジーンズはない。

「ズボンはないの？」

「まあお嬢様。ズボンは殿方の穿くものでございますよ。冒険者でもない限り、レディの着るものではございません」

「昔からそうなの？」

「はて、いつからか分かりませんが、わたくしが子どもの頃から女はスカート、男はズボン、と決まっておりました」

「ミニスカートは？」

「ミニ……？　祭事の際に踊り子が着るような衣裳でございますかね」

「これぐらい短いスカートよ」

「普段着では見かけませんねぇ」

よし、これはナイスな情報。ミニスカートは踊り子が着る。ということは肌の露出が忌避されているわけではない。

あれほど女性の魅力を引き出してくれるアイテムを作らないなんて言語道断だろ。この世界の女性のためにも男性のためにも、ミニスカートは作らなければならない。決してエイミー姉さんのミニスカートが見たいとか、そういうわけじゃあない。

「キュロットはないの？」

「キュロ……なんでございますか？」

「最近の日本……おっほん、最近思いついたんだけどね、こういう形をしたズボンがあってもいいと思うのよ。スカートっぽいけど、足を広げてもパンツを覗かれることはないわ」

「それはよろしゅうございますね」

クラリスは俺が手を動かしてみせた形を確認してうなずいた。

「あと、こういうフリルはいまいちよ」

店に飾ってあった革のスカートを広げ、腰のあたりからスカートの裾まで斜めに伸びるフリルを指さす。発想は悪くないと思うが、茶色の厚みがあるスカートにフリルをくっつけているのは、ぼてっと見た目が重たくなるのでいただけない。

「どうせなら、もっと生地を薄くして軽さを出すべきね。それから靴」

「靴でございますか」

「ヒールとかパンプスはないの？」

「回復魔法と、かぼちゃですか？」

「ちがうわ、そういう名前の靴よ。ちょっとかかとがついて高くなっている靴」

「いえ、存じ上げません」

「ないの⁉　なんてこと……」

「お嬢様？」

「あれがあればデブは多少細く見せることができるのよ。もちろん私ぐらいのデブだとワンピースしか着れないし、履いても意味はないけどね」

ぽっちゃり系ならまだしもエリィは太すぎる。関取とあだ名をつけられてもおかしくない。

ああ、そういえば小学校の頃「よこづなどすこい」とあだ名を付けられた女の子いたな。あのときは申し訳ないことをした。なんたって付けたの俺だもんなー。ああいうのって本当に傷つくよな。大人になってから女性にはそんなこと一切言わなくなったけどさ、子どもって残酷だな、ほんと。登下校で遭遇すると「どすこい！」って腹に張り手してた。偶然再会したら「よこづなごめん！」って謝りてえなあ。

「ご来店ありがとうございます。店主のミサと申します」

茶色のボブカットをしたスレンダー美人が華麗にお辞儀をした。

店主と言う割には若い。二十歳前後に見える。

「当店の商品に何か問題がございますか？」

さっきの会話が聞こえていたみたいだな。

怒っては……ないみたいだ。好奇心が勝っている、といったほうがよさそうだ。

「ゴールデン家四女エリィ・ゴールデンです。パジャマ姿で失礼致します」

自分で言って笑いそうになるが、堪えてパジャマの裾を上げた。

こういう女っぽい動きはなぜかオートマチックでできる。あと言葉遣いも口に出すと修正が入るから不思議だ。ひょっとしたらエリィの意思がまだどこかに残っているのかもしれない。これはじっくり研究すべきだろう。

「本日はどうされたのですか？」

「ええ、普段着があまりにもダサくて着れないのよ」

「なるほど。だからパジャマ姿なのですね。では、当店で見繕ってさしあげましょう」

「それでもいいんだけどねえ……」

わざと、意味ありげに店内を見回す。

店主ミサの眉毛がぴくっとつり上がるのを見逃しはしない。

「じゃあ私の体に合う服を選んでちょうだい」

「かしこまりました」

ミサが持ってきたのは白のワンピースと、グレイフナー王国で流行の白シャツにもっさりした革ドレスだ。

「ありがとう」

まあ白シャツに革ドレスの合わせはエリィには無理だな。飛び出る腹に、うなる二の腕。下っ腹が革ドレスを押しだし、ぱつんぱつんのシャツに二の腕の太さがくっきりと出るだろう。「頑張って流行の服を着てます感」しか出ねえ。

白ワンピースの生地は綿だ。膝下まで裾が広がり、袖は切りっぱなしで、ボタンやしぼりはない。日本でいうところのオーガニック系。家庭菜園とか無農薬とかが好きな主婦が着てそうな、ゆるいファッションだ。

欲を言えば黒地のものがほしかったが、この組み合わせなら割とまともな部類に入るので、クラリスに言って白ワンピースの料金を準備させる。金はエリィが貯めているものがあるし、なくなれば家の誰かがくれるから問題ないそうだ。いや、エリィは貯金に勉強にほんと偉い子だな。俺は金、持ってるだけ使うからな。

「ワンピースをもらうわ」

「ありがとうございます」

店主ミサ自ら会計をしてくれ、クラリスが支払いを済ませた。

ついでに黒のワンピースも注文して代金を払っておく。近々入荷するようだ。

「あの、お嬢様。先ほどお話しされていたことなんですけれど、よければ詳しくお聞かせ願いませんか？」

「あら、何の話？」

本当はわざと聞こえるように話していたが、とぼけて聞き返す。

「フリルがいらないことや、靴の話です。非常に興味がわきまして御迷惑でなければなのですが」

「クラリス、時間はある？」

「そろそろお夕食のお時間です。本日はお嬢様の退院祝いですので、早めの帰宅を」

「あらそう」

「そうですか。残念でございます」

「また時間ができたら来るわね」

「ええ、ぜひともそうしてください！」

思った通り、このミサという店主はかなりセンスがあるとみた。

そのうち、オーダーで服を作ってもらう予定だし、懇意にしておくべきだろう。

◆ ◆ ◆

今日、服屋を回ってほぼ確信した。ずばり、この国の人々は、洋服にそこまでのデザイン性は求めておらず、防御力を重視している。行き交うおっさんや若い女性でさえ、どれだけ頑丈かを気にしている節があった。

革命的なデザインの服が出ていないこともその原因のひとつだろう。

行き交う町人を見ていると、稀にタイトな服を着ている若者がいる。現代でいうならば、最先端をいくファッションに敏感な若者、といったところか。原宿とか表参道にいそうな雰囲気の連中だ。

彼らは常識を覆《くつがえ》す洋服を今や遅しと待っているに違いない。

見た感じでは縫製の技術はそこそこに高いので、その気になれば日本と同等の見た目の商品を作ることは可能だろう。

これは新しいデザインで洋服を売り出したら、ひょっとすると流行る可能性があるな。

いや、むしろ最先端とおぼしきタイト系の服装をしている輩がいるということは、それに目をつけるセンスと商才のある連中がいずれ出てくるはずだ。やられる前にやるべきだろ。先を越される前に一番乗りをすれば、まじで一攫千金《いっかくせんきん》を狙える可能性がある。ミニスカート含め、金の匂いがぷんぷんするぜ。

　本来なら大規模なマーケティング調査を行うところだが、自由にできる金がそこまでない。ひとまずは貯めていたお小遣いの中でやりくりしつつ、オリジナルデザインを作って、エリィに可愛い服を着せてやることを小目標にしよう。周囲の反応を見つつ、目途が立てば融資先を探して一気に事を起こす。

　考えてたら、めっちゃ楽しくなってきた。

　よし決めた。この世界のファッション業界に風穴を開けてやる。

　俺はやる。やると言ったらやるぞ。

　問題は宣伝方法か……。

　異世界の人々の度肝を抜くキャッチーな宣伝方法を考える必要があるな。

「お嬢様が洋服にあれだけの情熱をお持ちだとは知りませんでした」

　しばらく考え込んでいたようだ。馬車が家に着いたらしい。

　クラリスが馬車のドアを開けて、下りるよう促してくる。

「実は前からずっと気になっていたのよ」

「お嬢様のご立派なお考えを店の者が認め、わたくしは鼻が高いです」

「やめてクラリス。そんなにすごいことじゃないわ」

「いいえお嬢様。わたくしは今日からお嬢様付きのメイドになることを心に決めました。あなた、いいわよね？」

「もちろんだ」

バリーは馬車をゴールデン家の使用人に任せ、クラリスの後に続く。

「大丈夫なの？」

俺には専用のメイドがどういう立ち位置になるのか分からない。

「ええ、旦那様には常々言っていたことにございますから」

「でも、メイド長なのでしょう？」

愛のキューピッドの店長がクラリスをメイド長と言っていた。

「そんなものは誰かにうっちゃればいいのです。わたくしは心優しくも努力家のエリィお嬢様が好きなのです」

「クラリス……」

「私も料理長でなければお嬢様の護衛としておそばにいるのですが」

「あんたはだめよ。バミアン家の当主なんだから」

クラリスの言葉に、悔しそうにバリーは拳を振った。愛されてるなー、エリィ。

ちなみに、ゴールデン家の屋敷はそりゃでかかった。

貴族らしくがっしりした門に、いかつい門番が立ち、ちょっとしたパーティーができそうな庭を通って、玄関に到着する。庭は屋敷の奥に続いており、おそらく向こうにエリィが入水した池があるのだろう。

玄関を開けると、ばたばたと走る音がして、伝説級美女が飛びついてきた。女性特有の柔らかい匂いが鼻いっぱいに広がる。

「エリィ！　退院おめでとう！」

一日ぶりに見る伝説級美女エイミーはやはり美しかった。

「ありがとう、お姉様」

「お腹すいたでしょ」

「うん」

「遅かったけど、どうしたの」

「ちょっと町に」

「病院は退屈だものね」

そう言いつつも、ぺたぺたと俺の顔や体をさわってくる。

「ちょっと痩せた？」

「そうかな？」

「よかった。やっと敬語が元に戻った」

うふふ、と笑うエイミー。可愛いな、おい。

「エリィ、おかえりなさい」

続いてやってきたのは、エイミーの垂れ目とは対称的な釣り目の、気が強そうな美女だ。輪郭や鼻、口元はエイミーにそっくりで、目だけが逆になったかのようだ。これだけでだいぶ印象って変わるもんだな。

「ただいま戻りました」

「なぜパジャマ姿なの？」

「自分の服が許せなくて」

「あら、あの店の服は悪くないと思うけど？」

「そう、ですか？」

「あなた……」

釣り目で気が強そうな美女は俺に近づいて顔を覗き込んだ。彼女の身長は一七〇センチぐらいだ。

「ちょっと変わったわね」

「エリザベス姉様、そんなにエリィを睨まないで。病み上がりなのよ」

「そうだったわね。それにしても……本当にあなたって子は、いつもみんなに心配ばかり掛けて……」

エイミーの進言で、エリザベス姉様と言われた人物が身を引いた。

日記にも出てきた次女のエリザベスか。あまり仲良くない、と日記には書いてあったが、ただ心配されてただけなんじゃないか？

「あなた達、そんなところで話していないで食堂にいらっしゃい」

最後に現れたのは細身で柔和な笑みを称える大人の女性だった。

「ごめんなさい、エドウィーナ姉様。エリィ、いきましょ！」

エイミーが保護欲をかきたてる系の三女。

エリザベスが気の強い系美女の次女。

エドウィーナがお色気たっぷりの長女。

エドウィーナ姉様はなんというか、色気が周囲に充満するかのような、優しさと、そう、エロス。エロスを感じる。ウイスキー、お好きでしょ、って感じでCMに出てそうだ。いつもの俺なら確実にむらむらきているはずなのに、体がエリィのせいなのか、そっち方向の気分には一切ならない。

ばばーん。

そして俺ことエリィである。

デブでブスでニキビ面で中身がスーパー天才イケメンエリートの四女。

これはきつい。

エリィの日記にも出てきていたから、ある程度覚悟していたが、こんな美人三姉妹と並んで歩いたら、そりゃ笑われるし、いい見世物だし、どうすりゃいいか分からない。エリィが不良にならず十四歳まで成長したのは奇跡といえる。さすがだエリィ。おまえは強い子だよ、ほんと。

食堂には、綺麗に口ひげを整えた垂れ目のくせにダンディな親父と、ちょっときつそうな顔つきだが美人の母が待っていた。

エリィの退院を祝ってから食事がスタートし、途中でエリィの誕生日を祝うバースデイケーキが出された。入院中に十四歳になったから誕生日祝いはやっていなかったのか。父親は一度優しそうな笑顔をすると、あとはむっつりと黙り込んだ。口数は少ない。

代わりに母親が色々と俺にお小言を言ってきた。

やれ危機管理がなってない、勉強が足りない、みんなに心配をかけるな、などなど。恐縮するふりをし、食べすぎないように好きな食事を取り分ける。いつものことなのか、俺を除く三姉妹は世間話をしながら、楽しそうに食事を摂っている。父親は仲睦まじい娘達を見て、垂れ目をもっと下げ、ワインを飲んでいた。

母親に心配されてるんだ、ということが分かって安心した。別にエリィが嫌いというわけではなく、ちょっと太っててできの悪い末っ子だから、目にかけている、といった対応だ。

いつもより食べない俺を心配するエイミーには食欲がないといい、父親に明日明後日、始業式まで秘密特訓場を使う許可を取った。ついでに温泉が出た、と言ったら、白い歯をきらりとさせてエリィは冗談がうまいなあと笑った。いや、まじで出たぞ、温泉。

食事が終わると、両親と長女は食堂に残って食後のお茶に興じた。

こっそりクラリスを呼んで、場所が分からないエリィの部屋をうまいこと聞きだし、そのまま中へ入る。なぜかエイミーもついてきて、そのままベッドに座った。

「エリィ、少し変わったよね」

エイミーはそう切り出した。表情はいつも通り優しさに溢れている。

「そうかな?」

女の子女の子しているエリィの部屋の内装を変えないといかん、と頭の端で考えつつ首をかしげてみせた。

「ご飯をちょっとしか食べないし、病院で変な寝言言ってるし、心配してるんだからね」

「姉様のおかげでもうこの通り元気だよ」

普段の俺だったら上腕二頭筋をこれでもかと見せつけるのだが、いかんせん贅肉を披露しても誰も喜ばない。

そんなしおらしくしている俺を見て、エイミーは何かを考えるように自分のスカートの裾を握り、ひとりでうんうんとうなずいて「そっかぁ、そういうことだよね」「エリィはエリィだし」と勝手に納得して顔を上げた。

「それより学校……大丈夫なの？」

「学校？」

「そうよ。その……クラスにあまりいいお友達がいないんでしょう？」

「大丈夫だよ」

「うそ！　いつも学校ですれ違うと居心地の悪そうな顔しているじゃない」

本来の俺なら「返り討ちだ」と言ってこれ見よがしにバキバキに割れた腹筋のシックスパックを見せつけるのだが、いかんせん腹を見せたら三段腹が登場するだけだ。

「平気よ姉様。ちゃんと学校には行くから」

登校拒否なんてしたらリッキー家のボブに復讐できねえし。

「そう……」

エイミーはなんて健気な子なんだろう、と心配と感動が入り交じった顔で、俺をゆっくり抱きしめてくれる。しばらくその温かさを感じ、ボブがどんな奴なのかをあれこれ想像していた。まず自分の目で現状を確認する。そして然るべき判定を下し、どのようにするか決める。何事も自分の目で見て決めることが、ミスを防ぐものだ。

しばらくエイミーと雑談し、体重計に乗ってベッドにもぐりこんだ。

少し痩せて。一〇七キロになっている。

一〇〇キロ台は変わらないので大した感動はない。

始業式まで、専属メイドになることを許されたクラリスとバリーと三人で、秘密特訓場に行き、トレーニングをして、グレイフナー通りを回って情報収集をし、家に帰る。というサイクルを二日送った。なかなかに充実した時間だ。

そして、始業式当日。

クラリスから制服を受け取った。

意外とお洒落だな。一般流通している服より学校の制服のほうがお洒落ってどうなのよ。

そんな学校指定の制服に袖を通しつつ、わくわくした気持ちと、リッキー家のボブがどんな奴なのか抜かりなく調べること、目的を忘れずに実行すること、色々な思いと考えを確認した。

7 学校とイケメンエリート

「いいなー、エリィはライトレイズクラスで」

エイミーは学校指定の鞄を両手で前に持ち、こちらを上目遣いで見つめてくる。

いま通学路をエイミーと二人で歩いていた。姉妹はだいたいこうして、いつも一緒に登校しているみたいだ。玄関でエイミーが待っていて自然と一緒に登校することになった。

「私も適性テストで光にならないかしら」

「そんなに光がいいの？」

「もちろん！　なんたって大冒険者ユキムラ・セキノと同じ適性よ！」

「姉様も好きなんですね」

クラリスといいバリーといい、みんな大冒険者とやらが大好きみたいだ。

「エリィも好きでしょう」

「もちろんです、姉様」

とりあえず深く同意しておいた。

「エリィは特別よ。ゴールデン家は代々、『水』か『土』に適性があるからね」

「姉様のクラスで適性の変わった人っている？」

「いないわ。滅多にそんなこと起こらないよ」

「でも姉様はヘキサゴンでしょ？　そっちのほうが羨ましい」

エイミーは六系統の魔法を使用できる凄腕魔法使いだ。すでに国の研究機関からお声がかかっている。

使える魔法は下位魔法「土」「水」「風」「火」「光」、そして上位魔法の「木」で、適性のある「土」と上位魔法の「木」が得意だ。魔闘会個人の部では、この「木」魔法で十位入賞を果たした。これは俺が昨日エイミーの部屋に行って根掘り葉掘り聞きまくった情報だ。恥ずかしそうにしながら話すエイミーは、たまらなく可愛くて、男ならほっとかねえ、と何度も思った。

ちなみに何種類魔法が使えるか、という呼び方は、シングル、ダブル、トリプル、スクウェア、ペンタゴン、ヘキサゴン、セブン、エイト、ナイン、テン、イレブン、グランドマスター、という流れになる。なぜ途中で単位が変わるのかは不明だ。

「私はエリィがいつかすごい魔法使いになると思うんだけどなあ」

「ははは……頑張るよ」

口が裂けても《落雷《サンダーボルト》》がぶっ放せるなんて言えねえ。

学校に近づくにつれて制服姿が多くなってくる。

制服は紺のブレザー、シャツ、男はズボン、女は膝下スカート、という平凡な制服だ。ローブを羽織っている生徒が半分ぐらいいる。その辺の服屋で売っている物より倍ぐらい質感のいい制服だ。

エイミーを二度見し、鼻の下をのばす男子が後を絶たない。そして俺を見て、ぷっ、と笑う輩も後を絶たない。バカどものケツに雷を落としたい衝動を堪えつつ、エイミーと楽しく雑談する。

校門のところで黒髪の和風顔をした女子生徒とエイミーが合流したので、一人で校内へ入った。

適性テスト、という看板の案内に向かって進んでいく。

きょろきょろとせわしなく顔を動かしているあどけない生徒はきっと一年生だろう。皆、一様に緊張した面持ちだ。

人の流れにまかせて進み、適性テストの会場であるグラウンドに入った。

生徒の行列ができていて、とび出るウサギ耳や猫耳を持つ生徒、エメラルドグリーンの髪や、身長三メートルの男子、などが目に飛び込んでくる。後ろ姿を見ているだけでも全然飽きない。

グラウンドには天幕が張ってあり、暗幕で三十個ほどに区切られている。高校文化祭のお化け屋敷みたいだな、と一瞬思った。生徒は次々と暗幕で区切られた適性テスト部屋へと入っていく。

受付で名前を言うと、個人情報の書かれた茶色の羊皮紙を渡された。

きた、羊皮紙！

ファンタジー映画を観たことがあれば、一度は使うのを夢見る、定番中の定番アイテム。どれ、中身を見てみようか。

『グレイフナー魔法学校　４００期生
　エリィ・ゴールデン
　適性魔法「光」

習得基礎魔法「光」

下級・《ライト》

中級・《ライトアロー》

空白が目立つ。卒業までこの用紙に情報を追加して使うんだろうな。

しばらく書類を見ていると、前方の列から「エリィ！」と声がして顔を上げた。

エイミーが可愛らしく手を振っている。

美人のくせに、妙に子どもっぽいというギャップに負け、頬が緩むのも構わず手を振り返した。

しばらくして、彼女の入った天幕の奥から、巨大な大木が幕を突き破って生えてきた。そして、パッと消える。

並んでいる生徒から「おおおお」という声が上がり、口々にしゃべり出す。

「木だぜ。すげえ」「上位魔法適性かよ」「半端ねぇ」「つーか可愛いな」「はぁはぁ……たまらん！」「エイミー様！」「お姉様！」「私達のお姉様！」「今年こそお近づきに！」「せめて近づいてにほひを嗅ぎたい！」「拙者はエイミー様のにほひを収集し大量生成する……」「くんっふはぁ！」

……なんだよ、にほひって。

にしても、すげえ人気だ。

あれだけ美女で魔法も得意、優しくて人情に厚くて面倒見もいい。人気が出るのは無理もない。

「エリィ！」

と、天幕から出てきてぶんぶん手を振るエイミーは、何も気づいていない。たぶん天然だな。

ど、の付く天然だ。苦笑いして手を振り返す。

それを見た俺へのひそひそ話も聞こえる。

「あれがエイミーお姉様の妹？」「ペットの間違いではなくって？」「すげえデブ」「末っ子だけブスとかまじないわー」「しかもシングルらしい」「え、シングル」「っぷぷ」「お前あれとつきあえよ。一万ロンやるから」「一分も無理！」「いや、にほひを嗅いでから判断だ」「贅肉魔神だ」「ピッグーじゃねえのか？」「姉妹とかありえない」

顔面に青筋が浮き立つ感覚を久々に覚え、くそったれどもに裁きの雷を落としたい願望を不動の精神力で脳内に留める。無表情を作って順番を待った。

「書類を渡しなさい」

順番が来ると、ローブを着た神経質そうなおっさんがこちらを見もせずに手を出した。光り輝く額が気になる。ハゲだな。おっさんは書類を見ると、ああ、エリィ君か、と言って、ようやく顔を上げた。どうやら知り合いのようだ。たぶん、教師だろう。

「君のお姉さんはすごかったね。適性テストで天幕を突き破ったのは初めて見たよ。エリィ君も数少ない光魔法の適性者だからね、胸を張ってしっかり勉強したまえ」

「はい、ありがとうございます」

「では中へ入ろう」

ハゲ先生と一緒に天幕に入ると、でかいテーブルに魔法陣が書かれ、その奥に六個の水晶玉が並んでいた。

中で待機していたらしい妙に痩せた女子生徒が、テーブルの前に来いと手招きをする。

ついい、その女子生徒に目を奪われてしまった。頭に触り心地の良さそうな狐の耳がくっついている。ひょっとしたら尻尾もあるのだろうか。くるぶしまであるローブで確認できない。

「ココに手を置いて…」

狐少女はやせ細った手で魔法陣を指さした。

何だろう……この子、めっちゃ暗い。こちらに目を合わせようともせず、彼女の周囲一メートルがどんよりとした空気になっている。よく見ると睫毛《まつげ》が長くて可愛らしい顔をしているのに、その暗さのせいで魅力が帳消しになっていた。

「早く…」

「あら、ごめんなさい」

ここは素直に従っておこう。机に直接描かれている赤い魔法陣に両手を置いた。机はひんやりとしている。

「ハルシューゲ先生…」

狐少女が確認するように首をかしげると、ハルシューゲ、略してハゲ先生が、うむとうなずいた。いい名前だ。あだ名が最高に付けやすい。

「では集中して」

オッケー集中。

「魔力を高めて」

オッケー、魔力を……どうやんだ。

へその辺りが熱くなるあの感じを高めればいいのか。

「いいですよ。そのまま全開にしてください」

よーし、全開ね。

すると魔法陣が青白く光り輝く。

へそから湧き上がる力を、腹筋に力を込める要領で高め、熱くなった魔力を両手に注いだ。どんどん魔力が魔法陣に吸い込まれていく。ハゲ先生の指示に従い、さらに力を込めた。

魔法陣から突き刺すような光が漏れる。

天幕内が光で塗りつぶされ、あまりの眩しさに目をきつく閉じた。

「エリィ君……？」

ハゲ先生が訝しげな声を出す。

これ、なんか――

「エ、エリィ君？」

ハゲ先生が近づいてくる。

ちょっと、これ、やばい？

「エエエ、エリィ君⁉」

うおおお、なんかやべえぞこれ⁉

狐少女が身の安全を確保するため後ずさりしている。

「まだ限界じゃないのかね⁉」

「ハハハハ、ハゲ先生ッ⁉」

あまりのまぶしさに気が動転し、強引に魔力注入を遮断した。

ピカッ！

バリバリバリバリバリバリィィン！

ドッガァァン、ブシャーン、メキャキャキャキャ、ギュブオゥ、ブゥゥゥン！

ヒヒーン！

キャアアアア！

ドンガラガッシャーン！

ヒーホーヒーホー
ビリビリビリビリ
ブシュワーーー
魔法陣から閃光が放たれると六個の水晶がすべて割れ、部屋の天幕が大爆発を起こして大量の水が落ち、地面が五メートル隆起したと思うと、強烈な風が巻き起こって空間が一瞬闇に包まれ、学校外にいた馬が暴走して女が悲鳴を上げ、何かが盛大に転倒し、臆病者のヒーホー鳥が驚愕でヒーホーヒーホーと呼吸困難に陥り、テスト会場の天幕が横倒しになって暗幕が破れた。

最後にグラウンドから十メートルほどの綺麗な放物線を描いて温泉が湧き出した。

俺とハゲ先生と狐少女は、爆発コントのオチみたいに、髪の毛が逆立って顔が真っ黒になり、服がところどころやぶけた。

会場中が吸い寄せられるようにこちらへ視線を投げる。

これは……あかん。

「エリィ君」

「は、はい」

「適性テストとハゲ先生と言った件で話があります。あとで職員室に来なさい。アリアナ君もです」

ハルシューゲ先生が能面のような顔でそう言いつつ額の黒ずみを白衣でぬぐい、俺と狐少女を指さした。

◆　◆　◆

職員室でハルシューゲ先生にこってりと怒られ、いかにして自分が毛根を守ってきたのかの戦歴を聞かされる。頭皮への水魔法、毛根への光治癒魔法、保温はどうかと暖房魔道具の使用、毛むくじゃらな魔物の生き血を頭にぶっかける、などなど。現在、顔の横に残っている毛を維持する消耗戦が繰り広げられている、とのことで、優れた毛根活性剤があればすぐにでも買うそうだ。

原因不明の爆発事件に、校長までやってきて校長室に連行された。校長はエルフのじいさんだった。細い銀髪にとんがった耳、怜悧《れいり》な目、白くて長い髭。均衡の取れた顔付きをしている。

「エリィ君、もう一度適性テストを行います」

エルフ校長はそう言うと、重厚なテーブルに置かれた魔法陣と六個の水晶を杖で指した。

「校長⁉」

「……⁉」

ハルシューゲ先生がテカテカの額から冷や汗を流し、アリアナと呼ばれていた狐少女が無表情で後ずさりする。二人とも、また爆発に巻き込まれたらたまらない、と目で訴えている。

「魔法陣の一部が消えて誤作動したのでしょう。さあ、エリィ君」

校長とハルシューゲ先生、狐少女のアリアナがじっと見つめる中、魔法陣に手を置いた。

今度は手加減して魔力を流す。

すると水晶玉のひとつが綺麗に光った。

魔力注入をやめると、ピカッ、と激しく光ってすぐに消えた。

ハルシューゲ先生の額をチラッと見、すぐ視線を水晶へ落とす。水晶は元の無色透明に戻っていた。

安堵のため息を漏らすと、エルフ校長が意味深に目を細め、こちらを見てから口を開いた。

「ふむ、よろしい。エリィ君はライトレイズクラスです。いいですね、ハルシューゲ先生」

「校長、先ほどのテストはやはり魔法陣の故障……ということでよろしいのですね？」

「全魔法に適性がある、そんな人間はどこにもいませんよ」

校長は思慮深く微笑むと杖を取り出して、指揮者がタクトを操るように、優雅に一振りした。

俺の太い体が黄色く光ると、制服と髪型が元通りになった。

ハルシューゲ先生と狐少女も元通りになる。校長の魔法で衣服が修復されている最中、光り輝くハゲ先生の額を全員が見ていたのは気のせいだ、ということにしておいた。

◆　◆　◆

ハルシューゲ先生と教室に入ると、クラスメイトが一斉にこちらを見た。

様々な感情が込められた視線に思わず背筋がぞくりとする。

嘲笑《ちようしよう》、侮蔑《ぶべつ》、好奇、無関心、憐憫《れんびん》、哀れみ……。ざっと確認したところ、プラスな目線はどこにもなかった。

そうか、これがエリィの二年間過ごしたクラス。悲しい、つらい、と日記で綴っていた空気か。

先生の指定した教卓の真ん前の席へ座る。

表情を消し、怒りを胸に秘め、座る直前にもう一度、ざっと教室を見回した。

どいつだ。

どいつがリッキー家のボブだ。

うちのエリィを泣かしといてタダですむと思うなよ？

教室は半円の段々になって、後の席に行くほど高く、教卓を見下ろす形になる。

その教室の奥、一番後ろの席に座っている、目立つオレンジ色の髪をモヒカンカットにした男子生徒が、俺をバカにしたような目で見ていた。たぶんあいつがボブだな。

「三年ライトレイズ担当のハルシューゲだ。といっても一人もクラス変更になった生徒はいないようだな。今年度もよろしく。では、せっかくの新学期なので一人ずつ挨拶をしていこう」

簡単なクラスメイトの自己紹介が始まった。

これは非常にありがたい。とりあえず顔と名前ぐらいは一致するようにしておこう。

すでに三年目、同じクラスメイト、ということで砕けた挨拶が多かった。途中でお調子者の挨拶で笑いが起こったりする。

それにしても、また学生になっちまうとはな。思い出すぜ、中学高校時代の青春をさ。早く日本に帰りたい気持ちは大きいものの、このファンタジーを堪能してからでもいいんじゃないかと思えてくる。やっぱ俺ってほんとプラス思考だよな。さすが天才っ。

信じてるぜ異世界ファンタジー。守護の魔法があることを、浮遊の魔法があることを、武器無効化の魔法があることを、そして丸めがねで額に稲妻の傷跡がある生徒が箒で飛び回っていることを！

そうこうしているうちに、教室の後ろを陣取っているモヒカン男子生徒が立ち上がった。

「ボブ・リッキーだ。このあいだ火を習得してトリプルになった」

偉そうにボブはのけぞると、クラスの半分ぐらいが「おお」と歓声を上げた。よく見れば、濃いまゆげにくっきりした目、口元には余裕の笑みをこぼし、クラスに一人はいる悪い系男子生徒そのものだった。まあ悪くない顔だ。女子が何名か、きゃあきゃあ言っている。それに気をよくしたのか、ボブはさらに、にやっと笑った。

「今年は上位魔法を習得することが目標だ。よろしく」

かっこつけて座ると、女子がまたきゃぴきゃぴやり出した。

いや、全然かっこよくねえよ？

半ば呆れたように見ていると、ボブはこちらの視線に気づいたのか、

「見るんじゃねえよ、デブの分際で」と全員に聞こえるよう、平然と言い放った。

半分ほどの生徒がくすくすと笑い、もう半分が我関せずと俯いている。ハルシューゲ先生が、毛が十本ほど抜けそうな深いため息をついた。

「……」

何も言わない俺を見て満足したのか、ボブはどかりと席に腰を下ろして足を組んだ。

なるほどね。絶対に許さん。

エリィをデブって言っていいのはな、エリィと俺だけなんだよ。というより、俺だけなんだよ。

視線を教卓へと戻すと、きゃあきゃあ言っていた女子が俺を見て「ほんとブス」「ボブ様みてんじゃねえよ」「きもい」など呟いてやがる。

取り巻き女子の中心人物は日記にも出てきた、サークレット家のスカーレットという女子生徒だろう。やけに目立つ黄色に近い金色の髪を、耳元で縦巻きにしている。いかにも金持ちでわがままで気位が高そうな、生意気な顔をしていた。

つんと顎を上げて偉そうに挨拶をする。

「わたくしは皆さんのお役に立てるようがんばりますわ」

などほざいてやがる。

今すぐにでも《落雷《サンダーボルト》》をぶっ放して縦ロールを横ロールにしてやりたいところだったが、まだどれほどの実害があるのか検証が済んでいない。プラスして、どのくらいエリィをいじめていたかで制裁のレベルを決めてやろう。

ボブはもうまったなしだが。

陰湿ないじめを繰り返し、エリィのような弱者を弄んで悦び、孤児院を壊滅させた原因の一端を担っている。まだ学生のボブに権力はないにせよ、彼の家が関与しているのは、間違いないだろう。へらへら笑っているあの感じじゃ、どうせ性根も腐っている。

孤児院の子ども達の行方は気になるところだが、情報もない、金もない、力もない、こんな状態で捜索に行けるとは到底思えない。ひとまずはこの世界のルールやら状況を知って準備が整ってから、行動を開始しないといけない。

ボブには苦い経験をさせてやろう。

こちらからの報復によって精神的苦痛を味わい、若さゆえの歯止めが利かない嗜虐性《しぎゃくせい》が仇となったことを、後で知ることになるだろう。社会人として、大人として、やりすぎた子どもには、おしおきが必要だからな。泣いて謝れば許さないこともない。ただし、エリィが受けた痛みを理解しているならば、だ。

そういえばすっかり忘れていたが、前にも報復をしたことがあった。相手は後輩を手玉に取った女だった。

思い出したからって、気持ちのいい過去ではない。

報復によって得た物は、バカは死んでも治らない、という言葉を残した先人が偉大である、という誰でも知っている事実だけだ。

俺は他人を痛めつけることに快楽を求めたりはしない。ただ、やられっぱなしは許せない質だ。敵意を持ち、なおかつ心底許せない奴はすり潰す。ある意味、性格が悪い、いい根性してる、と言えるだろう。多分、というか十中八九、他人に報復の件を話したら引かれるので、誰にも話していない。他の連中には、俺が頑張って営業成績を稼いでいたように見えていただろうな。

やるなら徹底的にやれ、やらないなら意地でもやるな、決めたことは貫き通す。

情に厚く、敵には容赦しない。

一流と言われている財閥系企業に就職し、数々の欲望や失敗を目の当たりにしながら自分の中に芽生えた、自分自身の掟。

エリィの涙を思い出し、ボブとスカーレットのふざけた面を見ていると『敵には容赦しない』という思いが胸の内側を貫いて、腹から怒りが湧き上がる。

とはいっても今は何もできない。気持ちの整理を瞬時にして、そんなことを考えている、なんておくびにも出さずに、すまし顔でハルシューゲ先生の言葉を聞いていた。

――リーンリーンリーン
甲高い鈴の音。授業終了のチャイムが鳴り響いた。

生徒達は鞄を持って帰路へとつこうとしている。どうやら今日は簡単なホームルームだけで終了のようだ。

「おいデブ」

俺が鞄を取って教室を出ようとすると、剣呑《けんのん》な声色で呼び止められた。

無視して出て行こうとすると肩をつかまれた。

振り返るとボブ・リッキーがニヤついた表情でこちらを見下ろしていた。後ろには取り巻きが三人いる。そばかす、デブ、真四角メガネの粋がった男子生徒だ。わざと制服をだらしなく着ている姿は、ガキだな、と笑いが漏れそうになる。

「聞いてんのかよ」

思わず「ハァ？」とメンチを切りそうになるが、一歩下がって肩に置かれた手を外し、黙ってボブを見た。

「明日からお前学校に来んなよ。デブでブスが同じ空間にいると気分が悪くなるんだよ」

とりまきの三人組が「ぎゃははは」と笑った。

「あなたが来なければいいでしょ」

「……デブの分際で何言ってんだ？」

「だから、あなたが来なければいいじゃない」

「んん？　きこえねえなぁ。人語で話してくれよ」

三人組が「ぎゃははは」と、先ほどよりも下品に笑った。

これは相手にしてられねえ。さっさと教室を出て行こう。

ボブと三人組は無視されたのが気にくわなかったのか、さらに何か言おうと詰め寄ってきた。

すると、耳障りな甲高い声が後ろから聞こえてきた。

「ピッグーの分際で、ボブ様と話しているなんて何様のつもり？」

黄金の縦巻きロールを揺らしながら、スカーレットがボブの隣に来て、俺を睨みつける。彼女の取り巻きらしき女子生徒が逃げられないよう後ろに回り込んだ。

教室に残っていた生徒達はどことなくこの光景に慣れた様子で、巻き込まれたら厄介だと、そそくさとドアから出て行った。

ボブがスカーレットを見て、軽い舌打ちをした。

「おい、邪魔すんなよ」

「ごめんあそばせ。わたくし、どうしてもボブ様とこのデブがお話ししているのが許せませんの。あなたのような殿方が動物に時間を割くなんてもっての外ですわ」

「……ああ、それもそうだな」

ボブはスカーレットに褒められて嬉しいのか、ニヤニヤと顎をさすり出した。ボブとスカーレットの取り巻き達が「ぎゃはは」「おほほ」と笑って二人のご機嫌を取ろうとしている。

そういうことか。この二人の家は、相当の金持ちか、権力を有しているらしいな。だから金魚の糞みたいに取り巻きが周りをちょろちょろと囲っているんだろう。ありがちなパターンだ。

「わたくし、合宿はボブ様と同じ班がいいですわぁ」

そう言ってスカーレットは唇を突き出し、上目遣いで何度も瞬きをし、そっと肩に手を置いた。

あまりのウザさに落雷魔法で縦ロールを横ロールにした後、肉詰めし、キャベツでコーティングしてやりたい気持ちが脳内を占拠したが、鉄の精神で我慢した。ブリッ子あかん。思った以上にウザい。

ボブはますます調子に乗ったのか、ふふん、とソフトモヒカンを整えるように両手を髪の毛へ添え、スッと上へ動かす。

「俺と一緒なら高得点は間違いないだろうな」

「ああん、素敵ですわ！」

縦巻きロールのスカーレットに倣え、と取り巻き女子がまたきゃあきゃあとやり出す。

あのさ、もう帰っていい？

時間の無駄だからまじで。

呆れ顔を隠さず、鞄を握り直して廊下へ出ようとした。

「だから待てって言ってんだよ」

またしてもボブが俺の肩をつかんできた。

つい顔に嫌悪が出てしまう。

「汚い手で触らないでちょうだい」

肩をつかまれる。たったそれだけのことなのに、相手がエリィを苦しめた男だと思うと、予想を遥かに超えて気分が悪くなる。二回目ということもありボブの手を思い切り払いのけ、ポケットからハンカチを出して丁寧に拭いた。

おまえ、いい加減にしろよ。バカな男がピュアで美しいエリィの肩に触れていいと思ってんのか？

「てめぇっ！」

今にも殴りかかってきそうな剣幕でボブが睨みつけてきた。身長差が十五センチほどあるため、完全に見下ろされる格好になる。

どうやって教室から脱出するか逡巡していると、急に制服の襟を持ち上げられ、顔に押しつけられた。

「調子にのってんじゃねえよ、デブ」

そう言って胸ぐらを掴んできたのはスカーレットの取り巻きにいた、おさげの女子生徒だった。綺麗でも不細工でもない、目立たない図書委員でもやっていそうな女子生徒が汚い言葉遣いをしたので、ちょっとびっくりした。

「おまえ目障りなんだよ。視界から消えろ」

さらに言葉を浴びせられ、驚きを隠せない。

大人しそうな顔して言葉遣いが汚すぎる。

つーかさ。まじなのこれ？　エリィってば、こんなにいじめられてたのかよ。それでもあんなに素直で優しかったの？　日記に汚い言葉の一つも書かなかったの？　嘘だろ。

やべえ、どうしよ………なんかめっちゃ泣けてきた。

エリィがいい女すぎて胸が熱くなってくる。

こんなひどい連中にいじめられても悪口一つ日記に書かず、ひたむきに頑張って孤児院に通ったり、クリフに朗読してあげたり、光魔法を練習したりしていたのか……。もうお兄さんね、エリィのこと本気で好きになっちゃったよ。すごいよ。あんたすごい子だよ。もはや女神。性格が良すぎて女神認定するわ。

涙目になった俺を見て、おさげ女子生徒は気分が良くなったのか両手を離し、こちらの真似をしてハンカチで拭き始めた。いやいや、拭きたいのはこっちだからな。

「おやめなさい、ゾーイ。どうせこのデブは合宿でもろくな役割を果たせないでしょうから」

「おっしゃる通りです、スカーレット様」

ゾーイというおさげ女子は下っ端らしく、媚びる目でスカーレットを見つめている。これは権力者に取り入る腰巾着と同じ目だ。営業時代によく見た目だな。

それにしても先ほどからちょいちょい話題にあがっている「合宿」というフレーズ。

実地訓練だろうか。魔法学校というぐらいだから、魔法でドンパチ戦って魔物的なものを倒す、みたいなファンタジーど真ん中的なものかもしれない。それに成績がどうこういってるから、何かしらの採点方法で得点がつくみたいだな。

合宿の言葉が出ると、心なしか全員の目が真剣になる。おそらくこの魔法学校で重要な意味を持っていると予想される。

よし、ここはいっちょアホ縦巻きロールを挑発してみるか。うまくいけば条件付きの勝負に持っていける。

正面を切って、スカーレットに向き直り、軽く睨みつけた。

「あら。あなた私に勝てないからそんなことを言っているのね」

「……なんですって？」

「合宿の成績で勝てそうもないから、こうして私に絡んでくるのでしょう？」

「……何を言っているのか分からないわ」

「だから、私のほうが成績がいいから負けるのが怖いんでしょう？」

「シングルの分際で生意気言わないでちょうだい！」

見事にスカーレットが激昂した。

「では、負けたほうが謝罪する、ということでいいかしら？」

「デブ！　それ以上スカーレット様に話しかけるんじゃねえよ！」

おさげ女子が汚い言葉できぃきぃとわめき立てる。

これ以上ない相手を小馬鹿にした目をゾーイに向けておく。

それを見て、ゾーイは猿のように顔を真っ赤にした。

やっぱまだガキだなぁ。これぐらいのことは社会人になったら当たり前だよ。特に営業職ね。

「ふざけんな！」

「はしたないわよ、ゾーイ！」

自分の下っ端を窘《たしな》め、スカーレットは少し考えるような素振りをするとこちらを見た。その顔には元々この勝負を受けるつもりだった、という心根がはっきりと顔に書いてあった。

「ふん。いいでしょうエリィ・ゴールデン。あなたの望み通り合宿の点数で勝負しましょう」

恐縮した様子になったおさげ女は俺を親の仇のように見つめ、スカーレットは負けるはずがないと言った余裕綽々《よゆうしゃくしゃく》の顔で見つめてくる。ボブとその取り巻き達は、一連のやりとりを面白そうにニヤつきながら観戦していた。

「いいわよ。負けたほうが全員の前で謝罪ね」

オッケーイ。挑発大成功。

いいよいいよ。負けたって失うものは何もないんだ。同じ土俵の上で勝負することが重要だ。それに謝罪なんて仕事で何度したか分からないほどしている。謝罪のプロであるこの天才小橋川にとって、この罰ゲームは何の意味も持たない。ジャガイモやカボチャに頭を下げたって何も思わないのと同じだ。

逆にプライドの塊であろうスカーレットにとって、謝罪という罰ゲームは精神的に大ダメージだろう。

よっしゃ、面白くなってきやがったぜ。

帰ったら合宿とやらの情報収集だ。

「絶対に忘れるなよ、エリィ・ゴールデン」

おさげ女のゾーイがまた胸ぐらを掴んでくる。

このスカーレットへの入れ込み具合、鬼気迫るものがある。そういや取引先の外人にストーカーしてた冴えない女子もこんな感じだったな。いや、怖かったよアレは、ほんと。

しばらく睨み合っていると、廊下からこちらを見ている生徒がいることに気づいた。

先ほど、適性テストで一緒に爆発した狐耳の少女のアリアナだった。

俺と目が合うと、彼女の長い睫毛《まつげ》がぴくりと揺れ、素早く杖を引き抜いた。

「《睡眠霧《スリープ》》…」

ゾーイの後ろにいたスカーレットと、取り巻きの女子生徒四人が黒い霧に包まれる。

霧を吸い込んだ全員は、刑事ドラマなんかでクロロホルムを嗅がされた被害者みたいに昏倒《こんとう》した。ドサドサドサ、っと人間が床へ倒れる音が響く。

これに驚いたゾーイとボブ、ボブの取り巻き三人組が制服の内ポケットから杖を引き抜いた。

「てめえ！」

ボブが叫ぶと、アリアナは相変わらずの無表情で面倒くさそうに呟いた。

「私はスクウェア…」

「なっ……!?」

「今のは闇魔法上級の無詠唱…」

彼女は「私に勝てるのか？」と目だけを動かして牽制する。

魔法書に書いてある通りであれば、光魔法は補助系がメインなので攻撃に適していない。ボブや他の連中が「風」や「火」を習得しているとしても、アリアナが教室のドアの近くにいるため、攻撃魔法を使うと建物を破壊してしまう可能性がある。こういう魔法学校は生徒同士の私闘は禁止されてるパターンが多いはずだ。というか禁止されているに決まってる。

現に、ボブがぎりぎりと悔しそうに奥歯を噛みしめていた。ほらな。

黙り込む連中を尻目に、ここが撤退時だと考えて、何も言わずに教室を出た。後ろから悔しいのか机を蹴り飛ばす音が聞こえる。たぶんボブだろう。

「助かったわ」

背の低い、狐耳のアリアナに感謝の意を伝える。無表情だけど実は結構いい子なのかもしれない。ひょっとしたら初の友達ゲットできちゃうかも。

「どうしてやり返さないの…？」

「えっ？」

「…」

彼女は何も言わずに、じいっと俺の瞳を見つめ、ぷいっと顔を背けて歩き出してしまった。

ちょっと……予想外の反応にどうリアクションしていいか分からない。

彼女の後ろ姿を何となく目で追ってしまう。どうやら怒っているらしく、ローブがめくれ上がってスカートに開いた穴から出ている狐の尻尾がピンと逆立っていた。

おそらく、最後に胸ぐらを掴まれた辺りから見られていたみたいだな。エリィという少女が集団でいじめを受けていたと勘違いし、それを彼女はなぜやり返さないのかと怒りを覚えた。そういうことらしい。いや、あれだけの人数に囲まれてやり返すとか普通だったら無理だろ。俺ぐらいポジティブな男じゃないと。

あの狐少女は外見とは違い、情熱家なのかもしれない。

とりあえず……尻尾があることを確認できたからよしとするか。

うん。何事もポジティブにね。前向きにいくのが小橋川流だ。

ポジティブ最強。

俺、天才。イエーイ。

◆◆◆

校舎から出ると、エイミーが鞄を両手に持って待っていた。

校舎の壁に寄りかかって俯いている彼女はどんな写真集の芸能人よりも美しく、どの角度から見ても絵になっていた。

遠巻きにしてエイミーを見ているグループが五つある。

三十名ほどが、ここぞとばかりに画板を置いてデッサンをしたり、不自然に庭をいじっていたり、絶好のポジションで歓談していたり、とバレバレのカモフラージュをしており、全員が全員エイミーを見ていて、絵図がシュールだった。エイミーがふいに顔を上げると「草むしりつれぇーっ！」とか「校舎の絵はいいですな！」とか「やっべ。その話やっべぇぞっ」と不自然極まりないごまかしが炸裂する。

我が姉は大人気ですな。

エイミーは俺を見つけると、ぱあっとひまわりが咲いたような笑顔になって駆け寄ってきた。

「一緒に帰ろ」

いじめを察してかどうなのかは分からないが、エイミーが心配そうにこちらを覗き込んでくる。

とぼけて「どうしたの」と聞いてみると、彼女は「ううん。なんでもないの」と、はにかんだ。

いかん、かなりの破壊力だ。可愛い。俺、デブで妹だけどエイミー可愛いっ。

二人で連れ立って歩き出す。

校門には馬車で帰る生徒もいるようで、グレイフナー魔法学校の入り口周辺は帰宅ラッシュでごったがえしていた。そんな光景を見て、一つ重大な疑問を持った。まさかとは思うが、ファンタジーな世界のくせして、魔法が使える異世界のくせして、アレ、が存在しない、なんてことないよな？　本当に、まさかとは思うが……。おずおずとエイミーに尋ねた。

「空を飛んで帰らないの？」

「えっ？」

彼女は俺の発言が理解できないのか立ち止まり、やがてそれが冗談だと気づいたのか「そんなすんごい難しい上位魔法で帰る人いないよ～」と気の抜けた声を出した。

なんてこった……。

空をぶんぶん飛ぶというファンタジーの定番は、あっさりと打ち砕かれた。

いや、まだだ！　あきらめるのはまだ早い！　さっき、すんごい難しい上位魔法、と言っていたから、飛行魔法がないわけじゃないんだろう。習得すればいい。憶えてしまえば、ぶんぶん空を飛べるんだ。デブだけど。一〇〇キロオーバーのデブだけど！

俺達が楽しみながらガールズトークをしていると、校門に軽い人だかりができており、「エイミー様が笑っている」「お姉さまが微笑んでいる」「カワイイイッッ」「癒される～」と口ぐちに言いながら食い入るようにこっちを見ていた。追っかけアイドルの出待ちみたいだな。

「あら皆さん。さようならー」

にこやかに手を振るエイミーに、全員顔面を赤くし、溶けかけたゼリーのように頬を緩ませて手を振り返す。あれは重症だ。

「姉様、すごい人気だね」

「みんな私のことからかってるだけ」

エイミーはぷくっと頬を膨らませる。見た目が美女とのギャップがたまらん。

「違うと思うよ？」

「そんなに私ってからかいがいがあるかなぁ。エリィひどいんだよ、サツキちゃんも私のことからかうの。今日だって新しい魔法の呪文が《我、好きな食べ物、アップルパイ》って言うから私何度も詠唱しちゃったんだよ。クラスのみんながくすくす笑っておかしいな、何か変かなーって思ってたら、その呪文まちがってるよって。もー恥ずかしかったんだから」

とりあえずエイミーが相当な天然だということは分かった。ぷりぷり怒っている様は可愛さを波動のようにまき散らすだけで、友人のサツキちゃんとやらはエイミーのこれが見たいだけなんだろう、ということが手に取るように分かった。サツキちゃんとはいい友達になれそうだ。

「エリィ。走ってこっちに向かってくるの、クラリスじゃない？」

エイミーにそう言われて人混みの奥を見ると、砂埃《すなぼこり》を上げて猛ダッシュしてくるオバハンメイドが見えた。世界陸上顔負けの見事な走りっぷり。彼女は俺とエイミーの前で急停止すると、恭《うやうや》しく一礼して、もう我慢できないとばかりに聞いてきた。

「エリィお嬢様！　適性テストはどうでございましたか？」

「クラリス、まさかそれだけのために走ってきたの？」

「お嬢様！　どうだったのでございますか⁉」

「話、聞いてる？」

「聞いていますとも！　で、で、どうでした？」

「……光、だけど」

「おおおおお！」

ありがたや、と言わんばかりの勢いでクラリスは胸の前で手を組み、祈りを捧げる。

「やはりお嬢様は天才でございますね！　あの大冒険者ユキムラ・セキノと同じ適性！」

「一年生から光でしょうに」

「いえいえ専属メイドとしては初テスト！　これが興奮せずにいられますか！」

あっ、とエイミーが声にならない声を上げて、俺の顔を急にぺたぺたと触りだした。

「姉様、なに？」

「エリィの魔法陣、大爆発したんでしょ⁉」

「それなら何ともないよ」

「お、お、お嬢様ッ！　今なんとおっしゃいました⁉」

「顔が近いわ、クラリス」

マッハで飛ぶ戦闘機が急旋回するようにクラリスが顔を近づける。

クラリスを静かにどかして、エイミーは俺から離れた。

「エリィの適性テストで魔法陣が大爆発したのよ。すごかったんだからー。ピカッて光ったあと爆発して水が飛び出て地面がもりもりもりもりーってせり上がって風が吹いて暗くなったのよ！」

エイミーが息継ぎなしで言いきると、クラリスが全身を震わせ膝をついた。

「大冒険者の……逸話と同じでございます」

「ああっ！　そういえば！」

「そうです、エイミーお嬢様。大冒険者の適性テストもすべての魔法が放出されたと、とある伝記に記されております……ンアアアアアッ！　やはりお嬢様は天才なのですね！」

「すごいすごい！　エリィすごい！」

あれは単なる事故だったんだよね、と手を取り合って飛び跳ねる二人には申し訳なくて真実を言えない。これは黙ってイエスともノーとも言わないでおこう。しばらく夢を見せてあげるってのも男の役割というもんだ。

ひとしきり二人は盛り上がると、ゴールデン家の馬車がこっちに向かってくるのが見えた。

御者をしているのはクラリスの旦那、バリーであった。

道が混んでいるのがよほどイラつくのか、トロい馬車に「てめえの持ってるのは鞭だろうがぁ？　鞭は何のためにある？　ああん？」とひたすらメンチを切っている。

怖いからやめてあげて。

ほらお隣さん、バリーの頬の傷と狂犬のような表情を見て、顔を引き攣《つ》らせてるから。

彼はこちらに気づくと、馬の手綱を放り投げて猛ダッシュしてきた。

「で、で、お嬢様、適性テストの結果は⁉」

「近い。顔が近いわ、バリー」

「申し訳ございません、つい。それで結果は？」

「闇よ」

「…………………………へっ？」

「だから闇よ」

バリーは、あと五分でこの世の終わりです、と言われたかのような苦渋に歪む顔で地面に片膝をつき、慟哭《どうこく》した。

「ま、まさか……我らのエリィお嬢様が闇……？」

ずん、と地面に拳をめり込ませる。

「清廉潔白《せいれんけっぱく》で才色兼備なエリィお嬢様が　やみぃッ⁉」

バリーは両手でうおおおお、と叫びながら地面を叩きまくった。

「偽り神ワシャシールめぇ！　お嬢様の光を返せえええええええっ！」

地面が徐々に陥没していく。

「お嬢様！　再試験を！　再試験を具申致します！」

今にもグレイフナー魔法学校へ突撃しそうだったので、バリーの肩に手を置いた。そろそろ止めないと周りの目が痛い。へこんだ地面も痛い。

「……嘘よ」

「ふぁっ⁉」

「冗談よ」

「……お嬢様？」

「あんたバカね。エリィお嬢様が闇適性のはずないでしょ」

クラリスはバリーの肩をばしんと叩いた。

「うおおおお、お嬢様。よかった、よかった、光でよかった……」

男泣きするバリーに「もう二度と中途半端な冗談は言わないわ」と謝罪する。

驚いてわたわたしているエイミーに癒されながら、クラリス、バリーと馬車へ戻る。

クラリスが迎えに来たのは他にも用事があるためのようだ。

「お嬢様、ミラーズの店主が本日どうしても会いたいとのことですので、お迎えに上がりました。ご予定はよろしいですか？」

「ええ、構わないわ。姉様も一緒に行く？」

「どこに行くの？」

「服屋よ」

「行くっ！」

ようやく穏やかな顔に戻ったバリーの運転する馬車は、グレイフナー大通りへと向かった。

かぽかぽ、と蹄を鳴らして馬車は進む。

何の用があるのかだいたいの見当をつけ、ゆっくり流れる窓外の景色をエイミーと二人で眺める。美人で天然の姉が近くにいる、という現実も捉えようによっては悪くないな、と思った。

8 服飾とイケメンエリート

ミラーズの店主ミサは爽やかな営業スマイルで出迎えてくれた。茶色のボブカットがふわりと動いて、腹の前で合わせている両手がなんとも美しい。ただ、どことなくスマイルには陰があるように見えた。そう、営業職にしか分からない、悪い売上げが頭にこびりついて離れない、という焦燥《しょうそう》が垣間見える。

「店内で長話も何ですから、奥の応接室へどうぞ」

「お嬢様、よろしいですか？」

「いいわよ。バリーには少し遅くなると伝えてちょうだい」

「かしこまりました」

クラリスは御者をしているバリーのもとへ行くと、すぐに戻ってきた。

「エリィ、これなんてどう？」

店内をうろうろしていたエイミーが、心底嬉しそうに洋服を広げた。

新作、と値札に書かれている。

言われてみれば、茶色のやぼったい革のドレスが細身に合うシルエットで作られていて、大きい丸襟になっている。首もとや背中をすべて覆うような従来の防御力重視のデザインではない。

これはデザイナーのセンスが光るな。

「姉様はなんでも似合うと思う」

「もう。ちゃんと考えてよ、エリィ」

ちょっぴりふてくされて眉を寄せるエイミーが可愛い。

「後ほどご試着されてはいかがですか?」

店主のミサが笑顔でエイミーから革のドレスを受け取り、微笑んだ。

「ええ、そうします!」

「では、こちらへどうぞ」

俺とエイミーとクラリスは店の奥へと通された。中は採寸途中の洋服や、デザイン用の厚紙、定規やはさみなどが作業台に散乱している。さらに奥には応接室があり、簡単な話し合いや取引に使用するであろうソファと机があった。机は入り口と同じ白亜の木製であった。

「あの服のデザイナーは、ミサさん?」

「いえ、あれは私の弟が作った物です。まだまだ半人前ですが才能はあると思います」

座ると、エリィと同い年ぐらいの青年が、紅茶を持ってきた。

なかなかの美青年だ。頭の部分が大きいハンチング帽をかぶって、紺色のシャツとグレーのズボンを穿いている。形はいまいちだがオシャレに見えないこともない。ちらっと目が合い、会釈をする。

「弟のジョーです」

ジョーはハンチングを大ざっぱな手つきで取って無愛想に挨拶をした。栗毛が帽子から飛び出して彼の額を隠す。好奇心が強いのか俺達をよく観察していた。

「愛想がなくて申し訳ありません」

「ええ、それは別にいいわ。それよりあの新作はどういった意図でデザインをしたの？」

「ほらジョー、黙ってないで答えなさい」

面倒くさそうにハンチングをかぶり直し、ジョーは両手を広げた。

「最近の服はサイズがでかい。だから細いラインの服がいいと思ったんだ。それだけだよ」

「人気が出るかしらね？」

「良いって感じる人がいると思う」

「どの年齢層に向けて作ったの？」

「若い女性向けだよ」

このジョーという青年は今の流行がどこかおかしい、と勘付いているようだ。

そうなんだよなぁ。どう考えたってバリエーションが少なすぎる。チェック柄もストライプ柄もドット柄もないなんて、普通に売れる服を考えていたら、必ず出てくるデザインだろうよ。地球の百年前のファッションでも存在するよ？　おかしいよ、ホント。

異世界のファッションにかなり期待してたんだよな。

なんかこう、地球のブランド物も腰を抜かすような、ぶっとんだデザインとか、それありえないっしょ、って思わず言いたくなる魔法の服とかあってもいいじゃん。かろうじて異世界っぽいのは騎士の格好をしている人ね。鎧とかローブとかは、色や形がアレでも地球じゃ絶対にお目にかかれないから見ていて新鮮だった。ただ、洋画ファンタジーの衣裳の領域を出ないんだよな。

「で、話は終わり？　仕事があるから、もういいかな？」

「ジョー！　世間知らずで誠に申し訳ありません、お嬢様」

「ううん、構わないわ。仕事中に呼び止めてしまって、ごめんなさいね」

ジョーは俺をちらっと見ると、不愉快そうに眉をひそめて首だけで会釈して部屋を出て行こうとした。

分かるよ。仕事中に余計な話されるとほんと迷惑だよな。それも集中してる仕事なら、なおさらだ。うん、しょうがないしょうがない。

だが、去り際に聞こえてきた言葉に、一瞬思考が停止した。

彼は小声で「すげえデブ」と言ったのだ。

ジョーはドアの前で一礼して出て行こうとする。

おいこら、くそガキ。

調子に乗ってんじゃねえぞ。

初対面でデブ呼ばわりなど、ふざけているにもほどがある。しかも、こちらは客。ちょっといいデザインができるのか何だかしらねえが、接客がまるでなってない。

俺は無言で立ち上がった。

皆が何事かと、こちらを見上げてくる。

「待ちなさい、あなた」

　こちらの呼び掛けにびくっとしたジョーは、ゆっくりと振り向いた。

「客に向かってデブとは、よく言ったものね」

「い……いや、俺はそんなこと……」

「聞こえていたわよ」

「ええっと……」

「正直に言ったらどうなの」

「いや………」

　やっちまった、という顔をしている。

「本当のことを言うなら、許す機会をあげるわ」

「……」

「男らしく言ったらどうなの？」

「あの、ごめん！」

　おぼんを下げて青年は謝った。

「ジョー！　あなた何てことしてくれるの！」

　ミサは顔を真っ赤にして飛び掛からん勢いで怒鳴りつけた。

「だ、だってさ、あまりにも……」

「もう向こうに行ってなさい！」

「いいんですよ、ミサさん」

ミサに笑顔を見せ、一歩前進し、うなだれるジョーに向き合った。

「ジョー。こっちを見なさい」

顔を上げた瞬間、右手に力を込めて彼の頬を強く張った。

ばちん、という音が響く。

全員言葉を失った。

一見すると、虫も殺せないような少女が、怒って強烈なビンタをしたのだ。無理もない。

「年頃の女性にそういうこと言うのは、冗談でもやめて。すごく傷つくから」

「……悪かったよ」

「デブって本人に伝えてどうするの？」

「どうするって言われても」

「言って誰かが得するの？」

「いや……しないよ……」

「身体のことは本人が一番気にしてることなんだから、言うべきじゃないわよ。たとえどんなに気になったとしてもね。あなたはそれを思ってしまったとしても、胸にしまっておくべきなの。分かる？　そんなことすらできないの？」

「で、できるよ！」

「じゃあ、これからはそうして」

言いたいことを言ってさっさと椅子に座った。

クラリスは神妙にうなずき、店主ミサは何度も頭を下げる。

エイミーは驚いて、口をあんぐり開けている。

ジョーは俯いたまま部屋を出て行った。

やりすぎたか、と思ったが、あれぐらいやっとかないと気がすまない。エリィはデブでブスでニキビ面ではあるが、心優しきレディだ。エリィをデブと言っていいのは、俺とエリィだけだ。俺が心の中で、デブって言っているのは、そうでも言ってないと心の平衡を保てないからで、決して彼女をバカにしたり見下したりはしていない。自分なりのブラックジョークと、この世界に来て女になってしまった愚痴だ。

それに、相手の失策から優位に立つのは交渉の方法として悪くない。

優位性が霧散しないうちに、話を切り出すとするか。

「それで、お話というのは何かしら？」

店主ミサはどうやら気を取り直すためか、ボブカットを二、三度かき上げた。

「エリィお嬢様が先日お話ししていたスカートのフリルの件です」

「別にあなたの店の物が悪いと言っているわけじゃないわよ」

「それは分かっています。ただ、どの辺がおかしいのか、教えて頂きたいのです」

「ええっと、どの辺というと？」

わざと分からないふりをして聞き返す。

「お嬢様がもっとスカートの生地を薄くしたほうがいいと。それはなぜです？」

「だって野暮ったいじゃない」

「ですが、あの形が現在の流行ですよ」

「流行、流行ねえ……」

逡巡し、言葉を選んでいく。

「ミサさんは、どうしてこの店をやろうと思ったの？　若いのにこんな素敵なお店の店主さんになるのは大変だったでしょう」

話を逸らし、笑顔を作って彼女を見つめる。ミサは弟の失敗があり、あくまでも教えを乞う側なので、俺の世間話にもすんなり付き合ってくれた。

「昔からの夢だったのです」

「そういえば……ここは以前肉屋でした、お嬢様」

クラリスが静かに合いの手を入れてくれる。

「そうです、父が代々肉屋をやっていました。十年前メインストリートに大きな肉屋とステーキ屋が併設してできたことで、徐々に客足が遠のいていき、売上げと経営維持のストレスで父が病気になりました」

それから家族総出で店の立て直しを計ったが、結局、素人同然の母やミサだけではうまくいかず、借金をする前に肉屋を閉めることにしたらしい。その跡地をどうするかという話になったところで、有名貴族の侍女をしていたミサが貯めていたお金を使って、個人服飾店を作ったそうだ。

母親にはかなり反対されたが、絵師を目指していた弟のジョーの説得もあり、押し切って開業、なんとか一年間、店を潰さずここまでやってきた。

だが、経営は苦しい。経営で貯金を崩すほどではないにしろ、ぎりぎり黒字というありさまで、結局は生活費で貯金がなくなっていくという状況だ。新しい服を開発しようにも資金がない。借りるにしても、この店と土地を担保にする必要があるそうで、失うことを考えると怖くてできない。ジョーが出稼ぎに行って貯めた金でちょこちょこ新作を出す程度。八方塞がりってやつだ。

まあ、俺からすれば全然塞がってないけどな。

涙もろいクラリスはハンカチで涙を拭いている。

実は、ここまでの話を聞くために、様々な営業技術を使っていた。

俺の営業スタイルはシンプルで『聞き上手』、これに集約される。

たったそれだけ。されど、これが営業の本質なのだ。

同僚に話しても、もっと魔法のような売れる言葉を教えてくれ、と言われるが、はっきり言ってそんなものはない。話を聞いて、何がほしいのか聞き出し、相手に見合った自社の商品やサービスを提案していく。話に具体性があると、さらに理解してもらいやすい。

今回は単純に多く相づちして、大きなリアクションを取り、話しやすいように自分の悲しい話を間に挟んであげた。話しすぎないように短めに伝えるのがコツだ。相手がこっちの話を聞きたがったら少し話せばいい。俺がいじめで肩身が狭い、でも頑張ってるよ、という話題でずいぶん警戒心を解いてくれたようだ。主導権はこちらにあるので、至極簡単だな。

親身になって話を聞いてくれる人に、誰でも自分のことを話したくなるものだ。

それから、俺には社会人として経験を積んでできあがった信念がある。

嘘をつかない、ってことだ。

嘘くさい相づちや合いの手もしない。常に真剣に、誠実に相手の話を聞く。できなくとも、やろうとする。これを心に決めて実行し始めてから、めきめき営業成績が伸びて、気づいたら給料が三倍ぐらいになっていた。

何だか遠い過去に感じる。

……あのプレゼン、どうなっただろうか。

「経営挽回のアイデアが、先日のお嬢様の言葉に隠されているのではないかと思ったのです！」

語り尽くしたのか、クラリスに続いて店主ミサまで泣き出した。現状が相当きついのか、藁《わら》にもすがる思いだ。

「最初の話に戻るけど、ミサはどうしてこの店を始めたの？」

「え？　ですから、この店がなくならないように……」

「違うわよ。夢だったんでしょ、服屋を開業することが」

「あっ……」

ミサは顔を上げて、驚いたような顔をした。

「それは忘れちゃいけないんじゃない？」

彼女が何をほしいのか『聞き出す』ことに成功した。ほしい物が分かれば、こちらの持っているカードをうまく見せていくだけだ。

彼女は目を伏せて黙り込み、やがてくすくすと笑い出した。

「私、そんなことも忘れちゃってたみたいですね」

「いいじゃない。いま思い出したんだから」

「そうですね！」

「エリィが立派になってて、私、感動した」

「お嬢様！　素晴らしきお考えでございます！」

「おどうだば！　おどうだば！」

いつの間にか部屋に来ていたバリーが、号泣している。

入ってきたの全然気づかなかったよ、おっさん！　あと顔近いよ！

「それでさっきの話なんだけど、オーダーメイドで私の服と、エイミー姉様の服を作ってくれないかしら。仕上がりを見れば、良いか悪いか、流行るかそうでないか、分かるでしょう」

「はい！　ありがとうございます！」

よしよしうまくいった。これを最初からオーダーメイドで新作を作ってくれ、と言っても作成はしてくれなかっただろう。デザイナーは個人で独特のこだわりがあるし、素人のデザインなんかを受け付けてくれるとは思えない。

最後のダメ押しをしていこう。

「この店が流行の発信地になったら……すごいと思わない？」

俺は目を輝かせて身を乗り出した。

実際、本気で思っているから、目に入る力も相当強いものになる。

店主ミサは電撃に打たれたようにハッとした表情になり、しばし考えると、やる気に満ちあふれた顔になった。

「それは、すごいですね……。そんなこと考えたこともなかった。いえ、昔はもっと考えていたのよ！　そうだったじゃない。いろんな服を作りたいって考えていた！」

まあミサに才能があるかは賭けだな。

それから俺達は作業場へ行き、細かいデザインの指示を出した。できるできないは関係なく、とにかくアイデアを出していく。あとの采配はミサに任せればいい。正直、デザインの細かいところまでは分からない。だが日本のファッション雑誌を読み漁り、最先端の服を着る人間に囲まれてきたのだ、自分のセンスには絶対の自信がある。このダサい国をまともにするのは急務だ。見ていてげんなりする。見た目がデブの少女にどこまでできるかは分からないが、面白いし、やりたい放題やってやろう。

ミニスカートがばんばん見れるようにするぞ！

ホットパンツがどんどん流行るようにするぞ！

えいえい、おーっ！

「エリィ、えいえい、おーってどういう意味？」

いかん、声に出てた。興奮しすぎた。

「よしやるぞ、っていう意味よ」

「えいえいおー？」

「違います姉様。えいっ、えいっ、おーっ！」

拳を空中に突き出した。エイミーも真似して拳を上げる。

「エリィは面白いね」

にこにこしている伝説級美女のエイミーにもいい服を着せたい。今の服じゃ彼女の良さを一割も引き出せていない。俺の横ですごいすごいと連呼している優しい美女を、お洒落ガールにしてやろう。ふふふ……。

その後、俺の指示に従って紙にラフ画を描いていったジョーは、目を白黒させていた。

この世界で見たことのないデザインを見て、狐につままれたような気分なのだろう。

「あんた……何者？」

「こら、ジョー！」

「あいたっ」

「あんたじゃない。エリィお嬢様、でしょう」

「ぐっ……エリィ、お嬢様……」

「エリィでいいわよ。ジョー」

先ほどの失態は気にしてないと前面に出して笑った。

ジョーは相当ビンタが利いているのか、やけに従順だ。

「エリィ、これはどこで考えたんだ？」

ジョーはオーガンジースカートのラフ画を指さした。

丈は膝上で細かいプリーツが入った、透けるぐらい薄いふわっとしたスカートだ。柄はお上品なスミレ柄にしておいた。これを実現できる縫製の技術があるかは分からない。

「あとこれ。縦線がいっぱい入ってる服。こんなのが似合う人いる？　花瓶とか調度品でも見たことないんだけど」

「ストライプ柄ね」

「スト……？」

「私が名付けたの。ストライプ」

これはエイミー用だ。膝上スカートは恥ずかしいから長くしてね、という彼女の要望通り、足首まであるロングワンピースで、防御力を完全に無視した綿生地で作るデザインになっている。染色はミサが知り合いの職人に頼んでどうにかするらしい。色は白地に紺のストライプなので、落ち着いた「お嬢」な雰囲気になるだろう。

「それになぜカーディガンを首で結ぶんだ？　邪魔じゃないか？」

「アクセントになるでしょ。遊び心よ」

日本で流行っている、肩にカーディガンを掛けて胸元で結ぶ、例のアレだ。

薄手の生地で色は薄黄色。エイミーに似合うこと間違いなし。

「ねえエリィ。なんで靴はサンダルなの？」

エイミーがラフ画の足を指さした。

「サンダルは防御力が最低ランクですよ？」

クラリスが大きく首をかしげる。

この国どんだけ脳筋⁉

「ねえ、防御力ってそんなに大事？」

「それはもう！　有事の際には防御力！　そして攻撃魔法！　武の国グレイフナー王国の伝統でございます！」

「クラリスが言う有事っていうのは年に何回あるのよ？」

「ええっとですね……最近じゃ平和なので、数十年とんとありませんね」

「でしょう⁉」

「ですがお嬢様！　わたくしにはこのデザインの服が流行るとはとても思えないのですが……」

「やってみないと、分からないわよ」

交渉の結果、服の原価のみでオーダーメイドをやってもらうことになったし、懐はそんなに痛くない。流行らなくても俺とエイミーがいいならそれでいい。文化も思想も違うから確実に流行るとは言えない。流行ったら、めっちゃ面白いけどな！

まさにローリスクハイリターン。

「エリィは天才だから大丈夫よ！　えいえいおーっ！」

エイミーはかけ声の使い方が微妙に違う。

「サンダルだと足下がすっきりして爽やかに見えるでしょ。それに最近暑くなってきたし、過ごしやすいよ」

「言われてみればそうかも……」

「サンダルなんて家でしか履かないと思ってたわ」

ジョーは鉛筆を口にくわえて腕を組み、ミサはラフ画を広げて唸った。

サンダルは足下が木製で、かかとを少し底上げし、細い革ベルトを使う。

「エリィの服はこんなシンプルなのでいいの？」

「姉様、私デブだからワンピースしか似合わないよ」

「そんなことないと思うけど」

エイミーは本気で疑問、と思ったのか顔中にはてなマークを浮かべている。

「そんなことあるの！　黒にしておけば引き締まって見えるから、多少ましになるわ」

「色にそんな効果が？」

ジョーが身を乗り出して聞いてくる。好奇心が先行してピンタの件はもはや頭にないようだ。

「黒、紺、深い色は収縮して見える。ピンク、赤、パステルカラーは膨張して見えるの。例えば今私が着ている制服は紺色でしょ？　これを脱いで……」

ブレザーを脱いで、近くにあった薄ピンクの布を体に巻き付けた。

「どう？」

「確かに言われてみれば……」

今度は椅子に掛けてあった黒の膝掛けを巻き付ける。

「ほら」

「うん、そうかもしれない……」

ジョーは心底驚いたのか、ハンチングを取って頭をがしがしと掻く。

「おや、いけません、お嬢様。もうこんな時間でございます」

「バリー、いたのね」

部屋の隅っこにいたバリーが懐中時計を出している。

「おりますぞ、お嬢様！　私はずっとお側におりましたぞ！」

「いけない～！　早く帰りましょ！　お母様に叱られる！」

エイミーがあわあわと慌て出したので、急いで帰り支度をした。

夕食が遅いと美容にも悪い。

これ以上ニキビが増えるのは困る。乙女は大変だ。つれぇー。

「では試作品ができたら、伝えてちょうだい」

そう言って俺達は布やら裁縫道具が散らばる工房から出て、ミラーズのドアを開けた。外にいたガタイのいいドアマンが剣をしょって頭を下げる。彼はエイミーの横顔を目で追っていた。

「エリィ……！」

ジョーが鉛筆を持ったまま走って追いかけてきた。

何事かと全員が注目する。彼は思い詰めた表情をしたあと、くちびるを噛みしめて、俺の目を真剣に見つめた。

「さっきは本当にごめん！」

猛烈な勢いで頭を下げた。心の底から反省しているようだ。

「他の女の子にはひどいこと言わないようにね」

なんだか微笑ましくなって、ついお小言を言ってしまう。

「わ、分かってるよ！」

ジョーはバツの悪そうな顔をしてから、何か言いにくそうに頭にかぶったハンチングを取った。

「俺……あんなすげえデザイン初めて見た。エリィはすげえよ！」

「ふふふ、そうでしょう」

中身はスーパーイケメンエリートだからな！

外見はデブだけど！

まじで元の身体に戻りてえよーッ！

「次来るとき、俺の考えたデザインを見てくれよ！」

「ええ、いいわよ」

馬車が動き出して帰路につく。

ジョーは路地を曲がるまでずっと馬車を見ていた。いい青年じゃないか。

「仲直りしてよかった」

馬車の後部座席からジョーを見ていたエイミーが呟いた。

「ふふ、そうだね」

「エリィがあんなふうに怒るところ初めて見たから、びっくりしたよ」

「雷に打たれてから、思ったことはちゃんと言うって決めたの」

「それは……どうして？」

「人間言わなきゃ伝わらないことばっかりでしょ。あのとき死んじゃってたら、と思うとね……後悔しない生き方をしないと」

「エリィ……」

　エイミーは泣きそうな顔になって俺を抱き寄せ、やさしく頭を撫でてくれた。

　分かってもらえた、と思っていても相手には三割ぐらいしか伝わってないもんだ。だからみんな一生懸命、自分の思っていることや気持ちを伝えるんだ。いや、伝える努力をしなくちゃいけない。エリィはもっと自己主張をするべきだった。だから俺が代わりにやってやるんだ。

　そう、どんな偶然かは分からないが、日本の記憶を持ったままエリィという人間に俺はなったのだ。彼女のためにも恥じない生き方をしなくちゃいけない。何事にも妥協しちゃいけない。

　いやー俺ってめっちゃいい奴。

「新しい服、楽しみだなあ」

「うん」

　よし、服が売れたらがっぽり胴元としてデザイン料をもらうぞ。

　クラリスに頼んで契約書を作ってもらうつもりだ。この世界にもしっかり契約書は存在するみたいだしな。

「お嬢ざまっ！」

「おどうだば！」

また涙腺が崩壊しているクラリスとバリーはスルーしておいて、エイミーの胸の温かさをしっかりと堪能した。

そしてバリー。泣きながら馬を操るのは危ないから、ほんとやめて。

9 エリィお嬢様と専属メイドの素敵な日常

エリィお嬢様の一日は忙しいのでございます。

朝の六時に秘密特訓場へ向かいトレーニングを致します。

ウォーキングをたっぷり一時間。

そのあとに魔法の練習。

可愛いお身体で腹筋を百回。

膝立ちの腕立て伏せを百回。

最後に柔軟体操。

トレーニングが終わるとシャワーを浴びて屋敷へ戻ります。

朝食と夕食は必ず全員で取る、というのがゴールデン家のルールでございますから遅刻は許されません。

お嬢様はご自分で決めた食事制限をしっかりと守り、わたくしは献立をノートに記します。

本日の朝食は——

クロワッサン一つ。

サラダをお皿で一杯（ドレッシング少々）

茹でた鶏もも肉を一ピース（旦那特製）

リンゴを三切れ。

ダイエットをすると宣言をしたお嬢様の決意は、なかなかに固いご様子。お腹がすいて倒れやしないかとわたくしはいつも心配しております。お嬢様にその旨をお伝えすると、決まってこうおっしゃいます。「クラリスは心配性ね」と。

あの雷雨の事故以来、お嬢様はまるで別人になったかのように明るくなられました。わたくしは旦那のバリーといつもそのことばかりを話しています。お優しくありすぎるお嬢様が学校で損をしていたことも知っております。

わたくし達は近頃、妙に涙もろくなってしまいました。朝、お嬢様を見る度に目元が涙でにじんでまいります。お元気なお嬢様がまぶしくて仕方がないのです。

お嬢様がまだ十歳だった頃、右手に怪我をしたわたくしを心配して泥んこになりながら四つ葉のクローバーを持ってきて頂いたこと、今でも忘れておりません。あのクローバーは魔道具店にお願いして風化防止付きのしおりにしてもらいました。わたくしの宝物でございます。

さて、朝食を終えたお嬢様はエイミーお嬢様と仲良く登校致します。目元がそっくりなお二人が楽しそうにお話をしているご様子を見ると、心の真ん中がほっこりと温かくなるのです。

以前はエイミーお嬢様の美しさに引け目を感じていたお嬢様でしたが、最近そんなご様子は少しもございません。伏せがちだった目も、今ではまっすぐと前を見ております。なにやら達観したご様子でございます。エリィお嬢様は何事にもひたむきで優しく美しいレディでございますから、自らを卑下する理由なんてどこにもございません。そんな本当のご自分にようやくお気づきになったのかもしれません。

その証拠に、洋服店のミラーズに行った際、ジョーという若者の失礼な発言に対し、決然とした態度をお見せになりました。全世界の女を代表したようなビンタを見て、ちょっとすっきりしたのは、ここだけの秘密でございます。

奥様にエリィお嬢様のご様子を報告し、わたくしはお嬢様にお願いされていた情報収集をするべく午前中から町へと繰り出します。

まず孤児院の件。楽しそうにお手伝いをされていた孤児院があんなことになってしまい、お嬢様の心痛は計り知れません。少しでも手がかりがないか、足がつかないように調査をしております。

そちらが終わると次はクリフ様の件。セラー教の教皇のお孫様で、何の前触れもなく姿を消してしまったそうです。「エリィごめんね」という書き置きだけを残して消えてしまったあの方は、何かの事件に巻き込まれたと考えるのが妥当でございます。お嬢様とは図書館で逢瀬《おうせ》を重ねたタダならぬご関係であったそう。別れの挨拶をしないようなお人ではないとのこと。

なにやら孤児院の件と関係がありそうで、きな臭いことこの上ないのでございます。

孤児院はリッキー家の領地内ですから、第一容疑者はリッキー家で間違いございません。他家の事情を嗅ぎ回るのは得策ではございませんし、あの家はどうもガードが堅く何の噂も出てきません。火のないところに煙は立たぬ、という名言を残した大冒険者ユキムラ・セキノが言っている通り、シロなのかと思いましたが、わたくしの勘がリッキー家はクロだ、と警鐘を鳴らしております。挑戦的かつ好戦的なあの家のことです、いつか尻尾を出すでしょう。

リッキー家は今年の魔闘会一騎打ちで旦那様が惜敗した相手でございます。二年前も戦い、敗北してございます。あの家とは遠からず因縁が存在しているのかもしれません。

さらにはリッキー家を調査すると必ず上がってくる家名が、ガブル家でございます。狼人が当主の大貴族であり、一族にはかなりの手練れが揃っております。持ち領地の経営にも辣腕《らつわん》を振っており、今や飛ぶ鳥を落とす勢い。そのせいか情報の吸い出しが非常に困難で、調査の進展は芳《かんば》しくございません。

そうこうしているうちに下校のお時間です。わたくしはグレイフナー魔法学校へお嬢様をお迎えに上がります。ほぼ百パーセントの確率で、うちの旦那が自分の仕事を部下に任せて馬車でやってきます。来るんじゃないと何度言っても聞く耳を持たないので、あきらめております。

放課後、馬車でお嬢様は洋服店のミラーズへ赴き、あれこれと指示を出し、お貯めになっていたお金を出し惜しみせずに店主に渡しております。お嬢様に失礼な態度を取った、ジョーという青年とも仲良く、デザインについて熱く語っております。本当にお洋服が好きなご様子。そろそろエイミー様へのお洋服が完成するとのことだったので、わたくしも楽しみでございます。

ミラーズへ行かない日は、秘密特訓場へと向かいます。ここでもお嬢様はストイックにトレーニングを致します。ウォーキング、魔法練習、筋トレ、をみっちりと行います。「風」魔法も習得し、楽しげでございます。

わたくしが唯一使える《ウインド》の魔法にも大変興味を持たれており、特に「いけすかない貴族のヅラを飛ばす方法」を習得しようと躍起になっておられました。下の下、初歩の初歩《ウインド》を、的確に相手の額めがけてバレないように飛ばすだけでございますが、魔力制御が中々に難しく、わたくしも習得には苦労致しました。お嬢様はなにやらコツを掴んだのか、ついに先日、完璧に習得致しました。

ミラーズへも特訓場へも行かない日は、美容関係のお店を巡ります。ニキビを消す方法と髪をさらさらにするグッズをお探しになっておりますが、いまだに見つかっておりません。たまに、「マツモトキ○シはないの⁉」「ビダル○スーンのリンスがほしい」「資生○があればすべて解決する」など、謎のフレーズを呟いておいでです。何かのおまじないでしょうか。

《落雷《サンダーボルト》》が使えると分かってから早三週間、お嬢様は目に見えてお痩せになりました。わたくしは、ダイエットをしなくともお嬢様はお美しいです、と進言しているのですが、聞く耳を持ってもらえません。それを言うといつも悲しい顔をして「デブは損なのよ、クラリス」とおっしゃり、「デブでブスは年収が半分になるという統計もあるわ」「デブは自己管理ができないと見なされ出世に響くの」など、謎の言葉を呟かれます。少々理解に苦しみますので、何かお嬢様なりのご冗談、ということにしております。

そんなこんなで、ダイエットに打ち込んだお嬢様の体重はなんと九四キロ。入院中は一一〇キロでしたから、十六キロも痩せた計算になります。スカートのウエストを詰めないといけませんね。

こうして放課後を満喫したお嬢様はお家に帰り、旦那様、奥様、エドウィーナお嬢様、エリザベスお嬢様、エイミーお嬢様と楽しくお話をし、十時には就寝致します。夜更かしは美容に悪い、と自分自身に、そしてわたくしにも口を酸っぱくしておっしゃいます。わたくしの肌はもはや下り坂ですから、気を使って頂かなくてもよろしいのですが。

愛するお嬢様のためでしたら、どんな苦労だってちっともつらくはございません。お嬢様専属メイドになってから、このクラリス、幸せでございます。毎日が薔薇の咲いたような満ち足りた時間で埋め尽くされてございます。

ですが、どんな物語にもトラブルはつきものでございます。

わたくしの、わたくし達のエリィお嬢様が、本日あのような姿で帰って来ようとは誰が想像したでしょう。

わたくしは怒りで我を忘れてしまいそうになりました。

誰がお嬢様を傷つけたのか。

どこで、いつ、どうやって。

犯人を見つけて厳罰を与えねばなりません。

誰にやられたのでしょう。

健気なお嬢様はわたくし達の問いにこうお答えになりました。

「ちょっと転んだだけよ」と。

10 外出とイケメンエリート

「ちょっと転んだだけよ」とクラリスに言ったちょうど三時間前、俺は一人で町に出掛けていた。

化粧品を見て回り、何となく一人の時間を満喫したかったのだ。

この世界の化粧品の種類は地球とそこまで変わらないように思える。ただ、効果や効能は試してみないと分からない、という点が大きく違うところだ。配合や成分があやふやで、不可解であり、元になっている製品も異世界クオリティでさっぱり理解ができない。買って試してお肌が荒れました、という話はザラにあるらしい。

こええよ。

試せねえよ。

俺、乙女だから。

『基礎化粧品』『薬用化粧品』『メイク化粧品』

大まかに化粧品はこの三つに分類される。

作り方までは分からないが、最後に担当していた部署が新規立ち上げの化粧品部門だったので、ある程度の知識はある。とある化粧品会社を買収して、うちのグループがそっちの業界にも手を出そうとしていたところだった。

……うん。日本のことを考えていても仕方ない。

気を取り直して、化粧品店「止まり木美人」の商品を見て回った。

『森林治癒キュール配合・マグマ熱入り化粧水』

顔が灼けるだろ。

『ドウレンジャー赤魔物エキスの肌荒れ防止水』

すんげえ赤いけどエキスってどこの何のエキスだ？

『アンアンアンズのオーガニックシャンプー』

あんが多いよ。喘《あえ》いじゃってるよ。

『西砂漠の南風・リンス』

ぱっさぱさになりそうだと思うのは俺だけだろうか。

『メデューサの顔パック』

顔面が石化しそうだ。

『ニキビ落としフジツボ石けん』

気持ちわりいいいい！

『タヌキングのちゃん玉美容液』

ちゃん玉っ⁉

『若返りの水・ドラゴンの吐息』

値段たっか！　一億ロン⁉

しかも小瓶にはちょびっとしか入ってない。うすーく伸ばして塗って、やっと顔全体にいきわたる程度の量だ。
ちなみにこの世界の貨幣は『ロン』だ。
色々と調べ、ざっくりとした貨幣価値は一円が一ロンだと判明した。分かりやすくて助かる。
紙幣は存在していない。日本円だとこんな感じだ。
石貨＝十円
銅貨＝百円
銀貨＝千円
金貨＝一万円
大金貨＝十万円
白金貨＝百万円
白金貨は貴重な「白い金塊」とやらを使っていて、めったにお目にかかれない。地球でいうプラチナみたいなもんだろうか。
それにしても、じゃらじゃらと音が鳴るし重いし、紙幣のほうが断然使いやすい。文明と経済がもっと発達しないと紙幣は登場しないのだろう。残念だ。
厳重な防犯処置が施された『若返りの水・ドラゴンの吐息』は小瓶の中で金色に光っていた。
店主に聞いたら、ドラゴンを追い詰めて泣かせることで採取できるらしい。体に塗ると、たちどころに傷が治り、肌が活性化するそうだ。
ドラゴンをひいひい言わせるぐらい強くなって涙を強奪し、ニキビを治すのも悪くない。

「ドラゴンを泣かすって、どうすればいいの？」

「お嬢ちゃん、ドラゴン狩りにでも行くのかい」

「いずれね」

「ぶわーっはっはっはっは！」

「なによ。笑うことないでしょ」

「ドラゴンの吐息があればお嬢ちゃんのニキビも一発で治らぁね。ちげえねえ」

ひげ面で小綺麗な服に身を包んだ店主は腕を組んで神妙にうなずいた。さすが化粧品を扱う店の店主だけあって、綺麗になりたい女心が分かっているみたいだ。

あたい、綺麗になりたいんです……。

ちなみにこの『若返りの水・ドラゴンの吐息』は四十年前に砂漠の賢者ポカホンタスが持ってきて譲ってくれたそうだ。いくつかの小瓶に分けて、代々この店で大切に販売しているとのこと。

十二種の魔法をすべて使えるグランドマスターぐらい強くないと採取は無理みたいだ。

うん、「光」と「風」しか使えないダブルの俺には当分無理だな。「雷」は使えるが、それでも無理だろう。にしてもドラゴン、ほんとに存在するのか。まじこええな。

「冗談はさておき、一番売れてるニキビに効く薬、ない？」

「そうさなぁ、これなんか人気だな。値段も高くない」

店主が出してきたのは『神聖の泥水』という商品だ。

「泥水？　ああ、泥パックみたいなものね」

「おお、大抵のお嬢さんは嫌な顔するんだが、お嬢ちゃんは違うみてえだな」

「まあね。色々と調べているから」

「よし分かった。六千ロンのところ、特別に五千ロンにまけてやるよ」

「いいの？」

「おういいぞ」

「ねえ……私いずれ美人になると思うのよ。それはもう誰もが振り向くようなとびっきりの女にね。それをふまえて提案があるわ。一回デートする権利をあげるから『神聖の泥水』四千ロンにまけてちょうだい」

「んん？」

「いいじゃない、おじさん。ねえ、いいでしょ？」

「……ぶわーっはっはっはっはっは！　ひいーっひっひっひっひ！」

ひげ面店主はカウンターを叩いて大笑いした。

ひとしきり笑って涙を拭うと、顔を上げた。

「お嬢ちゃん、おもしれえなあ。それに物言いが堂に入ってやがる。気に入った」

カウンターの中で店主は、自分の膝をばしんと叩いた。

「四千ロンでいいぞ。その代わり、美人になったらデートしてくれよ」

「もちろん。レディは嘘をつかないからね」

優雅にワンピースの裾をつまんでお辞儀をした。

イエス！　冗談のつもりが、ちょっと得した。

「楽しみにしてるな」

「ちゃんとエスコートしてよね。それから今のうちに奥さんに言っておいたほうがいいわよ」

「どういうこった？」

「今日ブスでデブな女の子が店に来て、将来美人になったらデートする約束をしたって」

「ほう、そりゃどうしてだい？」

「だって可愛い子とデートしたら、奥さんが嫉妬するでしょ？」

店主は一瞬、きょとんとした顔をしたが、言葉の意味が分かったのか、また腹を抱えた。

「ぶ……ぶわーっはっはっはっはっはっはっは！」

「そんなに笑うことないでしょ！」

「ひーひーっ」

「ねえ私ってそんなにブス⁉　デブ⁉」

「すまんすまん。いやー久々にこんなに笑ったな。もういいよ、そいつはタダでくれてやる」

「え？　いいの？」

「おういいぞ。いつかデートする相手だからな」

「でもだめよ。お金はちゃんと払うわ」

銀貨を財布から四枚出して、カウンターに置いた。

冗談の分かる店主が気に入ったので、しっかりと金を払ったほうが今後のためになるだろう。

人との繋がりは大事だ。こういった無駄とも思える関係値が、仕事の役に立つ場合もある。

それから少し雑談をした。

どうやら店主はトリプルで、適性は「火」のようだ。商売柄、危険な場所にある素材を取りに行くため、自衛ができるぐらいの腕っぷしは必要なようだ。

この世界の人はほとんどがシングルかダブル。

魔法が得意な人間でトリプル、スクウェア。

冒険者や貴族、凄腕魔法使いはペンタゴン、ヘキサゴン、セブン、エイト。

それ以上はめったにお目にかかれないらしい。

ちなみに冒険者協会定期試験なるものが存在していて、受けると自分の強さが点数で分かるそうだ。店主は受けていないらしい。へえ、面白いな。

「そういや残念だが『神聖の泥水』は今後の入荷が難しそうだ。大事に使ってくれ」

「何かあったの？」

「その泥水は、砂漠の国サンディとパンタ国の間にある『自由国境』付近で採取できるんだが、近頃あの辺が物騒になってやがる」

「戦争でもあるのかしら」

「さあな。武の王国グレイフナーに戦争ふっかけるバカはいないから、おそらくパンタ国あたりにしかけようって腹だろうよ」

「砂漠の国サンディが、そのパンタ国に戦争を？」

「分からん。最近子どもの失踪事件が多発している。どうも胡散臭い」

失踪事件、と聞いて俺は真っ先に孤児院の子ども達を連想した。エリィの日記に書いてあった、さらわれた子ども達だ。

情報収集をしているクラリスの報告にも、どうやら人攫《さら》いが多発している、行き先は西ではないか、という内容がよく出てくる。だが戦争を起こすにしても子どもを誘拐する理由にはならない。誘拐された側が返還を求めて戦うなら分かるが、どうもこの人攫《さら》いは各国々で起きているようだ。

「この首都は安全で警ら隊も優秀だ。誘拐犯はよほど狡猾《こうかつ》で腕が立つんだろうよ」

「あの雷雨の日から町の巡回は厳しくなっているしね」

「さすがお嬢ちゃん、よく知ってるじゃないか」

「ええ、さらわれたら困るでしょ」

「はっはっは、確かにな。将来べっぴんさんになるんだもんな」

「そうよ」

互いに笑い合った。話が分かる店主で会話が非常に面白い。

中々の営業力。やはり買い物はこうでなくちゃな。

「私はエリィ・ゴールデン。また来るわね」

「俺はマッシュだ。おまえさん、ゴールデン家の娘か？」

「ええそうよ」

「じゃあ帰ったら当主に伝えてくれ。来年の魔闘会は勝って領地を取り戻してくれって」

「あら、それはどうして？」

「うちの実家がマースレインにあるんだけどよ、領主がリッキー家に代わってからあまり感じがよくないんだと。自分の家ほっぽり出すわけにもいかんし今は黙っているが、このまま雰囲気が悪くなるなら、よそへ出て行くって婆さんが騒いでてな」

「リッキー家に代わってからどう悪くなってるの？」

「なんでも怪しい連中が領地で寝泊まりしてるらしい。旅人や冒険者はいくらでもいるが、どうもそういった類の連中じゃないみたいなんだ」

「へえ。私もリッキー家が怪しい連中とつるんでいるって噂を聞くわ」

この言葉は単に俺の憶測で、会話をつなげる撒き餌のようなものだ。

「元来血の気の多い家柄だからな、問題の種になってるんだろうよ」

なるほど。世間一般からリッキー家はこういう評価なんだな。有益な情報だ。

「でも気になるわね、領地の雰囲気がよくないっていうのは」

「そうさな……。ただお嬢ちゃん、あまり他でこういう話はするんじゃないぞ」

「ええ、分かってるわ」

「ふっ。お前さん、ただの学生じゃないみたいだな。一瞬、大人の男と話している気分になったよ」

「ま、まあね。ゴールデン家ではこういった話題は普通だから」

「それじゃあ気をつけてな。ありがとよ！」

化粧水である『神聖の泥水』の入った紙袋を受け取って町に出た。今日は授業が長引いてしまったせいで放課後の時間が少ない。そろそろグレイフナー通りの街灯に灯りがともる頃だろう。

何も考えずにぶらぶらと歩いた。

途中、窓ガラスに映る自分を見る。

一一〇キロの巨漢デブであった当初より十六キロ痩せた姿は、おデブさん、と呼ぶのがふさわしい体つきになっている。巨漢デブがおデブさんになったのだ。かなりの進歩、ダイエットの効果だろう。頑張ったもんな。全然まだまだだけど。

顔をよく見ると、贅肉で薄くしか開けられなかった目が、ほんのちょっとだけ大きくなったような気がする。たぶんエリィは顔に肉が付きやすいタイプなのだろう。うっすら、ほんっとうにうっすらとだが、エイミーと目元が似ている気がした。痩せたら美人になる可能性は大いにあるな。

だが、頬にある赤いニキビは中々消えそうにない。

いまだかつてこんなにニキビを気にしたことがあっただろうか。いや、ない。まるでこれじゃ俺ってば思春期の女の子みたい――――って俺ってば思春期の乙女だった。うそぉん。

「エリィ！」

呼び掛けられて、声のする背後を振り返った。

ったく。すっかりエリィって呼ばれることに慣れちまったな、と思いつつ行き交う人混みを見ると、トレードマークのハンチングをかぶったジョーの笑顔を発見した。

「あらジョー。ごきげんよう」

「こんなところでどうしたんだ？」

「ええ、ちょっとお買い物」

「へえ」ジョーは俺の持っている紙袋を見た。「何を買ったの？」

「乙女の秘密道具よ」

「化粧品か」

「もう！　そういうのは言わないでよ！」

「あっ。俺またやっちまった？」

「ちょっとでいいから乙女心を考えてよね。男の子に何を買ったのか知られたくないっていう恥ずかしがりの女の子だっているんだから。化粧品だって分かっても、分かっていない振りをしてちょうだいよ。それが男の優しさってものよ」

「でもエリィはそんなに恥ずかしがってないから、別にいいだろ？」

「私はいいけど、ジョーに好きな女の子ができたとき困るわよ？」

「べ、別に俺は好きな子なんてできねえよ……」

「あら？　その反応は……ねえ好きな子いるんでしょ？」

「いねえよ！」

「ちょっと教えなさいよ！　誰よ？　あ、向かいにあるパン屋のバイトの子でしょ？」

「はあ？　そんなわけないだろ」

「たまに牛乳配達にくるメリッサって女の子ね。あの子の胸、大きいものね」

「ば、ばか、ちげえよ！」

「違う？　ってことはやっぱり好きな子はいるのね？」

ジョーは顔を赤くして表情を隠すようにハンチングを目深にかぶり直した。

「お前としゃべってると何でも聞き出されそうで困るんだよ！」

「あなたの協力がしたくて言ってるのよ。私は仲間に引き込んでおいて損はない人材よ」

何を隠そう恋愛話は大好物だ。

ジョーを見ていると高校生に戻った気分になる。

「いや……別に好きとかそういうんじゃ……。ただなんつーかちょっと気になるって言うかなんていうか……」

「へえ～」

「何だよその意味深なへえは！　このデブ！」

「ちょ！　あなたそれは禁句よ⁉」

「うるさい、このデブ！」

「何よこのくるくるパーマ！」

「なんだとッ！」

俺達は、それはもう若々しく、冗談めかして罵倒《ばとう》し合った。

ついついこちらも調子に乗って言い返してしまう。お互い認め合っているからこそできるおふざけだろう。

だいたい、俺が泣き真似をして終了する、というのが最近の流れだ。

女は泣けば九割方、許される。泣き真似は必須スキルだな。

「悪かったよ、ごめんごめん」

ジョーはハンチングを取って謝罪する。

分かればよろしいと許す俺。

くせえ青春の一ページ。

エリィ、見てるか！　青春満喫なう！

「そんなことより、ちょうどいいや。エリィにこれを見てほしかったんだよ」

「そんなことって……まあいいわ」

通行人が増えてきた。仕事が終わってみんな町に繰り出しているんだろう。俺とジョーは向こうから来た図体のでかいケンタウロスの集団に巻き込まれないよう、壁際まで移動した。

ジョーの広げたデザインのラフ画を覗き込む。

ラフ画には、ボーダー柄で七分丈のシャツが描かれていた。「生地・ゴブリン繊維と綿」と記され、配色「白と黒」となっている。

「縦がアリなら横もアリかなと」

「良いわね。実は私も考えていたけどね」

「ちくしょー、やっぱり考えてたか」

「これはボーダーシャツと名付けましょう」

「命名まで取られた！」

それから、生地感や着幅、裾回りの大きさ、ボーダーの幅、実現可能かどうか、費用はどれくらいか、なんて話をあれこれして、ジョーと別れた。俺がデザインしたエイミーのストライプワンピースが完成するから最終調整をする、と言って楽しそうに走っていった。

ついにエイミーが地球と同じようなデザインの格好をしてくれるのか。

あの美しくも優しげな垂れ目に、爽やかな白地にストライプが入ったワンピース。ワンポイントでカーディガンを巻き付ければ、さながらモデル顔負けのお嬢様スタイルになるだろう。可愛いな。間違いなく。

手を振ってジョーを見送る。

すると、急に複数の人間に襟首をつかまれ、そのまま裏路地に放り出された。

◆　◆　◆

急に襲ってきた浮遊感に、声にならない声が出る。

突然のことだったので、地面に滑り込むようにして転んでしまった。

制服が泥だらけだ。

顔を上げると、サークレット家のスカーレットが、黄金の縦巻きロールを見せつけるようにして仁王立ちしていた。そのうしろに取り巻きの女子が四人立っている。

「エリィ・ゴールデン。男といちゃいちゃしているなんて、いいご身分じゃない」

近くにこいつらがいたことに気づけなかった自分に心の中で舌打ちし、立ち上がろうとした。

が、頭の真上から突風が吹き、地面に押さえつけられた。

右頬を汚い地面にくっつけたまま、横目でスカーレットを見る。彼女の手には杖が握られていた。何か魔法を使ったらしい。

「誰が起き上がっていいと言ったのかしら？」

眉を上げたスカーレットは、わがままお嬢様が癇癪《かんしゃく》を起こす一歩手前、という顔をしている。

「あなたって本当に目障りなデブね。ブスの分際で他の男と逢い引きですって？」

再びスカーレットの杖が振られる。

《ウインドブレイク》と言ったのが聞こえた。

突風が吹き下ろされ、圧力で体が地面にめり込むんじゃないかと思うほどの衝撃を食らう。

「ぐっ……」

くそ。どうしてこうなった。

警戒していなかった俺の責任だ。

「無様ね。ピッグーには地面がお似合いでしてよ」

取り巻きの女子達が、一斉に笑い声を上げた。ボスのご機嫌取りのような下卑た笑い方は、やはり営業時代に何度も見た、誰かの腰巾着でしかない奴らのそれそっくりだ。むなくそが悪い。

代わる代わる、俺が立ち上がれないように《ウインド》を吹き付けてくる。

「ほら、スカーレット様と言って謝罪するなら許してあげるわよ」

杖で自分の手のひらを軽く叩きながら、スカーレットがそう言ってくる。口元は優越感でゆがみ、蔑《さげす》むように顎を突き出している。

「……あなた達は、一人で、何もできないのね」

他人を傷つける前に自分を磨いたらどうなんだ。スカーレットは何かとんでもない劣等感でも抱えているんだろうか。

「このデブおんなぁぁッ！」

おさげ頭のゾーイが《サンドウォール》と唱えて杖を振ると、俺の真下の地面が盛り上がった。即席でできた一メートル四方の土の山に持ち上げられる。そいつが杖を横に振ると、今度は土の山が横向きになり、何の抵抗もできないまま空中に放り出された。

高さ二メートルから落ち、受け身も取れないまま自身の体重も相まって、全身が打ちつけられる。変なうめき声が口から漏れた。

「わたくしはね、あなたが嫌いなんですの。正義感丸出しで正論を言うあなたが、大嫌いなんですの」

スカーレットが杖を振る。

《ウインドブレイク》が体全体にのしかかる。

取り巻き連中も《ウインド》を詠唱し、こちらに放つ。

幾重にもなった風が俺の体を押しつぶそうとする。

「何とか言ったらどうなの？」

魔法が止まり、やっとまともに呼吸ができるようになった。全身が痛い。

「ほら、いつもみたいに正論を吐きなさいよ」

「私もあなたが……嫌いよ。一人で何もできないんでしょう？」

「デブ！　スカーレット様になんてことを！」

おさげ頭のゾーイが再度杖を振りかぶった。

スカーレットは「おやめなさい」と言って下がらせる。

おさげ頭は憎々しそうに俺を睨みつけると一歩下がった。

「せいぜい調子に乗っておくことね。合宿が楽しみですわ」

スカーレットは杖をこちらに向けたまま、俺の背中を思い切り踏みつけ、オホホホ、と下手なB級映画でもやらないような高笑いをした。

「うぐっ」

《落雷《サンダーボルト》》をぶっ放してやりたいが、あんな目立つ魔法をここで使ったらとてつもない騒ぎになることは明白だ。それに、人間相手に使ったらタダで済まないだろう。よくて大やけど、悪くて感電死だ。エリィを殺人犯にするわけにはいかない。

他に使える魔法は……だめだ、ない。

俺が習得している魔法は《ライト》《ライトアロー》《ウインド》の三つのみ。

光の下級《ライト》は光で周囲を照らすだけの魔法。

光の中級《ライトアロー》は攻撃魔法ではあるが、死霊やアンデッド系に有効なものなので、人間への効果は薄い。

風の下級《ウインド》は練習不足なので、せいぜい尻餅をつかせるのが限界だろう。

悔しいけど勝てない。力で屈服させられる。

ここは我慢するしかない。

「スカーレット様。このピッグーを黙らせます」

おさげ頭が、忌々《いまいま》しいと言わんばかりに杖を振り上げた。

「ゾーイ。あなたはバカなの？」

「えっ？」

自分の慕う相手にバカと言われ、おさげ女は呆けた顔を作って杖を振る手を止めた。

「これ以上やると人が来るわ。こんなデブでも領地が百ある貴族の娘。証拠でも残されると厄介でしょう。いくわよ」

スカーレットは俺の背中から足を下ろし、屈み込むように、顔を横にしてこっちを覗き込んできた。

俺の目と、スカーレットの目が、ばちりとかち合う。

細い眉毛。への字に曲がった口が卑屈さを見え隠れさせる。彼女の瞳は、優越感と劣等感が渦巻いているように見え、嫉妬に狂った女の顔をしていた。いや、違うな。嫉妬というにはいささか異質な感情を感じる。その目は俺を見ているようで、それよりも遠くを見ているような、空虚で何の魅力も感じない目だった。

「ごきげんよう」

それだけ言い、彼女達は俺を置き去りにして、通りとは逆側へと去っていく。

その途中で俺のポケットに入っていた紙袋に気づいたおさげ頭が、紙袋を逆さまにして中身を地面に出した。

出てきた『神聖の泥水』を一瞥《いちべつ》すると、おさげ頭はそれを拾い、わざと見えるようにして地面に叩きつけた。瓶は割れ、『神聖の泥水』は無残にも汚い土に吸い込まれていった。

「ゾーイ、早く来なさい！」

スカーレットがおさげ頭に向かって叫ぶ。

ゾーイは俺の背中を踏み台にして走り出した。

スカーレット達が走り去った方向からは、高笑いが聞こえる。

どうせ俺の姿を見て笑っているんだろう。

ちょっとさぁ……。嫉妬なのか何なのか知らないけどさぁ、まじでエリィの身体に何してくれてんのほんとに。ぜってー許さねぇからな。

立ち上がって服の埃を払う。

思ったより汚れてしまっていて、完全に綺麗にするのは無理だ。

ここでスカーレット達に傷つけられました、といっても証拠がない。さすがにあの縦巻きロールお嬢様はエリィを二年間もいじめてきただけあって、抜け目がなかった。

怒りよりも悔しさが先行する。

こうなるかもしれないということは容易に想像できたはずだ。学校を休んででも、対人戦闘の練習をするべきだった。

異世界を甘く見ていたってことか？　やはり個人が魔法という圧倒的な力を持っているんだ。こういった理不尽は起こり得るだろう。いつもの俺だったらこんなミスをする前にリスクを考え、対策できたじゃねえか。どうしてそれができなかった。

学校へ行くことと、訓練をすることの重要性をしっかり天秤に掛けなかったミスだ。

まったく……時間の使い方が下手なビジネスマンみたいじゃねえか。

スカーレットよりも自分自身に腹が立つ。

ひとまず頭を冷やして対策を立てよう。こんな苛々した状態じゃ、いいアイデアは浮かばない。

太い足を動かして早歩きで向かうと、十五分ほどで家が見えてきた。

自分の家を見てこんなにほっとしたのは初めてだ。仕事でいくつもの修羅場をくぐり抜けてきたものの、物理的に攻撃されて追い詰められたことはなかった。肉体的なダメージ、というのは、自分が思っているよりずいぶんと心を疲労させるらしい。

ボディビルダーのような屈強な門番が俺を見つけると、血相を変えて走ってきた。

俺の安否を確認し、すぐ家に飛び込んでいく。

どうやら、ところどころ破れた制服で何かあったことが分かってしまったらしい。

……これは大事になりそうだ。

門番は治癒ができるエイミーを真っ先に呼びに行ったらしかった。

玄関からエントランスに入ると、エイミーが美しい顔を悲しみでいっぱいにして階段を駆け下りてきた。

「エリィ！」

エイミーは俺を抱きしめると、すぐに《癒発光《キュアライト》》を唱えた。

身体がほのかに光り、温かい安らぎに全身が包まれた。腕や、足の擦り傷がみるみるうちに消えていく。すげえな魔法。

文字通り、かすり傷が消えていく。

しばらくその効果に驚いて夢中に観察してしまい、無言になってしまった。

「おじょうすぅわむあぁーーーーーッ！」

「クラリス⁉」

クラリスがエントランスの踊り場から飛び降りてきた。

ちょい美人系オバハンメイドがハリウッド映画のようなアクションをかますのはシュール以外の何物でもなかった。

「大丈夫で……大丈夫でございますか⁉」

「エリィ、どうしてこんなことになったの？」

魔法が終わったエイミーが聞いてくる。

「そうでございます！　誰がお嬢様にこんなことを！」

クラリスは今にも玄関から飛び出しそうな勢いだ。

余計ないざこざが起きないように、仕方なくこう答えた。

「ちょっと転んだだけよ」

そう言った俺を見て、二人はつらそうに下を向き、悲しさをない交ぜにした微笑みを作って、顔を上げた。

「エリィ……。あなたは優しい子ね。でも今回ばかりは黙っていられないわ。教えてちょうだい。どこで、どんな奴にやられたの？」

「あの切り傷は《ウインドブレイク》によるものでしょう。そこそこに魔法が使える者が犯人でございます」

そう言ってクラリスは奥の部屋へ消えた。

「《癒発光《キュアライト》》をかけてくれてありがとう」

「ううん。当たり前よ。自分の妹が怪我をしたんだもの」

「姉様、聞きたいことがあるの」

「なあに？」

「ゴールデン家で一番強いのは姉様？」

「……どうしてそんなことを？」

エイミーはなぜこんなときに強さを聞くのか分からないみたいだ。

「私、強くなりたいの。姉様、私に魔法を教えて」

「エリィ……」

「その必要はございません、お嬢様」

振り返るとクラリスが俺達の前に立っていた。

「ちょ……クラリス、それは何？」

黒いコートに黒頭巾をかぶり、中国映画でよく見る青竜刀のようなものを左右の腰に差し、肩には特大のハンマーを背負い、コートの裏地には魔法の杖が二十本ほど、いつでも取り出せるように縫い付けてあった。

「犯人の目星はついております。ここでお待ち頂ければ敵の首級《しゅきゅう》を上げて参ります」

クラリスが本気だ。

これはやべえやつだ。目が狂気と殺気でぎらぎらしている。

「首級ってあんた……」

ついツッコミを入れてしまう。

止めなければガチで特攻するだろう。

「ええ。ぶっ殺して参ります」

にこりと笑うクラリス。

こわい！

このオバハンメイド、こわいよ！

エイミーの顔が恐怖で引き攣《つ》ってるよ！

「お嬢様ご安心を。このバリー、お嬢様のためなら命も惜しくありません」

「ひいっ！」

声のするほうを向いたら、茶髪の角刈りで眼光の鋭い頬に傷のあるおっさんがこちらを睨んでいた。悲鳴を上げるなと言われても絶対に無理だ。

「バリー、近いわ！　顔が怖いわ！　あと顔が怖いわ！　それから顔が怖いわ！」

「お嬢様に仇なす下衆《げす》な輩は、確実に我々夫婦が仕留めて参ります」

何をしでかすか分からない不敵な顔をしている。

「どうするつもりなの？」

念のため確認してみる。

「どこのどいつだか知りませんが、脳天をぶちまけるのは間違いありませんね」

「恐ろしいことを言わないでちょうだい！」

「今回ばかりは堪忍袋の緒がぶっちぶちのびっりびりに切れました。いえ、キレました」

「姉様、二人を止めてよ！」

エイミーはバリーの格好を見てぽかんと口を開けている。

バリーは日本刀に酷似した剣を二本腰に差し、『必殺』と書かれたハチマキを巻いて、そのハチマキには蝋燭《ろうそく》が左右にぶっ刺してある。さらに防弾チョッキに似た革の鎧をつけ、腰のベルトには魔法の杖が乱雑に十本ほどねじ込んであった。ヤのつく人々の仁義なき戦いそのものだった。

これはだめなやつだ。人に見せたらあかんやつだ。

「うちの旦那はこうみえて元冒険者。しかも相当な奥地まで探索した猛者《もさ》でございます」

「さようでございます。魔法使いのひとりや二人、何ら後れは取りません」

「首級はこちらにお持ちしたほうが？」

「いらない！　生首なんていらない！　お願いだから行かないでちょうだい！」

俺は必死に止めた。

「料理長ーっ！」

するとキッチンから、あわてた様子でコック姿の若い男、四人が走ってきた。

「料理ほっぽり出してどうしたんすか⁉」

「早く戻ってください！」

「もう食事の時間を過ぎてます！」

口々に叫んだ後、料理長であるバリーの顔を見て、コック四人の動きは止まった。

「何事ですか？」

「討ち入りだ」

短く答えるバリー。西洋風なのにヤクザ映画を観ている気分になっているのは俺だけだろう。

さらに家のそこかしこからメイド服を着た侍女が六名、スカートの裾をからげてエントランスに駆け込んでくる。

「クラリスさん！」

「そのような格好でどうされたのです⁉」

「いったい何が⁉」

メイド達はバリーも武装している様子を見て息を飲んだ。

「どうされたのです？」メイドの中で一番年かさの女が、年齢に違わぬ落ち着いた態度でゆっくりと二人を見つめる。「何があったのです？」

バリーは説明しろという目線をクラリスに送った。

クラリスがゆっくりうなずいた。

「エリィお嬢様が何者かに襲われたのよ」

「なんですって⁉⁉」

コック達、メイド達は信じられないと目を見開いた。

まず、俺のやぶれた衣服を確認し、無言でお互いを見つめると、こっくりと首を縦に振った。視線だけで通じ合ったらしい。全員同時のタイミングでこう言った。

「ぶっ殺しましょう」

「ぶっ殺しましょう」

「ぶっ殺しましょう」

綺麗なハミングだった。

すると食堂から父、母、長女、次女がやってきた。

「もうとっくに夕食の時間よ！」

ちょっぴりヒステリックな母がバリーに叫ぶ。が、エントランスに集合したゴールデン家の使用人達と俺、エイミーを見て、怒りの顔がすぐに訝しげな表情へ変わった。

「何事だ！」

垂れ目でイケメンの父親が、似つかわしくない怒鳴り声を上げる。

すぐさまクラリスとバリーが恭《うやうや》しく頭を下げると、使用人の面々も帽子をかぶっている者はそれを取って礼をし、手にぞうきんやら道具を持っているものは床に置いて礼を取った。

「お父様、エリィが誰かに襲われたの……」

エイミーが泣きそうな顔で俺を抱きしめたまま言った。

「なんだとッ⁉」

それを聞いた長女エドウィーナと次女エリザベスも、こちらに駆け寄ってひざまずいて俺を抱きしめた。「大丈夫？」「怪我はない？」など優しい言葉が頭上から落ちてくる。美女三人に囲まれ、いい匂いに包まれる。これは悪くない。うむ、悪くないぞ。

「旦那様、どうか討ち入りの許可を」

「下衆《げす》の脳漿《のうしょう》をぶちまけて参ります」

クラリスとバリーがこわい。

「おだまりッ！」

母が底冷えする金切り声で一喝した。場にいた全員が全身を硬直させ母を見つめた。

「あなた」

「ああ」

母と父はうなずいてエントランスを上がっていった。そして一分もしないうちに、完全武装して出てきた。

「タダじゃおかないわよ」

「ああ」

なんだろう。すごく冷静なところがかえって怖い。恐ろしい。

特に母の目は野生の鷹のようにくわっと開かれ、らんらんと獲物を探している。

マミーが一番怖いんですけどっ！

ゴールデン家に冗談は通じない、ということが今日よく分かった。

クラリスとバリーが、静かに父と母の背後に付き従った。気づけばコックとメイド達も各々、槍やらバスタードソードやらメリケンサックを装備して列に加わっていた。

「四人は家で待っていなさい」

母は俺達四姉妹に厳命すると、キッと前方を睨んで、杖を振り上げた。

「爆炎のアメリアと呼ばれたわたくしを怒らせたらどうなるか、身をもって分からせてあげるわ」

俺はすべて理解した。

ゴールデン家で一番強いのは母だと。間違いなく母が最強だと。

その後、俺は討ち入りしようとする母と父、クラリスとバリーを説得するのに小一時間を要した。

11 特訓とイケメンエリート

エイミーと秘密特訓場に来ていた。

スカーレット達に襲撃された夜、怒り狂うゴールデン家の面々を何とか説得し、一人で戦えるぐらい強くなる、と言って家族に溜飲《りゅういん》を下げてもらった。普通の家庭なら絶対にありえない話だ。しかし、ここは異世界で武の王国グレイフナー。意趣返しの決断は矜持《きょうじ》を大いに得ている、ということになった。

俺がスカーレットを返り討ちにするまで手は出さない、ただし、危険だと判断したら一家総出で討ち入りする、との約束をした。

母がやり場のない鬱憤《うっぷん》を晴らそうと庭に上位炎魔法をぶっ放したときは正直肝が冷えた。近所の人がどうしたのかと家に来たほどだ。

まあ、そんなこんなでどうやってスカーレットに報復するか一晩じっくり考えた。

かつて日本で敵と見なした奴らに自分がどんな鉄槌《てっつい》を下したのかを参考に吟味した結果、焦点を三つに絞った。

まず力で屈服させる。

武の王国グレイフナーに取って強さはプライドだ。それをへし折る。

そして恋愛。

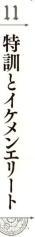

理想の形は、俺がめっちゃ可愛くなってお気に入りであろうボブを誘惑し、スカーレットに見せつけ、最終的に可燃ゴミを出すかのように捨てる、という筋書きだ。好きな男を取られ、失恋し、しかもその男がボロぞうきんのように利用され捨てられる。プライドと乙女心をズタズタにできるだろう。

他のプランも考えてあるので、ひとまずは綺麗になる努力をしよう。

さらにはお洒落だ。

どれくらいうまくいくかは異世界のお洒落センス次第なところではあるが、俺がデザイナーとして売り出した流行のファッションをスカーレットとその周辺には購入できないようにする。という報復はどうだろう。想像するだけで笑いが止まらない。若い女の子がみんなと同じ流行に乗れないのは、さぞかしキツイだろうよ。

俺のデザインした商品には「エリィモデル」というタグをつける予定だ。服に人気が出て、付加価値が付いてくれれば「あらスカーレット様は流行のエリィモデル、持ってないんですのね」と見下されるだろう。人間はいつでも優劣をつけたがるからな。

強くなってぶちのめせばいいんじゃないか、と日本にいる同僚あたりに話したら言われそうではあるが、それでは魔法使いとしてだけ勝ったことになるので、大した意趣返しにはならない。エリィが女としても魔法使いとしても格上だとスカーレットと取り巻き連中に分からせることが重要だ。

スカーレットがなぜ俺を目の仇にするのかは知ったことではない。

こんなにも純粋で素敵な女の子を自分の都合で散々痛めつけてきたんだ。誰かが鉄槌《てっつい》を下さなければいかんだろう。誰がやるか。それが俺。イエイ。

あいつがエリィ、つまりは俺を見る度に劣等感に苛まれるような、そんな屈辱を味わわせてやりたい。

繰り返すがボブとスカーレットは入学時からエリィを追い詰め、自殺させる原因の一端にまでなっている。これを野放しになどできない。もしエリィが生きていたら俺を止めるだろう。彼女は優しいレディだ。でも関係ないね。もう許す気になれないところまで怒りのメーターが振り切れている。

やるなら徹底的にやる。それが俺のスタイルだ。

ともあれ時間がかかる報復ではある。強くなってダイエットしてお洒落して、お金も稼ぎたいし、やることはいっぱいだ。

すべてを並行させて進める必要があるな。

家に帰ったらクラリスに計画の一部を話そう。

ちなみに、クラリスほどの優秀な秘書は日本でも見たことがない。

密偵はできる、政治にも詳しい、計算や理に聡い、読心術にも長け、メイドをさせれば心配りは完璧、というスーパーオバハンメイドなのだ。俺の専属メイドになる、という話を父と母が何度かやんわりと断った理由がよく分かった。クラリスはゴールデン家の執事のような存在で、財政や領地の統治なども手伝っていたらしい。先日、娘にメイド長の座を一任したようで、その娘も激ハイスペックであった。

スカーレットへの報復は、ボブへの復讐と項目がいくつか重なっているので、焦らずにじっくりやっていこう。

まずは強くならなければ。武で負けたらなんの意味もない。

エリィ見ててくれよ。このイケメンがお前を変身させてやる。

◆　◆　◆

そんなこんなで特訓の監督役となったのがエイミーだ。

父は肺の持病があるので、なるべく安静にしていたほうがいいらしく、宮殿で内勤をしている。母は領地経営や騎士団の手伝いがあって稽古をつけられない。そこで上位魔法「木」を使え、回復魔法も使えるエイミーが監督役に抜擢《ばってき》された。

俺にとっては都合がいい。

どのみち、エイミーには《落雷《サンダーボルト》》を見せようと思っていたのだ。

ミラーズで作ってもらった黒のワンピースに身を包み、気合いも十分だ。

「ということで姉様見ててね。あとびっくりして飛びついたりしないでね。どこかのメイドとどこかの料理長は飛びついてきて私のズボンをズリ下ろす、という蛮行《ばんこう》に及んでいるわ」

「ごめんなさい」

「ごめんなさい」

クラリスとバリーは頭を地面につかんばかりに下げた。

「分かったけど、そんなにすごい魔法なの？」

「《落　雷《サンダーボルト》》よ、姉様」

「…………………………………ふぇ？」

長い沈黙のあとに、エイミーは顔をはてなマークでいっぱいにした。冗談なのか本気なのか分からない、といった表情だ。呆けた顔も可愛らしい。

「ああ……ッ！」

「おどうだば……ッ！」

早くもクラリスとバリーは地面に膝をついて俺に祈りを捧げ始めた。

だからそれをやめなさいって言ってんのに。

「姉様、聞いてる？」

「はっ、ええ、ああ……聞いてるわよ、エリィ。でもさすがに伝説の複合魔法は……」

エリィ大好きのエイミーでも信じられないらしい。どうやら雷魔法は本当に伝説のようだ。

気を取り直して、集中し、魔力を身体の中で練り上げる。

「いきます」

「あ、はい」

なぜか敬語になる俺とエイミー。

高めた魔力で雷をイメージし、解き放つ。

「《落雷《サンダーボルト》》！」

空気を切り裂く雷が地面に突き刺さった。

ビシャアン！

というけたたましい音が特訓場にこだまし、《落雷《サンダーボルト》》で空いた穴から静けさと一緒に砂埃《すなぼこり》が舞い上がった。

「え、え、え、――――？」

エイミーは言葉にならない言葉を上げ、猛牛のように突進してきて俺に抱きついた。

そして、感動したのか、ものすごい勢いで泣き始めた。

「エリィ……すごいわエリィ……。あの伝説の……ぐすん……ユキムラ・セキノと同じ………すん……雷の魔法を……」

俺のワンピースをぐいぐい引っ張って、しかもご丁寧にそれで涙を拭いて、また引っ張ってくる。

「エリィはすごい魔法使いに……なるって……私……いつもみんなに………でも……学校の友達とか……ぐす……先生とか誰も信じてくれなくて…………信じてくれたのはお父様とお母様だけで………ちゃんと信じてたけど心配で……」

「姉様……」

エイミーの頭をゆっくりと撫でてやった。

だが今日の彼女はひと味違った。

「だから……エリィが立派になって……しかも雷魔法まで………！」

「あの姉様、少し苦しいんだけど？」

「だから……だから……私！」

「おねえ……ざま」

「私ッ！」

「……」

「エリィーーーーーーーーーーーーーッ！」

「おじょーさまぁーーーーーーーーーー！」

「おどうだばぁぁあああああああああああああ！」

なぜかクラリスとバリーにも飛びつかれ、抱きしめられてワンピースの上半身をこれでもかと引っ張られた。エイミーは抱きついて後ろに回した手の力を緩めようとしない。

「エリィは天才だねっ！」

「クラリスは一生ついて参りますぅぅ！」

「おどうだば！　おどうだば！」

「ちょっと！　離してちょうだい！」

三人が俺にひっついて、ワンピースに全体重をのせるようにぐいぐい引っ張ってくる。

そうなると服はどうなるのか。もちろん結果は明白であった。

――ビリビリビリィ

「あっ！」

「ああっ！」

「おどうだば……！」

ミラーズで作ってもらった新品の黒のワンピースは、盛大な音を立て、縦三つに破れた。

俺はスポーツブラのような下着姿に、見事なまでの三段腹をさらし、上半身裸になった。

三人は無言のまま俺の下着と突き出た腹を見て固まった。

――チュンチュン

小鳥が俺達の脇で楽しそうにダンスをし、互いのくちばしを突き合って飛び去っていく。

――そこに座りなさい

俺の冷めた声が特訓場に響く。

――はい

三人を正座させ、大人のくせに何しているの、とお説教した。

上半身裸で三段腹の少女が、オバハンメイドと強面料理人、伝説級美女を正座させて叱りつけている様は、端から見れば謎の光景だろう。

三人とも興奮しすぎたことに反省し、ようやく特訓を開始することになった。

ほんと勘弁してくれ。この手のギャグはいらない。おデブの裸を見て誰が得するんだよ。

「エリィは本当に上位魔法が使えないの?」

「そうなの。そういう事例ってあるの?」

「聞いたことがないなぁ。というよりね、複合魔法ってユキムラ・セキノの話にしか出て来ない伝説上の魔法だから、よく分かっていないの」

「姉様はできる?」

「できるわけないよ〜。でもエリィは天才だからできたんだね。すごいね!」

天才という一言でさらりと問題を回避するエイミー。

いや、そこは原因追及しようぜ。

「とりあえず、魔力を練ることからやろうよ。エリィってあまり魔力操作がうまくないでしょう?」

「そうだね。基礎は大事だもんね」

エイミーは杖を出して魔法を唱えようとしたが、ぴたっと動きを止めた。

「そういえば……さっき杖なしで魔法使ったよね?」

「ええっと……そうだけど……」

「エリィ!」

がばっと抱きついてエイミーは顔を肩に擦りつけてくる。替えのワンピースまで破られたら洒落にならないので、飛びつこうとするクラリスとバリーをたしなめるように睨んでおく。

「お嬢様は天才でございますからね」

クラリスはエイミーに言った。

「クラリス、ちょっとあなたの杖貸してくれない？」

「もちろんです、お嬢様！」

試しにクラリスの杖で《落雷《サンダーボルト》》を使ってみる。

杖で指したあたりに、《落雷《サンダーボルト》》が落下した。

「杖だとやりにくい」

「ええっ！　そうなの？」

エイミーが驚きの声を上げる。

杖を持っていると、勝手に魔力が杖へと引っ張られていくのだ。これが地味に制御しづらかった。杖なしでやったほうがよっぽど効率がいい。

おそらく杖は魔法を発動させる補助の役割をしているみたいだ。使い慣れると、これなしで魔法を使うことが難しくなるのではないだろうか。オートマに慣れるとマニュアルの運転が下手になる、そんな感じだろう。

次にエイミーから教えてもらったのが魔力循環の練習だ。

まず力を抜いて立つ。

へその辺りに魔力を集中させて体内で循環させるイメージ。

高速回転させ、次にゆっくりと回転させる、これを何度も繰り返す。

十分もやると汗が吹き出てきた。

これダイエットにいいかも。

「私は毎日やってるよ」

「姉様は美人で努力家でえらいなあ」

「エリィ、恥ずかしいこと言わないで。エリィのほうが可愛いんだから」

「ないない。姉様それはない」

エイミーと話し合い、しばらく学校を休んで特訓することにした。

スカーレットの顔を見ると怒りで《落雷《サンダーボルト》》をぶっ放しそうだからな。それに、目的を達成するために何かを犠牲にしなければいけないのはビジネスと同じだ。時間の使い方がうまい奴ほど出世する。取捨選択はきっぱりしていたほうがいい。

エイミーも毎日練習に付き合ってくれるのは嬉しい。美人と練習。いい響きだな。本当は「夜の」が付くともっといいんだが、俺、女だしなぁ。

◆◆◆

それから一週間、朝から夕飯の時間までみっちりエイミーと練習した。

魔力循環の練習。

エイミーとの模擬戦。

さらに元冒険者であったバリーと、魔法を使わない相手との戦いを想定した模擬戦。

日に日に強くなっていく自分が分かるので楽しい。

ジムに通って自分の体がでかくなっていくのと同じだな。

この強くなっていく感覚はやり出したら止まらない。

その過程で、魔法について色々と分かったことがある。

それは基礎魔法が使えるようになれば、あとは応用で自由が利く、ということだ。

例えば風の中級基礎魔法《ウインドブレイク》は突風と小さな風の刃を作り出し相手を攻撃する。《ウインドブレイク》を薄く細くすると、《ウインドカッター》になる。イメージすればカッターの形を半月型にしたり、円形で飛ばすこともできる。

ただ、《ウインドブレイク》をいちいち《ウインドカッター》に変形させるより、直接《ウインドカッター》を詠唱したほうが楽ちんで、発動が格段に速い。そのため、魔法使いは一つ一つ魔法を詠唱して憶えていく。

風の上級基礎魔法《ウインドストーム》はつむじ風と中ぐらいの刃を作り出し相手を攻撃する。《ウインドストーム》を薄く細くすると《ウインドソード》になる。《ウインドカッター》よりも強力な切断力で、岩をも両断する。

不思議なのは、どれだけ《ウインドカッター》に魔力を注いでも《ウインドソード》にはならないことだ。魔力を注げない、という表現が正しいかもしれない。茶碗に入れられる米の量が決まっているのと同じだろう。魔法によって器があり、魔力を注げる量が決まっているようだ。

新しい基礎魔法を憶えるには魔法の詠唱が必須。

とりあえず片っ端から詠唱してみた。

「光」上級
「風」上級
「土」下級
「水」下級
「土」と「水」を習得できた。
　残念なことに「闇」と「火」ができなかった。もっと修練を積めば誰でも下級ぐらいまではできるようになる、とエイミーは言っていたが、彼女も天才の部類に入るようだから、あまりその言葉は信用していない。
　それを言ったら泣きそうになっていたので、可愛い姉をいじめるのはそこそこにしておこう。

◆◆◆

「姉様、学校をこんなに休んで大丈夫なの？」

　魔力循環の練習のあと、汗をクラリスに拭いてもらいながら聞いた。

　特訓は十日目に突入している。さすがにまずいんじゃないかと思った。

　ちなみに俺のほうは母アメリアが学校に口利きをしてくれたようで、合宿に参加すれば休んでもいいとのことだった。母は色々な機関とパイプを持つ有名な魔法使いらしい。

「六年生は自由研究だから平気。それに卒業資格はもうあるしね」

「上位魔法ができればいつでも卒業できるんだよね？」

「そうそう」

「どれくらいできる人がいるの？」

「う〜ん六年生の中だと、十分の一ぐらいかな」

「やっぱり姉様はすごいね。あと可愛いし美人だし優しいし」

「だからエリィってば、からかわないでよぉ」

顔を赤くして、ぽかりと俺の腕を叩くエイミーは、それはもうとてつもなく可愛い。

「考えたんだけど、エリィは雷魔法が使えるんだから上位の白魔法と空魔法ができる下地はあると思うんだよね」

「う〜ん、試したけどできなかったよ？」

昨日、すんげえ小っ恥ずかしい詠唱をしてみたものの、「白」と「空」は習得できなかった。雷魔法を使ったときの魔力の暴走みたいな熱さを感じたが、あと一歩、コツがつかめない。何度か試して魔力切れを起こし、ぶっ倒れそうになった。魔法は失敗すると魔力のロストが激しい。

「私が上位魔法の木を習得したときは、土魔法を体内で循環させて、木魔法に変換する感じだったよ」

「そのときどれくらい魔力を使うの？」

「なんていうんだろう、いっぱい？　たくさん？　木が私の中で生えてくる感覚。こう、中を突き抜けていく感じかな」

今の表現がちょっとエロいと思った俺は健全な男子だと思います。

「白魔法も同じような感覚なのかな」

「習得したくて聞いてみたけど、みんな言うことがバラバラなんだよね」

「感覚に個人差があるってことか……」

「そうなんだよねぇ」

「白魔法ができたら便利だよね」

「私ができていれば、エリィに教えてあげられたのに」

エイミーは悔しそうな顔して俯いた。

「ううん姉様。私が憶えて教えてあげるわ」

「そうだね。そうなったら嬉しいな」

「あら、ありがとうクラリス」

クラリスがぬるめのハーブティーを俺とエイミーに出してくれる。

そろそろお昼の時間だ。

クラリスが作った即席の野外テーブルの席に着き、ノートを確認した。

『習得した魔法
下位魔法・「光」
下級・《ライト》
中級・《ライトアロー》↓《幻光迷彩《ミラージュフェイク》》《治癒《ヒール》》
上級・《ライトニング》↓《癒発光《キュアライト》》

下位魔法・「風」
下級・《ウインド》
中級・《ウインドブレイク》↓《ウインドカッター》
上級・《ウインドストーム》↓《ウインドソード》《エアハンマー》
下位魔法・「水」
下級・《ウォーター》
下位魔法・「土」
下級・《サンド》
複合魔法・「雷」
《落　雷《サンダーボルト》》』

いやーめっちゃ憶えた。

凝り性なんだよなー、昔から。

《幻光迷彩《ミラージユフエイク》》は光の屈折を利用して自身の残像を見せる魔法だ。これはすごいぞ。なんたってデブが真横に四人ダブって見えるからな。対人戦では有効だ。

近づいてきた奴は空気の拳《エアハンマー》で遠くへ吹っ飛ばす。

距離を取って《ウインドカッター》と《ウインドソード》で切り刻む。

傷ついたら光魔法で回復する。

今のところ誰かに襲われたらシンプルな作戦で戦う予定だ。

◆　◆　◆

さらに三日後、新しい魔法の開発に成功した。

ヒントはバリーの魔法にあった。

バリーの適性魔法は「闇」で、彼が使う魔法の中に《気配遮断《バニッシュ》》というオリジナル魔法があったのだ。

「何度も脳内でイメージしながら、自分でつけた名前を唱えていたらできるようになりました」

「自分で魔法を作ったの？」

「さようでございます」

「他の人は知ってるの？」

「冒険者同士で自らの秘技をしゃべることはございません」

気づかないうちにバリーが近くにいるのは、この《気配遮断《バニッシュ》》のせいだった。

魔法使って近づくとか、ほんとやめて。

どうにかして雷魔法《落雷《サンダーボルト》》が有効活用できないかと思って試行錯誤していたので、バリーのアイデアは素晴らしかった。その結果、確固たるイメージを構築して自ら命名すると、新しい魔法が作れることが判明し、三つの雷魔法が使えるようになった。

スタンガンみたいな、触れた相手にショックを与える魔法。

《電打《エレキトリック》》

前方に電流を放出して相手を弾き飛ばす魔法。

《電衝撃《インパルス》》

雷を一点に集中させて放出する魔法。

《極　落　雷《ライトニングボルト》》

最後に開発した《極　落　雷《ライトニングボルト》》はあまりに強力で、特訓場からまた温泉が噴き出る、というアクシデントが起きたため、エイミーに使用を禁止された。

「姉様。私の目に見えている範囲すべてへ雷を落とす《雷　雨《サンダーストーム》》っていうのも思いついたんだけど――」

「エリィ、お願いだからやらないでね」

釘を刺したエイミーは必死だった。

「なんかごめんなさい……」

ちょっとやりすぎたと反省する。

ノートに新しい魔法を追加した。

『複合魔法・「雷」

《電　打《エレキトリック》》

《電衝撃《インパルス》》

《極　落　雷《ライトニングボルト》》　』

◆　◆　◆

夕食は家族全員で取るのがゴールデン家の習わしだ。

バリーの料理はいつでも美味しい。もちろん、ダイエットをしっかり継続し、甘い物の誘惑を断ち、余計な炭水化物は摂取しないようにしている。健康的ダイエットを目指しているから筋トレも怠らない。特に腹筋はどんなに疲れていても必ずやるようにしてる。

今日もパンとスープ、野菜を中心に皿へと運んでいく。最近、目に見えて俺が痩せてきたので、誰も小食になったことを心配することはない。

「それでエリィ。特訓はどうなの？」

母、アメリアがついにしびれを切らしたのか尋ねてきた。

驚かそうと、俺もエイミーも特訓の成果をずっと黙っていたのだ。

「それがお母様……」

残念そうな表情を作ると、ピクッと母の眉がつり上がった。

「だめ、だったのね？」

「そうなんです。《幻光迷彩《ミラージュフェイク》》、《治癒《ヒール》》、上級の《ライトニング》、《癒発光《キュアライト》》、中級の《ウインドブレイク》、《ウインドカッター》、上級の《ウインドストーム》、《ウインドソード》、《エアハンマー》、それから水魔法の下級と土魔法の下級しか習得できなくて……」

「え？　なんですって？」

「今言った魔法しか習得できなかったんです」

母アメリアは目を見開いて愕然とし、父ハワードは持っていたスプーンを落とし、長女エドウィーナはパンをかじったまま動きを止め、次女エリザベスは音を立てて椅子から立ち上がった。

「あなた、四種類の魔法が使えるように……？」

「そうですよ、お母様。エリィはスクウェア魔法使いになりました」

エイミーがどうだ！　といわんばかりに胸を張った。大きい胸がこれでもかと強調され、ぷるんと揺れる。

「エリィィィィッ！」

「うおおおおおおお！」

「エリィーーーーーー！」

「エリィーーーーーーーッ！」

四人は急に立ち上がって俺に抱きついてきた。

父はどこにそんな力があるのか、俺を抱きしめる妻と娘二人ごと持ち上げてぐるぐると回った。

「く、くるしいっ」

何か事件か、と食堂に飛び込んできた使用人達は、嬉しそうな俺達を見て「どうしたんですか？」と顔をほころばせて回答をせき立てる。

エイミーが事情を説明し、スクウェア魔法使いになったことを説明すると、一気に俺のところまで集まってきて、ぼろぼろ泣いて「ばんざぁぁーーーーい！」と叫ぶ。

万歳が十回ほど続き、ようやく父親から下ろされた。

「わたくしがどれほどエリィを心配したか……」

「俺は嬉しい！　今まで心配していた末っ子のエリィがスクウェア！」

母と父が口々に言う。

嬉しいときはすぐに飛びつく。

これはクラリスやバリーだけではなく、ゴールデン家の家風のようだった。

ワンピースが破られないようにガードしながら笑った。

ゴールデン家の温かさに、なぜか俺も涙が出てきた。

日本に戻れず、異世界で女になったというバカバカしいSF小説みたいな異常転換は、自分の精神にかなりの負荷をかけていたらしい。ホッとした気持ちになったら、気持ちが溢れてきた。

新しい家族の心地よさに身を任せながら、日本のことを強く思う。

向こうに戻りたい。

こっちの世界も、ゴールデン家があるから悪くない。

でも、やっぱり女はつらい。

俺は男なんだ。誰が何と言おうと男なんだ。

「お嬢様。明日からの魔物狩り演習合宿、ご活躍に期待しております！」

使用人の歓声の中から、クラリスのそんな言葉が聞こえた。

12 合宿とイケメンエリート

なぜこうなってしまったのか。

クジ運の悪さに嫌気が差していた。

班員は六名。

ランダムにくじ引きで選出される。

まずスーパーイケメンエリート小橋川ことエリィ・ゴールデンの俺。現在の体重なんと八七キロ。一一〇キロから二十三キロも痩せたぜ。

そして、闇のクラスから、狐人の女の子、アリアナ。

スカーレットとボブ達に絡まれていたところを助けてくれた彼女は、やはり心配になるほど痩せていて、すんげー暗い。近くに行くと空気がどよーんとする。顔は目鼻立ちがはっきりしていて可愛らしい、のだが、いかんせん痩せすぎで可愛く見えない。狐の耳が頭から出ていて、たまにぴくぴく動いている。

火のクラスから、人族のむさい男、ワンズ。

顎がしゃくれていて、眉毛が濃い。暑苦しい顔だ。地球で言う中東系の顔立ちで、見れば見るほど味が出てくる顔をしている。俺は「スルメ」というあだ名をつけた。腰には両手剣のバスタードソードを帯刀している。魔法と併用して使うのだろう。

水のクラスから、人族のイケメン風、ドビュッシー。

とりあえずカッコつけすぎでうざい。気障ったらしくてうざい。髪の毛が亜麻色で名前がアレだったので「亜麻色の髪のクソ野郎」とあだ名をつけた。

土のクラスから、ドワーフ族の男、ガルガイン。

ことあるごとに地面にツバを吐くから、俺は「たんそく」とあだ名をつけた。痰を吐く、と短足をかけている。身長は一五〇センチないぐらいだ。腕がやたら太い。

そして光のクラスから、人族のおすまし女、スカーレット。

言わずもがな、あのスカーレットだ。イケメン風のドビュッシーにちやほやされてご機嫌のご様子。光のクラスメイトが同じ班になることはめったにないらしいが、そのめったにが運悪く起こってしまった。

引率はハゲ……もとい、光クラスの担任、ハルシューゲ先生だ。

唯一の救いだ。ハゲ神とお呼びしたい。

◆　◆　◆

「野営地点はまだなんですの？」

「もう少しだよ、麗しきレディ、スカーレット。僕に付いてくれれば何の問題もないさ」

亜麻色の髪のクソ野郎は髪をかきあげて、気障ったらしく一礼する。そんなことしてる暇があるなら、ちゃきちゃき歩けや。リーダーをやるとしゃしゃり出てきたので、今のところ黙ってはいる。他のメンバーも、まあとりあえずやらせてみるか、といった具合だ。

「黙って歩けねえのか？」

ドワーフのたんそくが、ペッとツバを吐いて言う。右肩に担いだアイアンハンマーを軽々と左肩に移動させた。

「あなた、ツバを吐くのはマナー違反ですわよ。わたくしにかかったらどうしてくれますの？」

「ああん？」

「紳士としての振る舞いができないのですね」

スカーレットが汚い物を見るような視線を送った。

「なんだよ、変な髪型」

たんそくはしかめっ面でスカーレットの髪を見た。

縦巻きロールがおかしいらしい。

いいぞいいぞ。もっと言ってやれ。

「な、なんですって⁉」

「やめたまえガルガイン君。レディを罵倒《ばとう》するなんて紳士のすることじゃあないよ」

亜麻色の髪のクソ野郎……もうめんどくさいから亜麻クソでいいや。亜麻クソが右手を広げて、気障ったらしく杖を構えてポーズを取った。

「なんだあ？　やるってのか？」

ペッとツバを吐いて、たんそくが重そうなアイアンハンマーを両手に持って構えた。

「ちょっとスルメ。あなた止めなさいよ」

「誰がスルメだよ、誰がッ！」

「あなたに決まってるでしょ」

「変なあだ名つけるんじゃねえよ！」

濃い顔のしゃくれたスルメが、俺に顔を近づけて怒鳴った。

「男なら男らしく止めてきなさいよ」

「おうよ！」

どうやら男らしさに美学を感じているらしい。扱いが原付バイク並に簡単だ。

道中が暇なので、スルメをからかって暇つぶしをする。

「おめえら喧嘩はやめろ！」

「なんだあ？　おめえもやるってのかぁ？」

「何っ⁉　売られた喧嘩、このワンズ、買わない男じゃねえぞ！」

スルメも杖を抜いて構え始めた。

アホ！　止めに入って二秒で喧嘩に参加してるじゃねえか！

「皆さん、わたくしのために争うのはやめて……」

スカーレットがおろおろする演技をして、口元に両手を当てて上目遣いで男達を見ている。

おめえのために争ってねえよ⁉

思わずツッコミそうになるのを我慢するのが大変だ。

止めるのも面倒くさいので傍観していると、狐人のアリアナが「うるさい」とぼそっと呟いて杖を振った。

黒い霧が三人の顔を覆っていく。

全員、身もだえて、地面に転がった。

闇魔法上級《睡眠霧《スリープ》》だ。

「アリアナ、悪いわね」

彼女にぼそっと礼を言っておく。

アリアナは小さく首を横に振った。大したことじゃない、と言っているようだ。班の中で、この小さい狐人が一番頼りになりそうだった。

「なんてことを！」

スカーレットが亜麻クソに駆け寄って《治癒《ヒール》》をかけ、顔を優しく叩く。

スルメとたんそくのことは無視だ。

《治癒《ヒール》》はほんの少しではあるが、解毒作用がある。アリアナがかなり手加減をして《睡眠霧《スリープ》》を発動させているので、《治癒《ヒール》》ですぐに起きる。

たんそくとスルメには、俺が仕方なく《治癒《ヒール》》を唱えてやった。

「ペッ。こ、ここはどこだ」

「なんで俺は寝転がってんだ？」

とまあこんなやりとりがこれで三回目だ。

みんな目的を遂行しようっていう気持ちはあるのかと疑問でしょうがない。ビジネスマンだったらこんなもんすぐにクビだぞ。

ハゲ神――もといハルシューゲ先生はこの一連の流れを見てため息を漏らした。さっきから、はぁはぁとため息ばかり漏らしている。あんまりため息をつくと毛が抜け落ちますと進言したほうがいいだろうか。

◆　◆　◆

その後、やっとのことで野営地点に到着した。

通常の二倍は時間がかかってしまっている。

食事はろくに作れず、簡易的なスープとパンをかじってすぐさまテントに入った。やけに身体が疲れていた。スカーレットは俺と同じテントが嫌だと言って亜麻クソにテントを張らせ、一人で寝ている。男三人は同じテントに入っているようだ。

必然的に、暗い狐人のアリアナと二人のテントになる。

彼女は起きているようだったが何も話さない。死んだ魚のような目をして本を読んでいた。読みやすいように光魔法の初歩《ライト》をかけてあげたので、俺に多少は感謝しているようだった。何かしゃべれよ、と思いつつ、間が持たないので外に出る。

外に出ると、たき火にハルシューゲ先生が両手を広げてあたっていた。

額がたき火の明るさでテカっている。

季節は初夏でも、大草原の夜は冷えるな。

「エリィ君か」

「まだおやすみにならないんですか？」

「そろそろ魔物が出てもおかしくない。見張りだよ」

「では私達も見張りをしたほうがいいですね」

「リーダーのドビュッシー君がその指示を出すべきなんだよ。私は引率兼採点者にすぎないからね」

この合宿は項目別の点数制になっている。
○各班に与えられた場所への到達時間（10点）
○指定した魔物を狩ること（10点）
○くじ引きで決まったメンバーとの連携（10点）
○個人の評価（20点）
○最高点は50点
情報収集の結果、採点は公平かつ厳正に行われ、完全にマニュアル化されているらしい。賄賂《わいろ》や八百長がバレれば教師はクビ、生徒は退学。だが、資金力にものを言わせるパターンは起こり得るし、引率の教師がすべて採点するため、関係値が高ければ点数におまけをしてくれることもある。人の手で採点するため、仕方のないことだろう。

それでも、あからさまな得点アップは、日頃の実習や使用可能魔法の申告によって実力管理をされているため、嫌疑をかけられる可能性が高い。

　クラリスの話では、四年前に一人の教師が合宿直後に原因不明の自主退職をしたそうだ。賄賂《わいろ》を渡したであろう生徒は退学になっていないところをみるに、首謀者はうまく事を運んだのだろうと予想される。

　一人の教師と大貴族。その力の差は零細企業と一部上場企業ほどある。潰すのは訳ない。

　この合宿の点数は魔法学校に通う貴族にとって非常に意味のあるもののようだ。

　就職やコネに直結するのであれば、学校だろうがなんだろうが権力者が手段を選ばないのはどの世界でも同じだ。武の王国グレイフナーが誇る名門魔法学校であろうとも、裏取引は行われる。

「愚痴を言っていいかい、エリィ君」

「ええ、先生」

　ハルシューゲ先生が薄く笑ったので、思考を打ち切ってたき火の近くに腰を下ろした。

　空を見上げると地球の倍ぐらいある三日月が怪しく輝き、草の香りが風に乗って鼻をくすぐる。右を向いても左を向いても見渡す限り草しかない大草原だった。小さいたき火を囲んでいると、無人島に取り残されたような、そんな気分になる。

「こんなにひどい班を引率したのは初めてだよ」

「そうでしょうね」

　そう言ってハゲ神はハァ、と深いため息をついた。焚き火の光がデコにあたって赤く光っている。肩を落とす先生は全身から滲み出る哀愁を漂わせていた。

確かにこの班はひどい。うちの会社だったら即座に解体し、別のメンバーと合流させ再編成されるだろう。

「……君がリーダーをやったほうが遙《はる》かにいいだろうね」

「そういうわけにもいきませんよ。みんなで決めたことですから」

「前々から思っていたけど君は本当に大人だねえ。最近明るくなったし、魔法も頑張っているようだし、素晴らしい」

「ありがとうございます」

「それに……少し失礼かもしれないが言わせてもらおう。ずいぶん痩せたようだ。以前より綺麗になったね」

「まあ」

綺麗になったと言われ、独りでに、ほんのりと頬が熱くなる。なぜだ。

「頑張っているようで何よりだ。頑張っている生徒が先生は好きなんだよ。この班のメンバーも頑張ってはいるんだがね……いかんせん我が強いというか何というか……」

赤く光り輝く先生のおでこを見ながら真剣な相づちを打った。

「それにね……」先生はスカーレットが眠るテントの方向をちらりと見て、悲しげに笑った。

「……すまない。君に話しても仕方のないことだ」

「スカーレットがどうかされたのですか?」

「いや、君には関係のないことだ。あまり気にしないでほしい」

そう呟いた先生は肩を落とし、強火になってきた焚き火に向かって《ウォーター》を唱え、火力を調整する。ジュワ、という水分の蒸発する音が鳴って、夜の草原に消えた。

「私でよければお話をお聞きしますよ」

「ああそうだね……」

ぱちぱちと焚き火の爆ぜる音を聞き、先生は思案顔になる。話したいが話せない、といった葛藤が垣間見えた。

「うん……やはりやめておこう。君にはすべてを話してしまいそうだ」

「あら、それはそれでいいと思いますよ。私は誰にも話しませんし、何も言いませんから」

「エリィ君は本当に変わったね。いや、君はいつでも美しくまっすぐだった。それを目の当たりにしただけか……」

「それはよく分かりませんが、先生がそうおっしゃるなら、そうなのでしょう」

「ああ、そうだね。そうなのだろうね」

憔悴した顔で何か救いを求めるようにハルシューゲ先生は何度もうなずいた。かなり参っているようだ。

スカーレットに何か言われたのか？

真面目な先生が苦悩し、スカーレットが原因、となると答えは簡単だ。買収したか、賄賂《わいろ》を持ちかけられたか。もしくは合宿の前から何らかの取引が行われており、得点の配点がスカーレットの分だけすでに甘くなっている、か。

おそらくスカーレットの態度を見るに、この合宿がスタートする前から八百長が決まっていたに違いない。だから俺が喧嘩をふっかけても余裕をぶっこいていた。負けるはずがないと思っている。

スカーレットの家は金持ちだ。防具によく使われる『ミスリル』と『ミスリル繊維』の流通で唸るほどの金を持っており、日本でいうなら自分の子どもに軽い気持ちでベンツのアッパークラスを買い与えられるレベルの財力がある。

また、グレイフナー王国は領地が約一万二千に分割されており、それを国が貴族に分配する、という方針を取っていた。千の領地を持つ大貴族が二つ。五百以上の領地を持つ貴族が四つ。その六つの貴族がグレイフナー王国六大貴族と言われており、スカーレットのサークレット家は四百二十の領地を持つ六大貴族に次ぐ実力派の家だ。

金と権力、両方ともお持ちでらっしゃる、ということだな。

調べれば調べるほど嫌な気持ちになったのは記憶に新しい。

あと面白いと思ったのは、グレイフナー王国の政治体制だ。なんでも、領地の奪い合いが後を絶たないグレイフナー王国を見て、ユキムラ・セキノが四百年前に領地分割の方法を提案したそうだ。争うぐらいならお祭りでも開催してそこで奪い合えと。利益も出るし、鬱憤《うっぷん》も晴らせるし、死人も出ない。そんなこんなで生まれた伝統行事が領地奪取型の『魔闘会』だ。それが見事にハマったらしい。それ以降、グレイフナー王国は魔法使いのレベルが底上げされ、魔物が住む領地をじわじわと安全地帯にし、生活圏を広げて現在の大国にのし上がった。

貴族は自由に領地経営ができ、王国には税金ががっぽり入ってくる。

力を持った大貴族が反乱を起こしそうなもんだが、王国最強魔法騎士団『シールド』という圧倒的武力があるため、その心配はない。むしろ、大冒険者ユキムラ・セキノを敬愛する国民は繁栄の名のもとに団結しているため、不敬を考える輩はいない、とクラリスに力説された。

ちなみにゴールデン家の領地はぴったり百。鉱山運営と観光業で利益を出している。ゴールデン家は古い体制を維持する無難な領地経営をしているので、そこまで金があるわけではない。サークレット家と経済面でやりあうのは逆立ちしても無理だ。

「元気を出してください、先生」

「ああ、生徒に気を使われてしまっては教師失格だよ」

八百長の片棒を担がされたであろうハルシューゲ先生は、おデコ以外の顔色があまりよろしくない。先生、曲がったことは嫌いそうだからな。

「エリィ……」

そんなことを考えていると、テントから狐耳をぴこぴこさせてアリアナが出てきた。

「《ライト》……」

魔法が切れたので再度かけてほしいようだ。適性が闇だと光魔法の習得は難しい。基礎魔法六芒星の逆にある魔法は誰でも苦戦する。光なら闇、水なら火、土なら風、といった具合だ。

「アリアナ、ちょっとお話ししましょう」

ダメもとで誘ってみる。

同じ班の仲間なのだから交流は大事だ。それに、このアリアナが一番冷静で魔法もうまいと踏んでいる。もう少しコミュニケーションしようぜ。

彼女は耳をぴくぴくっと動かすと、意外にも素直にテントから出てきて、俺の横に腰を掛けた。

これにはハルシューゲ先生も少しばかり驚いたようだ。

「風が気持ちいいわね」

「そうだね…」

「あなたどこに住んでるの？」

「グレイフナーのはずれ…」

「へえ。通学に時間がかかるでしょ」

「一時間…」

「遠いわね」

「別に…」

「兄弟はいる？　ゴールデン家は四姉妹よ」

「七人弟妹…」

「長女なんだってね。面倒を見るのが大変そうね」

「別に…」

これは全力でホテルに行くのを拒否する女子と同じパターン。

くっ、間が持たねえ。

いや、恥ずかしがっている可能性だってある。

攻めるんだ、俺っ！

「闇クラスの授業ってどう？」

「どう…って？」

「どんな雰囲気なのかなって」

「闇っぽい…」

「えーっと……？」

「…」

「……」

私はちゃんと答えたよ、といった視線で、じいっとこちらを見つめてくるアリアナ。長い睫毛《まつげ》で何度か瞬きをする。狐耳が焚き火に照らされ、ぴくりと動いた。

いやいや闇っぽいって。どゆこと？　質問が悪かったか？

負けるな俺。頑張れ俺。

「それにしてもあなたスリムね。私の肉を分けてあげたいわよ！」

さあ、ここで爆弾投入！　渾身《こんしん》の自虐ネタ！

吉と出るか凶と出るか。体型の話題は女子にとっては禁句。

こい、食いついてこい。

「いらない…」

だめーーーっ！

しかもいらないって！　俺も贅肉いらねえっ！

「そういえばアリアナ君はグランティーノ家だったね。お父様はお元気かい？」

ハゲ神、ここでナイスアシスト。

ここから話題が膨らんでいくはずだ。いいぞ先生！

「父は死にました」

あかーーーーーーん！

「お、おお……それは大変申し訳ない。確かにそうだったね……失念していたよ、ハハハ……」

「別に…」

先生、頭をぺちぺち叩いて困った顔をしている。いかん。困ったときこそ困っていない振りをしないとだめだ。堂々としなければいい営業にはなれないぞ、先生。

大草原は風を受け、ビロードのように揺らめいている。

焚き火の中で木が爆ぜてパチンという音が鳴った。

俺、アリアナ、ハゲ神は黙って揺れる火を眺める。

「エリィ…《ライト》…」

「え、ええ、そうだったわ。《ライト》ね」

助かった、と思った自分が残念だった。

自分の会話術もまだまだだな。根暗系女子攻略話術を開発せねば。

アリアナはテントに戻ろうとして、立ち止まった。耳が右に左に向き、前方で止まると、痙攣《けいれん》するように震えた。

「くる……」

彼女は腰にさしていた杖を抜いた。

「むっ」

ハルシューゲ先生も杖を抜き、大地に片手を置いて、土の上級魔法《アースソナー》を使った。この魔法は地面の上を歩いている生物や、動いているものを探知する。町中で使うと人の数が多すぎてほとんど無意味であるが、こういった開けた場所だと、どこに、どれくらいの生き物がいて、大きさがどれぐらいか分かる有用な魔法だ。

「魔物だな。おそらくウルフキャットだろう。数は……十、いや十一か」

「そんなに？」

「エリィ君、すぐに班のメンバーを起こしてきなさい」

男性陣のテントに入り、水魔法の下級《ウォーター》を三人の顔にぶっかけた。

ちなみに今持っている杖は、ただの棒きれだ。杖無しだと驚かれるのでクラリスと話し合って適当な棒きれを持つようにしている。

「起きて！　魔物よ！」

いきなり水をかけられて怒ろうとするものの、すぐ事態に気づいて三人とも武器をひっつかみ、テントを飛び出した。

スカーレットはどうせ亜麻クソが起こすだろうと思って声は掛けていない。

全員がハルシューゲ先生のもとに集合する。

「すぐそこまでウルフキャットがきている」

「はん！　たかがウルフキャット、僕一人で充分ですよ」

「さすがはドビュッシー様。万が一、お怪我をされたらわたくしが治して差し上げますわ」

「お麗しのスカーレット！　君が後ろにいるだけでどんなに心強いか」

「ペッ。喜劇はその辺にしろよ。くるぜ」

たんそくがいいことを言った。

ウルフキャットは前方、十メートルまで来ているのだ。

見た目は猫が少し大きくなった程度で、あまり怖くはない。

ただ、むき出しの牙と、口から流れる唾液は、こいつらが魔物であることを物語っている。己の欲望のまま、本能のままに動く存在。魔物は魔力が集まり化け物になった動物、らしい。見るのは初めてだった。

十一匹のウルフキャットが俺達の周りを旋回する。

「《ライトニング》！」

すぐさま光の上級魔法を唱えた。

この《ライトニング》は周囲を広範囲で照らし、邪悪なる物を寄せ付けない効果がある。アンデッドや死霊には効果抜群で、生きている魔物にはあまり意味がない。夜目が利く魔物のアドバンテージを奪うための照明代わりだ。

「やるじゃねえか、エリィ・ゴールデン！」

しゃくれ顔のスルメが一気に飛び出し、《ファイアボール》を唱える。

よけきれなかった一匹に当たり、黒こげになった。

続けて杖をしまいバスタードソードを抜いて斬りつけた。素早いウルフキャットは空中に跳び上がって、剣撃をかわす。

後方では亜麻クソが髪をかき上げながら、《ウォーターウォール》でウルフキャットを二匹まとめて弾きとばしていた。

たんそくはバッティングセンターの要領で、飛び掛かってきたウルフキャットを、アイアンハンマーでぶっ叩いていた。魔法はどうした魔法は⁉

スカーレットは怖がる振りをして亜麻クソの後ろに隠れている。

働けッ！

連携もクソもあったもんじゃないな。

個々がそれなりに強いから成り立ってるって感じだ。

アリアナは男三人が撃ち漏らした敵に向かって、正確に《睡眠霧《スリープ》》を唱えている。一メートル四方の黒い霧の中に、吸い込まれるようにしてウルフキャットが突撃し、霧を飛び出すと、眠りこけていた。動きの先読みと、的確な魔法の発動がないとできない芸当だ。うまい。

何かあったとき、いつでも対応できるように《ライトニング》を唱えながら目を光らせる。

五分もかからずにウルフキャットは全滅した。

安全が確保されたため、《ライトニング》を消すと、周囲が夜に飲まれた。

「移動したほうがいい…」

アリアナが珍しく意見を言った。

「血の臭いで他の魔物が来るからな」

ドワーフのたんそくが、ツバを吐きつつうなずく。

「諸君！　テントを回収し、奥へ進もうじゃあないか！」

「どこかのおデブさんは何にもしなかったわね」

亜麻クソが張り切って仕切り出し、スカーレットがすれ違いざまにそんなことを言う。

いや、お前がダントツで何もしてねえよ。

それにしてもスカーレットの奴、これで合宿の高得点が貰えると確信している節がある。怪しい。点数の裏操作は間違いなさそうだ。

そんな俺達のやりとりを見ていたハルシューゲ先生は、やれやれといった表情でため息をついてテントを片付け始めた。

◆　◆　◆

グレイフナー王国北部に位置する「ヤランガ大草原」は奥地に行くほど湿地帯へと変化し、死を覚悟してさらに進むと沼地になる。沼地は未知の生物や魔物、底なし沼が点在し、入り込んだ者を容赦なく食らい尽くす、前人未踏の秘境であった。

王国では「ヤランガ大草原」の五分の一までを王国領土と定め、その先を進入禁止区域とし、進む場合には冒険者協会を通しての許可を必要とさせた。あまりにも危険なので、おいそれと国民に近寄らせないようにしているのだ。

そんな規則を作らなくても誰も近寄らないほど「ヤランガ大草原」は危険だ。進入禁止区域を越えると凶悪な魔物が激増し、生半可な冒険者ではすぐ自然の掟の餌食になってしまう。さらには危険度Bクラスの亜竜・ワイバーンの魔窟があるとされていた。大草原は奥へ進むほど弱肉強食の世界が広がり、人間などはちっぽけな存在に成り下がる。

それでも冒険者達は沼地の最終地点がどうなっているのか知りたがっていた。冒険魂が俺達を冒険に駆り立てる、というむさ苦しいセリフを残して帰って来なかったパーティーが、ここ百年で九組。命からがら戻ってきたパーティーが三組。その十二組の中で沼地に到達できたのはわずか二組。逃げてきたパーティーが沼地入り口で、前の冒険者パーティーの遺品を見つけたのだ。他のパーティーも沼地までたどり着いたのかもしれないが、確かめる術はなかった。

今回は「ヤランガ大草原」の入り口から「進入禁止区域」へ二十分の一まで進んだところで実習を行っている。大草原の入り口から近いので、強力な魔物はほとんど現れない。グレイフナー魔法学校三年生の通過儀礼であり、この実習で実力を示すと実力者として認められる。いい勤め先に入れるし、王国へのコネもできる。

スルメの暑苦しいしゃくれ顔を見ながら、暑苦しい解説を聞く。

周囲には朝日が満ち、草原に生命の彩りを加えていた。

「だから俺はこの実習で失敗したくねえんだよ。分かったか、エリィ・ゴールデン」

「エリィでいいわよ、スルメ」

「だから誰がスルメだよ、誰がっ！」

「あなたよ」

「変なあだ名つけるんじゃねえよ！」

「いいじゃない。憶えやすいし」

「あ、そうか憶えやすいか」

「そうよ」

草が服に当たる柔らかい音が響く。

歩き続けて、さわさわさわ、という草音にも慣れた。

前方を歩く、ハゲ神、アリアナ、たんそく、亜麻クソ、スカーレットがちらりとこちらを見る。

スルメのでかい声にあきれているようだ。

「ってやっぱりスルメかよ！」

「おそっ！　気づくのが遅いわよ、スルメ」

「だから誰がスルメだよ、誰がッ！」

「あなたよ」

「変なあだ名つけるんじゃねえよ！」

「いいじゃない。憶えやすいし」

「あ、そうか……ってその手は食わねえよ！」

「ちょっと、あまり大きい声を出さないでちょうだい」

「誰のせいだよ、誰のっ！」

「あなたよ」

「あ、そうか。俺のせいか」

スルメは原付バイク並に扱いやすい男だった。

ただ、戦闘に関しては中々に優秀だ。ほぼ詠唱なしで火魔法中級《ファイアボール》を連射でき、狙いが正確。両手剣のバスタードソードの使い方も様になっていた。昨日現れたウルフキャットぐらいなら、こいつ一人で全滅させられるだろう。

先頭を歩いていた狐人のアリアナが、頬のこけた顔を右へ向け、立ち止まった。

「くる…」

それだけ言って、杖を抜いた。

「敵は何匹いる？」

「三…四匹。中型…」

「ではリィダーである、このぶぉくに任せてもらおう」

亜麻クソが気障《きざ》ったらしく、おもむろに杖を腰から抜き放ち、天高くかかげ、魔物のいるであろう方向へ構えた。

もし効果音を付けるなら、シュバ、ピュキュイイン、ババッ、ズビシィ！　といった具合だろう。非常にうざい。まとわりつくうざさだ。間違えて手に木工ボンドつけちゃったときぐらい、うざい。

「ペッ。てめえ、また手柄を独り占めしようってんだな」

「このワンズ・ワイルドがやってやろうじゃねえか」

ドワーフのガルガイン、通称たんそくが息巻いている。

スルメの名字は「ワイルド」だ。ぴったりすぎて笑える。

「でこぼこコンビの君達には荷が重い。後ろで隠れていたまえ」

「ペッ。ご託はいい、キザ野郎」

「誰がでこぼこコンビだ、誰がっ！」

そうこうしているうちに魔物が俺達に突進してくる。

グリーンバッファローというイノシシぐらいの緑色をした魔物が四匹、結構な勢いで突撃してきた。大型バイクが突っ込んでくるような迫力がある。あんなのにぶつかられたら一溜まりもないので、いつでもよけられるように身構えた。デブでも横に転がるぐらいはできる。デブでもな。

「《ウォーターウォール》！」

亜麻クソが杖を掲げると、グリーンバッファローの手前で強力な水の壁が地面から現れた。グリーンバッファローは構わず突っ込んできて、下から吹き上げる水の圧力で弾き飛ばされてひっくり返った。

撃ち漏らした一匹がたんそくとスルメに突進する。

まずスルメは得意の火魔法中級《ファイアボール》をグリーンバッファローの顔面にぶち当て、怯んだ隙に距離をつめる。

先に飛び出していたドワーフのたんそくがアイアンハンマーをグリーンバッファローのがら空きになった横っ腹へ豪快にフルスイングした。

ブモ、という吐息を漏らしてグリーンバッファローは五メートルぐらい吹き飛び、血を吐いて動かなくなった。

スルメは獲物を獲られたことが気に入らないのか舌打ちして《ファイアボール》を亜麻クソの《ウォーターウォール》で地面に倒れたグリーンバッファローへ放った。先ほどより大きなバスケットボール大の火の玉が飛んでいき、着弾すると、一匹が丸焦げになった。

「集え水の精霊よ。穿て青き刃よ。《鮫背《シャークテイル》》！」

亜麻クソの振った杖の先から飛び出した、鮫《さめ》の背に似た水の刃が、地面を走って寝転がっているグリーンバッファローへ向かっていく。草原の地中を鮫《さめ》が泳いでいるようだ。

《鮫背《シャークテイル》》はグリーンバッファローを真っ二つにし、水泡になって地面に吸い込まれた。

「さすがでございますわ、ドビュッシー様！」

感激ですぅ、といった表情でおすましバカのスカーレットが亜麻クソに駆け寄る。だから働けよお前は、って俺もか。

「僕にかかればどうってことはないさ」

髪を、ふわさぁ、とかき上げる亜麻クソは、そりゃもうバンバンに冷や汗をかいていた。ビビったのか魔力を使いすぎたのかは分からないが、やせ我慢もいいところだ。大丈夫か？

ちなみに魔物は色々な素材になるらしい。薬、食べ物、武器、防具、その他諸々。

使えそうな素材で邪魔にならない物だけ集め、俺達は集まった。

「諸君！　さあ、進もうじゃあないかっ！」

「あっち…」

アリアナは頭についている狐の耳を動かし、地図を見ながら指を差す。亜麻クソの魔法に大した感動はないらしい。結構すごいと思うけどな。

おそらく魔力の込め方からして、あれは上級の水魔法じゃないだろうか。

亜麻クソは惜しげもなく魔力ポーションを飲んでいる。派手な魔法を格好つけてぶっ放したせいで、魔力が枯渇寸前らしい。あのポーション、確か一瓶で十万ロンだよな。日本円で十万円だ。たっけえ。俺もクラリスから貰って一回飲んだけど、ちょびっと魔力が戻ったかな、というレベルの回復量だ。

アリアナの音頭で、班は探索を再開した。

「あとどれくらいなの？」

アリアナに聞いた。

「三時間…」

「まだそんなにあるのね」

「遅い……」

うつろな表情で不満げにアリアナは亜麻クソを見ている。

「他の班はもう目的地に着いていそうよね」

「だと思う……」

「もうリーダーはアリアナでいいんじゃない？」

「めんどい……」

「確かにあなた似合わないわね、リーダー」

彼女が仕切っている姿を想像し、ちょっとおかしくなって微笑んだ。

「分かってるなら言わない……」

「ごめんね。私思ったことは言うタイプなのよ」

「嘘。言葉を選んでる……」

「あら、バレちゃった？」

「あなたは人の気持ちを考えて話してる……」

「そうかしら」

営業で人の話を聞く技術は一級品まで磨かれてるからな。

「そう……」

「それよりもう少し効率よくできないのかしらね」

「みんな自分勝手……」

戦闘はこれで六回目であったが、男三人が好き放題やってアリアナが《睡眠霧《スリープ》》で後始末をする、という構図ができあがっていた。昨日、ウルフキャットの夜襲を受けたせいでろくに寝ていないし、本来なら魔力と体力を使わないように戦うべきだろう。それをリーダーがまとめるべきなんだが――

「ハハハ、スカーレット！　先ほどの魔法のやり方だって⁉　水の愛を感じるんだよ！」

「愛なのですね、ドビュッシー様っ」

「水の精霊を感じることから始めればいいのさ。我がアシル家では寝室、居間、食堂、すべてに水の精霊の石像が置いてあってね、彼女らの力をいつでも身近に感じられるようにしてあるのだよ」

「素晴らしいお考えですわ！」

「ああスカーレット。この素晴らしさが理解できる君こそが水の女神だよ。なんと美しい黄金の髪だろう！」

「おやめになってドビュッシー様。恥ずかしいですわ。ぽ」

何が「ぽ」だよ！

思わず鋭いツッコミを入れると称して、バックドロップで地面に叩きつけ、縦ロールに生クリームを詰め込んでロールケーキにするところだった。

これ以上は眼球がつぶれそうになるので直視するのはやめよう。スルメとたんそくが忌々《いまいま》しいという顔つきで今にも殴りかかろうとしている。いいんだぞ、思い切り殴ってやれ。俺が

《治癒《ヒール》》で治してやる。

「エリィ、私、頭が痛い…」

「あのおバカ達のせいね？」

「うん…」

「よしよし」

ぴこぴこ動いているアリアナの狐耳を触ってから頭に手を乗せ、やさしく《治癒《ヒール》》を唱えた。道すがらあいつらの愚痴を言い合っていたら、アリアナともだいぶ打ち解けた。淡い光がアリアナの頭を包む。

「すっきりした…」

「また言ってね」

「ありがと」

「おう、俺も頼むわ、おデブなお嬢――サボハァッ！」

禁句を言ったスルメに強烈なビンタをお見舞いした。

スルメは二回転ほど錐揉《きりも》みして地面に倒れる。

レディをデブ呼ばわりとは最低な男だ。

「それで目標の魔物って、どんな奴かしら？」

「ペッ。リトルリザードだな」

そういえばまだちゃんと話したことのないドワーフのたんそくが、残念そうな眼差しでスルメを見てこちらにやってきた。

「強いのかしら？」

「ランクはE。下位魔法中級で倒せる。大したことない」たんそくは肩に担いだアイアンハンマーを担ぎ直した。「群れで行動することが多い。舌に触れるとマヒで動けなくなるから、ベロ攻撃に注意だ」

「それは厄介ね」

マヒ毒や状態効果、いわゆるバッドステータスってやつを解除する魔法は上位の木魔法だ。光や白魔法の治癒系でもある程度の改善はみられるが、瞬時に効果は出ない。上位の木魔法が使えるメンバーはこの中にいないから、マヒ毒を全員が食らうとまずいことになる。ちなみに、グレイフナー魔法学校三年生で、上位魔法を使える生徒はいない。それほどに上位魔法は習得が難しい。

「大丈夫だ。なんかあったら俺が守ってやるよ」

たんそくはツバを吐いて、ぶっきらぼうにそう言った。

「たんそ……ガルガイン。ちょっと見直したわ」

「おめえ、今たんそくって言おうとしなかったか⁉」

「レディがそんなこと言うわけないでしょ」

「おめえ……まあいいか」

たんそくには男気があったので、心の中でもしっかりと名前で呼ぶことにした。

ちなみに俺はあだ名を付けるマジシャン、リネームの小橋川、と社内で呼ばれていた。犬のようによく舌を出す安藤という上司はポメラニアンドウ、略して「ポメアン」。ナナメを向いたまま話す受付嬢は「クリステル」。絶対に書類不備を出さない後輩は「仕事人」。廊下の真ん中をわざと歩いて、右手を何度も振ってどけどけ言うむかつく人事のおっさんは「しゃぶしゃぶ」。

懐かしき日本を思い出しつつ前方への警戒はリーダーの亜麻クソに任せ、俺とガルガイン、アリアナで話をしながら歩いて行く。

ガルガインはグレイフナー王国南部の出身で、家族で一番魔法の才能があったので入学試験を受けたそうだ。親類一族はもれなく全員鍛冶屋で、冒険者同盟が近くにあるため結構裕福な生活をしており、こうしてガルガイン一人を入学させることができているらしい。学校を卒業したら冒険者になって未開の地で、すげえ素材を見つけて新しい武器を作るのが夢、とツバを吐きながら言う。

一方のアリアナは特待生で入学した優秀な生徒だった。過去のことはあまり話したがらない。強くなって魔闘会で勝ちたい、と言っていた。どうも過去に色々あったみたいだな。これ以上聞くのは無粋だからやめておこう。ちなみに、適性テストでハゲ神を手伝っていたのはアルバイトだったからだそうだ。あまり裕福な家庭環境ではないようだ。

スルメに関してはデブだブスだと俺に突っかかってくるので、その度にビンタをお見舞いしている。いや、ビンタしたせいで突っかかってくるもんだから、無限ループになっていた。

ビンタする、このデブ、ビンタする、なにしやがるブス、ビンタする、いい加減にしろよデブス、ビンタする、こ……このおデブ女、ビンタする、……ちょっと体力が、ビンタする、《治癒《ヒール》》かけてくれよゴールデン、ビンタする、やべえ……頬が取れそうだ、ビンタする。

後半、勝手に手が動いていた気がしたけど気にしない。

そうこうしているうちに目的地に到着した。大草原の真ん中に、ぽつんとある大岩は遠くから見てもよく目立った。人間が三十人ぐらいは乗れる大きさで、高さは三メートルほどある。学校から配られている実習の手引きには、この大岩の上に目的地へたどり着いた証があるそうだ。証ってどんなんだろ。

亜麻クソが格好をつけて《ウインド》を使いながら岩を登る。

途中、ずり落ちそうになって、俺とガルガインとスルメは「ぷーッ」っと笑いを噛み殺した。

「諸君！　証があったぞぉう！」

亜麻クソは声を張り上げた。

「何があるんだよ！」

スルメが大岩にいる亜麻クソを見上げながら叫ぶ。

「短剣のようなものが突き刺さっている！」

「分かった！　さっさと抜いてくれ！」

「抜けないんだ！　何か魔法がかかっているらしい！」

その言葉で全員、大岩をよじ登る。いや、デブにはきついよ。三メートルのロッククライミングはね、ひじょうにつらい。体重九〇キロ近いからね。

先に上がったスカーレットが《ウインド》で邪魔してきやがるから余計に時間がかかった。どんだけ性格が悪いんだ、あいつ。

大岩の中央には亜麻クソの言う通り短剣が突き刺さっていた。無骨なデザインの柄が地面から見え、どのくらい深く刺さっているのかは分からない。亜麻クソが短剣、と言ったのは持ち手が短剣っぽいデザインだったからだろう。

「俺がやる」

ガルガインがアイアンハンマーを放り投げ、ペッ、と両手をツバで濡らしてしっかりと短剣を掴むと、一気に引き抜こうとした。だが短剣はぴくりとも動かない。ガルガインの顔と腕がどんどん真っ赤に染まっていく。

「うおおおおおおっ」

そんな気合いのかけ声もむなしく、短剣は大岩に刺さったままだ。ついに力尽きてガルガインは尻餅をついた。

「はぁはぁ……かてえ……」

少し気になって短剣を観察する。

持ち手には皮布が包帯のように適当に巻かれているだけで、なんの変哲もない。ひょっとしたらと思って、巻かれている皮布をほどいていった。皮布の裏には、びっしりと文字が書かれ、うっすらと光を放っていた。すべてほどいて全員に見えるように、地面に広げた。

「魔道具の一種かしら」

スカーレットが偉そうに腕を組んで言った。

「さすがは美の女神スカーレット！　間違いない！」

「たぶん封印の魔法が付与されている…」

「封印？」

「うん…」

アリアナが瘦せこけた顔で不吉なことを言う。

「さすがグレイフナー魔法学校ね！　きっとこれも課題のひとつなのだわ！」

「素晴らしい推理だよ、美の化身スカーレット！」

「待ちたまえ。今回の実習にそのような課題はない」

ずっと黙っていたハルシューゲ先生が鋭い眼光で周囲を見回した。

「おい、こんなんが落ちてたぞ」

ガルガインが木でできた学園のレリーフを持ってきた。

「それが目的地到達の証だ！」

ハルシューゲ先生が思わず叫ぶ。

「ということは……」

「あの短剣って…」

俺とアリアナが、皮布に書かれた封印の文字を見て、顔を見合わせた。

「うおおおりゃ！　抜けたぜえええッ！」

振り向いたときには遅かった。

スルメがドヤ顔で突き刺さった短剣を引き抜いて、意気揚々と振り回している。

嫌な予感がする……。

「ん、どうした？　俺のすごさにみんな声も出ねえか？」

スルメは事態を把握していないのか、両手を腰に当ててふんぞり返った。

ゴゴゴゴゴ、という地響きがし、大岩が揺れ始めた。俺達は全員膝をついて、揺れがおさまるのを待つ。

さらに大きく揺れたかと思うと、短剣が刺さっていた部分に亀裂が走り、大岩が真っ二つに割れた。俺達は地面に放り出された。

「うおっ！」

「うわっ」

「きゃあ！」

「イテッ」

「……っ！」

地面に倒れた俺は、すぐさま飛び起きた。

前を見ると信じられない光景がそこにはあった。

割れた大岩から、禍々《まがまが》しい雰囲気をまとった骨だけの動物が這い出してくる。落ちくぼんだ頭蓋骨の眼球部分には黒い光のようなものが渦巻き、確実にこちらを見据えていた。恐竜？　博物館で見た恐竜の骨みたいだ。五メートルぐらいはあるぞ。

やばくねえ？　これ、やばくねえか？

「あ、あ、あなた何てことしてくれたんですの⁉」

スカーレットがスルメに向かって指を差した。

多分、あの短剣には『何か』が封印されていたんだ。

「え？　あ？　なんだ、これ」

「こ、これは……」

スルメとハルシューゲ先生が絶句する。

「ボーンリザード…」

アリアナが杖を握りしめてそう呟いた。

13 戦闘とイケメンエリート

リザードの最上位種が魔力の溜まりやすい場所で五百年ほど放置されると、ごく稀にボーンリザードとして復活するらしい。凶暴凶悪、防御力は折り紙付き、破壊の限りを尽くす魔物。危険度Aランク。通常、冒険者が十人がかりで倒すんですって。byアリアナ、ってなんでこんな所に封印されてんだよ⁉

封印した奴、空気読んでもっと草原の奥でやれ！

いい迷惑だよコレ、ほんと！

「集え水の精霊よ。穿て青き刃よ。《鮫背《シャークテイル》》！」

亜麻クソが格好を付けてズビシィッ、とポーズを取ると鮫《さめ》の背に酷似した水の刃が地面を這うように滑った。ふわさぁ、と前髪をはね上げ、ドヤ顔でウインクする。

《鮫背《シャークテイル》》がボーンリザードの右腕に直撃した。

ボシュン、という水のぶつかる音がし、水滴が飛び散る。身体で五メートル、尻尾まで入れると十メートル以上あるボーンリザードには傷一つ付かず、ダンプカーにホースで水をかけるほどの効果しかなかった。

「な、な、なんだって……僕の《鮫背《シャークテイル》》が……」

亜麻クソが驚愕した顔でボーンリザードを見つめた。

下位の上級攻撃魔法が効かないって、かなり防御力が高いぞ。

そしてウインクまでした亜麻クソが、最高にダセぇ。


——キシュワーーーーーーーーーーーーーーッ！


強烈なボーンリザードの雄叫び。

凶悪で粘ついた魔力の波動が周囲に伝播し、俺達は後ずさった。

ボーンリザードがもう一度叫ぶと、草原に不気味な影が集まり、どこからともなくリトルリザードの群れが現れて接近してきた。太い腕で四足歩行をし、赤い舌をちろちろと見せ、爬虫類特有の無機質な眼が光っている。あの腕で殴られたら、デブの脂肪を持つ俺ですら吹っ飛ばされるだろう。

背筋に寒気が走った。

その数はざっと数えて二十強だ。

上級の魔物の中には下級の魔物を従えることのできる奴がいる、ってクラリスが言ってた気がする。うん。嘘だと言ってくれ、クラリス。

「《ライトニング》！」

ハルシューゲ先生が杖を頭上へ上げると、光の玉が上空へ上がり、半径十メートルほどを照らした。

「全員《ライトニング》の中へ！」

我に返った俺達は素早く光の中へ転がり込んだ。

間一髪、さっきまでいた場所に、ボーンリザードの尻尾が叩きつけられた。そのままの勢いで横に一回転すると、再度ボーンリザードは尻尾によるなぎ払いを仕掛けてきた。

「きゃあ！」

スカーレットがあまりの迫力に、思わず頭を抱えてうずくまった。

骨だけの尻尾はハルシューゲ先生の唱えた《ライトニング》の光にぶつかると、壁があるかのように弾かれた。

「ボーン系の魔物は光魔法に弱く、中には入って来れん！　私が抑えているうちにリトルリザードを！」

ハルシューゲ先生の指示が飛ぶ。

その間にも、二メートルほどの身体に深緑の鱗《うろこ》を持ったリトルリザードが《ライトニング》の中に飛び込んでくる。生身の身体を持つ魔物に《ライトニング》は大した効果を発揮しない。

おかまいなしで、三匹が同時にこちらへ飛び掛かってきた。

「《ファイアボール》！」

「おらぁ！」

「《睡眠霧《スリープ》》」

スルメ、ガルガイン、アリアナが応戦する。

《ファイアボール》をモロに食らったリトルリザードが上半身を黒こげにして、飛び込んだ勢いそのままにすっ飛んでいく。さすがに一発で倒せないのか、スルメが追撃弾の《ファイアボール》を二発放った。

ガルガインのアイアンハンマーが、飛び込んできた別のリトルリザードのどてっ腹に直撃し、野球のフルスイングさながら、左前方に吹き飛んだ。

《睡眠霧《スリープ》》に突っ込んだリトルリザードが、つんのめるようにして地面とお友達になる。俺はすかさず最大出力の《ウインドカッター》を二発放ち、トドメを刺した。

ちらり、とアリアナに目配せをし、役割を瞬時に分担した。黒魔法は補助の要素が大きい。彼女が足止めをし、俺がトドメを刺せばいい。

ボーンリザードは苛々した様子で、何度も《ライトニング》に向かって尻尾攻撃をし、噛みつき、横殴りをする。だが、すべて光の壁に阻まれ、弾き飛ばされる。

「くっ……」

ハルシューゲ先生のつるっとした額から汗が吹き出て、申し訳程度に生えたサイドの毛からも汗がしたたり落ちる。

ボーンリザードが攻撃すると、《ライトニング》にその衝撃が伝わる。魔法を維持するのが難しく、魔力を激しく消費するのだろう。

「《ライトニング》！」

先生と交替するため、棒きれを上空に掲げて光の玉を発生させた。

「先生、少し休んでください！」

「う、うむ」

俺の周囲十メートルに《ライトニング》の輝きが広がる。

「おまえら、時間を稼いでくれ！」

スルメが光の効力がギリギリ届く場所で杖を構えて叫んだ。

呼応してアリアナとガルガインがスルメを庇《かば》うように応戦し始めた。亜麻クソは、自身の最強攻撃である《鮫背《シャークテイル》》が効かない相手に呆然自失している。一匹のリトルリザードが、そんな格好の的へ飛び掛かった。

亜麻クソは軽い悲鳴を上げ、杖を落とした。

「《土槍《サンドニードル》》！」

地面から突如として突き出した鋭い円錐状の土がリトルリザードを貫いた。ハルシューゲ先生が杖を向けている。

「こ、こ、このぶぉくが……あんな……」

亜麻クソは泣きそうな顔で尻餅をついた。

「しっかりしたまえ、ドビュッシー君！」

「いくぜ！」

先生が亜麻クソに発破をかけ、スルメが叫んだ。

アリアナとガルガインが、後方へ飛び退いて距離を取った。

「《火蛇《ファイアスネーク》》！」

スルメの杖から二メートルほどの蛇の形をした火が、五匹飛び出した。

火の蛇は前方へ飛んでいき、遠隔操作のような動きでリトルリザードを追尾して、一匹ずつ、着弾した。

五匹のリトルリザードが悲鳴を上げてのたうち回り、丸焦げになって絶命する。

「すげえじゃねえか！」

「もう一回……」

ガルガインとアリアナが下の下、初歩の初歩魔法で飛び掛かるリトルリザードをいなしながら賛辞を送り、スルメを守るように囲む。

スルメは再度、魔法の準備に入った。

そして魔力が充分に練られると、二人に合図を出した。

アリアナとガルガインが絶妙なタイミングで後退する。

「《火蛇《ファイアスネーク》》！」

先ほどより気持ち小さめの火の蛇が四匹、生きているかのように獲物を探し、頭から突っ込んでいった。すべて着弾。四匹のリトルリザードが黒こげのトカゲ焼きに早変わりした。

「いけるか？」

「まだいける…？」

「もう撃てねえ……」

スルメが青い顔で冷や汗をかいて、バスタードソードを抜いた。魔力切れ一歩手前だ。

そうこうしているうちに、こっちもやばい。

魔法は連続使用すると、全速力で走ったみたいな疲労が襲ってくる。まだ魔力は余っているが、これ以上《ライトニング》を使用し続けるのは無理だ。

「スカーレット！　交替してッ！」

《ライトニング》は光魔法の上級。レア適性だけあって、適性者でないと使用が相当に難しい。俺、ハルシューゲ先生、スカーレット。光適性者が三人いたのは不幸中の幸いだった。

うずくまるおすまし女が、顔を上げた。

「な、なんですって？」

「これ以上は保たないわ！」

「ああ、あ……あなたごときがわたくしに命令しないでちょうだい！」

「そんなこと言ってる場合じゃないわ！　《ライトニング》が消えたらあいつに食われるのよ⁉」

ボーンリザードは凶悪な顎をぱっと広げて《ライトニング》を食おうとする。

ここで食われるぐらいなら、スカーレットとしたくもない会話をしたほうがマシだ。

むき出しの歯が光の壁に衝撃を加え、使用者の俺にその負荷が伝播する。自分の思い通りにならないボーンリザードは、怒りで地面を踏みならした。骨だけとはいえ、見る限り相当な重量がありそうな巨体の地団駄だ。振動が伝播し、地面が小刻みに揺れる。

「なんであなたごときの命令を……」

「おい女ァ！　早くしやがれ！」

ガルガインが、魔力を相当込めたであろう土魔法上級《サンドウォール》を唱えた。後方に、高さ三メートル、横幅十メートルの壁が現れた。

「《ライトニング》！」

ハルシューゲ先生が俺の隣に来て、杖を振り上げた。

魔力を解放すると、体中からどばっと汗が吹き出る。

もうちょいで魔法が切れるとこだった。

あぶねえー。息を整えるんだ。

落ち着いて深呼吸しろ。

「あ、あ、あんたごとき、ピッグーが……わたくしに指図を……」

「はぁ……はぁ……あなた、できないんでしょ？」

ビクッとスカーレットが身を震わせる。

彼女の緑色をした瞳は恐怖と焦りと自己嫌悪でどろりと揺れ、せわしなく地面を這った。

「あなた、あんなに偉そうなことを言って、《ライトニング》がまだできないんでしょう？」

スカーレットはぐっと言葉を飲み込み、屈辱で顔を歪めた。

下位基礎魔法・「光」

下級・《ライト》

中級・《ライトアロー》

上級・《ライトニング》

スカーレットの様子からして中級までしか使用できないんだろう。散々偉そうに、エリィに向かって、ブスだ、シングルだ、でき損ないだと言ってきたくせに、適性魔法の上級が使えないって？　笑わせるんじゃねえよ。

「な……な……なにを言って……」

「できるの？　できないの？　どっち!?」

できるなら早くやれ！

やってみせろ！

――シャアアアアッ！

ガルガインが作った《サンドウォール》を飛び越え、リトルリザードが亜麻クソを攻撃してきた。亜麻クソはあわてて《鮫背《シャークテイル》》の詠唱をするが、敵はそれを察知して素早くサイドステップし、ベロを伸ばす。

「や、やめたまへっ！」

長く伸びたベロが亜麻クソの足首に絡みつき、宙づりに持ち上げ、そのまま放り投げた。

「やめたまへえええええええっ！」

「しまっ――」

ハルシューゲ先生が《ライトニング》詠唱したまま、おでこと顔面を蒼白にさせる。

今ここで先生が助けに行けば、光の防御がなくなってしまう。

素早く体内の魔力を風のイメージで循環させ、風魔法上級《エアハンマー》を空中に飛んだ亜麻クソに、最小の力で放った。

風の拳が、亜麻クソの身体を飛んでいく方向とは逆に殴り、安全地帯である光の中へ押し戻す。

「《ウインド》」

アリアナがすかさず風を上方へ起こし、クッションにして亜麻クソを回収した。

「《ウインドソード》！」

下位上級魔法《ウインドソード》。居合抜きをイメージした風の刃を、土壁を飛び越えたリトルリザードにぶつける。

リトルリザードの頭が半分に割れ、赤い飛沫が周囲を染めた。

「やるじゃねえか！」

「すごい…」

「へっ……」

ガルガイン、アリアナ、スルメが感嘆の声を上げる。

うまくいってよかった。失敗してたら亜麻クソはボーンリザードの餌食だった。エイミーとクラリス、バリーと特訓したおかげだ。

「ドビュッシー君はマヒ毒だ！」

先生が大量の汗を流しながら叫んだ。

亜麻クソが「ぶぉくのおうぎぃを見たまへっ……」とうわごとを言いながら、白目を向いて痙《けい》攣《れん》している。

「スカーレット君！　早く交替を！」

「せ、先生……わたくし……」

「はやく！」

「《ライトニング》はできません！　わ、わ、わだぐじまだ使えませんの！」

ちっちぇプライドを折られたスカーレットは、自慢の縦ロールを振り乱して泣き叫んだ。

「な……。君は確か《ライトニング》ができると……」

先生は驚いたあと、すぐに気持ちを切り替えて指示を出した。

「では治療を！」

「ちりょう……？」

「中級の《治癒《ヒール》》は使えるね⁉」

「……はい」

「急いで！」

ハルシューゲ先生を中心に、前方でアリアナ、ガルガイン、スルメがリトルリザードの集団と戦い、俺とスカーレットは後方、亜麻クソは左側にいる。さらにその後方にはガルガインが構築した《サンドウォール》の土壁がある。

前線にいる三人を補助しつつ、間隙を縫って《治癒《ヒール》》でみんなを回復する。亜麻クソまでは手が回らない。

スカーレットは這いつくばって亜麻クソのもとへ行こうとする。しかし、土壁を乗り越えた新手のリトルリザードが、彼女の目の前に着地した。

緑色の鱗《うろこ》に全身を覆われたリトルリザードは、爬虫類独特の炯々《けいけい》と光る双眸《そうぼう》をスカーレットへ向けた。完全に獲物を見る目だ。

スカーレットは未曾有《みぞう》の戦慄《せんりつ》を覚え、自身の恐怖に耐えうる許容量を超えてしまったのか、半狂乱に陥った。

「いやあぁぁぁ！　こないでえぇぇぇぇぇぇぇ！」

彼女は絶叫し、めちゃくちゃに杖を振り回して、《ウインドブレイク》《ウインドブレイク》《ウインドブレイク》《ウインドブレイク》《ウインドブレイク》《ウインドブレイク》《ウインドブレイク》《ウインドブレイク》《ウインドブレイク》と連呼する。

あのバカ女！

亜麻クソを巻き込みかねない！

止めようと足を向けたら、スカーレットは魔力切れであっさり意識を手放した。

ついでに《ウインドブレイク》を連発で食らったリトルリザードも事切れた。

アホかっ！

「エリィ君……もう……」

「《ライトニング》！」

すかさず棒きれを上げて《ライトニング》を唱える。先生の《ライトニング》と俺の《ライト

ニング》が重なり、一瞬ではあるがボーンリザードが怯んだ。

先生は限界寸前だったようで、ぶはぁっ、と息を吐くとすぐに詠唱をやめ、膝をついた。

「ぐわあッ！」

魔力切れ寸前のくせにバスタードソードだけで頑張っていたスルメが、リトルリザードの腕の振り下ろし攻撃で吹き飛んだ。彼のつけていた胸当てが、爪の形くっきりに切り裂かれ、中から血が噴き出した。

《ライトニング》を維持しつつ、スルメの傷を見る。

内臓にまでは達していないだろう。光魔法上級《癒発光《キュアライト》》で治る傷だ。

先生が肩で息をし、顔面が真っ青のまま《癒発光《キュアライト》》をスルメの胸にかけた。柔らかい光がスルメの上半身を包み込んでいく。血が、みるみるうちに止まり、顔色が元通りになる。さらに先生が力を振り絞って亜麻クソのところまで歩き《癒発光《キュアライト》》を使うと、奴の痙攣《けいれん》が治まった。すげえ手際の良さ、魔力循環がうまい。

「エリィ君……すまない……もう交替は……」

「先生ッ！」

ハルシューゲ先生がついに魔力切れで昏倒《こんとう》した。

額に《ライトニング》の光が反射し、絶望感が一気に募る。

まずい！　どうする？

前方のリトルリザードは残り五匹。

そこらじゅうに二メートルのとかげの死体が転がっている。

頼りの先生は倒れ、スルメは打ち所が悪かったのか起き上がらない。

亜麻クソとスカーレットも倒れたまま。

ボーンリザードは何が憎いのか、狂ったように自分の白骨の身体を光の壁にぶち当てる。全長約十メートル、横幅二メートルの巨体の体当たりだ。ミシッという衝撃が《ライトニング》から俺の上げている右手に伝わる。

奴の全長は十数メートル。

亜麻クソがやったように、下位の上級魔法では歯が立たない。

かといって白魔法や空魔法のような上位魔法は使えない。

普通に戦ったら絶対に勝てないだろ。おそらく数十人の優秀な魔法使いでチームを組んで、ようやく倒せる相手じゃないだろうか。

これは……アレをぶっ放すしかねえな。

「アリアナ！　ガルガイン！」

「おう！」

「なに…」

二人とも魔力切れ寸前、身体にはあちこちすり傷がある。

それでも生きることをあきらめず、呼びかけに答えてくれる。

「一瞬でいいから、ボーンリザードを後退させて！　とっておきをぶちかますわ！」

リトルリザードが学習したのか、個々に飛び掛かるのではなく、残り五匹で二人を取り囲んでいた。

ぶちかます、などという男らしい言葉が補正されずに口から出たのは、エリィの身体も興奮しているからだろうか。

「よし！」

「ん…」

敵に睨みを利かせながら二人が答える。

「アリアナ、ちいせえほうを頼む」

「ん…」

反撃の気配を察知したのか、リトルリザードが五匹一斉に飛び掛かった。

アリアナは華奢《きゃしゃ》な体でバックステップし、杖を大きく振った。

「黒い鱗粉《りんぷん》は至福へと汝を誘う…《混乱粉《コンフュージョン》》」

アリアナの杖から大量の鱗粉《りんぷん》が発生し、リトルリザードを覆い尽くす。

《混乱粉《コンフュージョン》》を受けたリトルリザードは、全員その場で暴れ出し、ボーンリザードへ突撃した。

おそらく神経中枢に作用する魔法だろう。魔力消費が大きい分、複数を同時に混乱させられるみたいだ。序盤で使用していたら、リトルリザード二十数匹がめちゃくちゃに暴れ回る、という地獄絵図になっていたな。使いどころが難しい魔法だ。

一方、飛び退いたガルガインが「うおおおおお」と叫びながらアイアンハンマーを両手で持ち、遠心力を利用して駒のように回り始めた。

「《サンドウォール》！」

土の塊がアイアンハンマーの先に吸い付き、どんどん大きくなる。さらに回転が速くなっていく。ガルガインよりも大きくなったアイアンハンマーは、強烈な回転を生み出した。

「うおっしゃあああ！」

ガルガインのかけ声とともに、回転運動により遠心力を得た土塊付きアイアンハンマーが、顎を閉じたボーンリザードの右頬に直撃した。

――バガァァン！

強烈な破壊音を発し、ボーンリザードが後方へすっ飛んでいく。

「これでいいかよ……ペッ」

ツバを吐いてガルガインが魔力切れで倒れた。

「エリィ…」

アリアナが額から冷や汗を流し、こちらを見てくる。握られている杖から噴出される黒い霧は、途切れ途切れになっていた。彼女の使う魔法も相当に魔力を消費するらしい。

「私ならできる。私ならやれる」

俺ならできる。俺ならやれる。

緊張したとき唱えるいつもの言葉を頭で反芻《はんすう》し、成功する光景をイメージする。

光の壁になっている《ライトニング》を解いて、杖に見せかけた邪魔な棒きれを投げ捨てた。

「エ、エリィ……」

アリアナが限界なのか苦悶《くもん》の表情で立て膝をついた。《混乱粉《コンフユージヨン》》は消えてしまったものの、効果は継続されている。五匹のリトルリザードは鱗粉《りんぷん》を長時間受け、緩慢な動きになっていた。

ガルガイン渾身《こんしん》のたんそくホームランを食らったボーンリザードは仰向けになって、じたばた骨だけの体を起こそうともがいていた。骨だけの生物が引っくり返ってゴキブリのように動いているのは気色が悪い。ガルガイン、おまえすごいよ。まじで。

ぎゃあぎゃあと喚いていたリトルリザードのうちの一匹が、アリアナに突進してきた。

「アリアナ！」

彼女は疲労で動けないのか、きつく目を閉じた。

もうバレたって構わねえ！

「《落雷《サンダーボルト》》！」

草原の大地に一筋の閃光が走り、轟音を響かせ、真っ逆さまに墜落する。

直撃したリトルリザードは電流と高熱で焼かれ、木っ端微塵になった。

うわっ⁉

思った以上に《落雷《サンダーボルト》》の威力がやばいッ！

「エリィ…？」

アリアナがおそるおそる目を開け、何が起きたのか分からないと首をひねる。

さらに魔力を練り、引っくり返ってもがいている白骨のトカゲに指を差した。

「《落雷《サンダーボルト》》！」

十五メートル前方に強烈な光が発生し、《落雷《サンダーボルト》》が落下する。

空気を切り裂く破裂音とともに、ボーンリザードの右腕が弾け飛んだ。さらに、近くにいたリトルリザードが巻き込まれ、二匹が黒こげになる。

「もう一発ッ」

——バババババリィッ！

耳を塞ぎたくなる凄まじい音を鳴らし、魔力を込めた《落雷《サンダーボルト》》がボーンリザードの腹部に直撃して、白い骨がポップコーンみたいに弾けて草原にまき散らされた。

さらに追撃。強烈な熱量が空気を膨張させ、雷音が鳴り、残りのリトルリザードにぶち当たる。すべてが一瞬のうちに灰になった。

《落雷《サンダーボルト》》がすごすぎる。

さすが複合魔法。威力が半端じゃない。

「ササ、サ、サンダァボルト？」

ポーカーフェイスのアリアナですら《落雷《サンダーボルト》》を見て驚愕し、狐の耳がピンと立った。開いた口が塞がらないようだ。

「伝説の…」

「秘密にしておいてね」

そう言って、おデブでお茶目な俺はウインクをかます。

「エリィ…すごい」

「そうでしょ」

「ということは白魔法と空魔法も？」

「そ、そうね……。それより立てる？」

アリアナは驚いた顔のまま首を横に振った。

彼女に手を貸して細い体を引っ張り上げ、そのまま《治癒《ヒール》》をかけようとした。

「エリィ、うしろ！」

振り返ったときには遅かった。

一匹だけ残っていたのか、リトルリザードがガルガインの作った土壁の上から飛び降り、鱗《うろこ》に覆われた太い右腕を振り下ろした。《治癒《ヒール》》をかけようとしていたので、他の属性の魔法に魔力を変換できない。

咄嗟にアリアナをかばって地面を転がる。

なんとか直撃はかわしたが、強力な振り下ろしによって地面がえぐられ、石が飛び散った。俺は重さでつぶさないよう気を付けつつ、アリアナに覆い被さる。

続けざまリトルリザードが頭を引っ込め、体当たりしてきた。

気絶しているハルシューゲ先生をリトルリザードが踏みつけそうになって、一瞬ひやっとする。

すぐさま発動スピード重視の《エアハンマー》で殴りつけた。

目と鼻の先を突風がかすめ、リトルリザードが吹っ飛んだ。

「《落雷《サンダーボルト》》！」

リトルリザードの着地点を狙う。

空気を切り裂く閃光が落下し、トカゲの魔物をただの消し炭に変えた。

抱いているアリアナを覗き込んだ。

「大丈夫？」

「あ…あの…」

なぜかアリアナが顔を赤くして熱っぽい目で俺を見てくる。

いやいや、わたくしレディなんで、そういうのはちょっと。

「あのね…」

「？」

「ありがとう…」

恥ずかしげに、彼女が微笑んだ。

不意打ちの笑顔に、思わず頬が熱くなった。ポーカーフェイスだった彼女の笑顔の破壊力は凄まじかった。

すんげえ可愛い。このまま持って帰りたい。家に飾っておきたい。これでもっと肉付きがよければ完全にハートを打ち抜かれていたところだ。いかん。俺ってば、おしゃまな女の子なのに、こんなこと考えちゃだめじゃないの！　誰か身体を元に戻して！　本気で！

アリアナがあまりに可愛かったので、狐耳ごと頭を撫でた。

手が往復するたびに、ぴこん、と狐耳が立つのがたまらない。これは癖になる。

「くすぐったい…」

「気持ちよくってつい」

「別にいいけど…」

そろそろ他のメンバーを看ないとな。

っと、その前に救援が先か。ハルシューゲ先生、ガルガイン、おすまし女が魔力切れ。スルメと亜麻クソが怪我。合宿の続行は不可能だ。

「アリアナ、合宿の冊子持ってる？」

「ん…」

意図を察してくれたのか、ポケットから手帳サイズの冊子を出して開いた。

緊急の際の対処法を探すため、ぱらぱらとめくる。しかし、アリアナの手は止まり、前方へと向けられていた。

「うそ…」

「えっ？」

振り返ると、ボーンリザードの白骨が独りでに動き出し、ビデオの逆再生みたいに傷一つない状態に戻った。不気味に顎《あご》をカタカタ鳴らし、己の体を確かめるように、こちらへゆっくり近づいてくる。空洞の瞳には闇が渦巻いていた。白い体躯には、おどろおどろしい黒い液体がこびりついている。

ボーンリザードは不意に大きな口を開け、怒り狂った咆吼《ほうこう》を叩きつけた。あまりの爆音にビリビリと空気が揺れ、聞く者に動物としての本能的な恐怖の芽生えを強制させた。

復活とか反則だろ⁉

雰囲気に飲まれたら負けだ、落ち着いて魔力を練るんだ。

「《落　雷《サンダーボルト》》！」

バガァン！

炸裂音と雷光が煌めいてボーンリザードの後ろ足を粉砕する。

だが細切れになった白い骨は意思があるかのように本体へと戻り、再生する。

「《落　雷《サンダーボルト》》！《落　雷《サンダーボルト》》！」

足がだめなら頭はどうだ。

バリッ、バリリィッ、と雷が空気を切り裂いて、両手を開いても抱えきれないぐらい大きいボーンリザードの頭部に、二本の《落　雷《サンダーボルト》》が突き刺さる。

頭部が落雷の衝撃に耐えきれず四散するものの、パズルのピースが勝手に合わさるみたいに再生し、割れた傷跡も綺麗になくなった。

「アリアナ！　どうなってるのあれ⁉」

「不死身なら……聖なる光で浄化するしかない」

「聖なる光？　それって白魔法？」

「光魔法じゃムリ…アレは魔力が強すぎる…」

「てことはやっぱり白魔法が必要ってことよね」

「そうなる…」

「私できないわよ」

「え？　どうして？」

「それはあとで説明するから、何か考えて！」

ボーンリザードを近づけないために、足を狙って《落雷《サンダーボルト》》をぶっ放した。

昼の大草原に雷光が走る。

右の前足を砕かれたボーンリザードの行進が一時的に止まった。近くまで来られたら万事休すだ。地面に倒れている誰かが襲われてしまう。

アリアナは逡巡すると口を開いた。

「骨も残さないほどに破壊する…」

「骨だけに、ね」

「そう…」

よし、分かりやすくて大変結構。

問題が発生したらシンプルな思考に戻る。ビジネスマンと同じだな。

「アリアナ、これから一番強力なのを撃つわ」

「アレより強い魔法がまだ…？」

「ええ、そうよ」

格好をつけて不敵に笑い、息を吸い込み魔力を練る。

まず足止めをして、それから特訓で作ったオリジナル魔法《極落雷《ライトニングボルト》》を全力で撃つ。

本来、ボーンリザードは白魔法の浄化魔法を複数名で行使し、初めて浄化できるのではないだろうか。そうでなければこんな草原の入り口付近に中途半端に封印されているはずがない。白魔法師は数が圧倒的に少ないだろうし、負傷者を瞬く間に完治させる治癒魔法を重宝していない国はないので、人員の関係でこのボーンリザードは「浄化」ではなく「封印」という選択になったに違いない。

そんなことを考えていたら、ボーンリザードがでかい口を開けてこちらに照準を合わせ、動きを止めた。動けないことにお怒りのご様子だ。激おこぷんぷん骨リザードだ。

なんか、ありえないぐらい魔力練ってない?

これ俗に言う必殺技みたいいんじゃねえの。

黒い波動がぐんぐんお口にお集まりあそばしていますが！

アリアナが隣で呆然とし、呟いた。

「《重力砲《グラビティキャノン》》…」

「ちょっとアリアナ！　あなた闇適性でしょ⁉　相殺して！」

彼女の肩をつかんで揺さぶった。

同等クラスの魔法がぶつかると、魔力が飛んで相殺される。

「無理…」

「なんで！」

「あれは黒魔法の中級…」

上位の中級魔法!?

そう言われ、急いで魔力を練る。

ボーンリザードは口を閉じると、おもむろに口を開いた。

全身が不気味に揺れ、がたがたと白骨が震えたかと思うと、ぴたりと振動が停止した。そして、牙が並んだ口から、漆黒の波動が放出された。

重機械を動かすエンジン音のような音が周囲に響き、筒状の巨大な黒い物体がこちらに迫ってくる。

速さは大したことないが《重力砲《グラビテイキヤノン》》が通過した地面が、草ごとえぐり取られている。あれを食らったら全員おだぶつだ。

太い身体で素早く《重力砲《グラビテイキヤノン》》の動線上に移動した。

「エリィ…!?」

「大丈夫」

アリアナの悲痛な叫びが聞こえる。

女の子を守れなくて、なにが男だ。

あ、今は女だったっけ。

って、んなことはどうだっていいんだ。集中、集中！

練っていた魔力を一気に放出し、特訓で作ったオリジナル魔法を解き放った。

「《電衝撃《インパルス》》！」

花火を撃ち出すイメージで雷を展開する。《落雷《サンダーボルト》》が落下攻撃だとすれば、《電衝撃《インパルス》》は前方の相手を弾き飛ばす魔法だ。端から見れば、俺の体から雷が飛び出すように見えるはずだ。

《電衝撃《インパルス》》はギャギャギャギャッ、という動物の悲鳴に近い音を立てて《重力砲《グラビティキャノン》》とぶつかり、当たった瞬間、放射線状に電流をまき散らした。

凄まじい勢いで《電衝撃《インパルス》》が《重力砲《グラビティキャノン》》を飲み込み、筒状のどす黒い物体が霧散する。二つの魔法がぶつかった場所には大きなクレーターができあがった。

間髪入れずに《電衝撃《インパルス》》で追撃する。

再度、動物が叫ぶような音を発しながら、電光が真っ正面へ突き進み、ボーンリザードに直撃する。《電衝撃《インパルス》》はボーンリザードの内部まで貫通し、花火のように電流を弾けさせ、巨体を後方に吹き飛ばした。

《電衝撃《インパルス》》で黒こげになったボーンリザードが、ズゥンという音を立てて崩れ落ちた。ぼろぼろと、錆《さ》びた鉄くずのように、骨が地面へこぼれていく。

「アリアナ！　耳を塞いで！」

彼女は俺の声で、頭の上にある狐耳を両手で押さえた。

急速に魔力を練り、《落雷《サンダーボルト》》が幾重にも重なって、太い柱になるイメージを繰り返す。

跡形も残さないぐらい破壊しなければまた復活してしまう。

自身で放てる最大級の魔法のため、発動までに時間がかかる。じわじわとボーンリザードが再生し、骨がクレーターの中心へと集まっていく。間に合うか？　いや、間に合わせるしかない。

魔力を練り終えると同時に、ボーンリザードが完全に復活し、こちらへのそりと一歩を踏み出した。

俺は狙いを定め、腕を振り下ろす。

「《極落雷《ライトニングボルト》》！」

パチッ……。

パチパチッ……。

バババババババババババババババリバリバリバリバリバリィッ！

顔を背けなければ目が潰れてしまいそうな閃光が草原を包み、先ほどより遙《はる》かに太い雷がボーンリザードの体を蹂躙《じゅうりん》する。突如として降り注いだ強大なエネルギーが大草原の地面をえぐり返し、衝撃を吸収しきれなかった大地が粉々になって爆風を巻き起こして、熱風と一緒に土や石を四散させた。

アリアナが俺達を守るように、咄嗟に《ウインドブレイク》を唱える。飛んできた岩や石の勢いが緩和された。

だが俺は近くにいたため、爆風で地面へなぎ倒され、したたかに体を打ちつけた。

呼吸を忘れてしまうほどの衝撃。つぶっていた目をゆっくり開くと、所々、抉られた地面と草原が目に映り、《極落雷《ライトニングボルト》》が落下した場所は何もない大きな穴になっていることを理解した。

静寂がやけに痛く感じる。爆音を間近で聞いたせいだろう。

よかった。オリジナル魔法は成功だ。空が青いな、何てどうでもいいことを思ったら、遠くからいろんな音が聞こえてきた。

ギャーギャー
バサバサバサバサ
ヒーホーヒーホー
ブシュワーーー
遠方にいたであろう大型の鳥が何事かとあわてて飛び立ち、不運にも近くで休憩していた臆病者のヒーホー鳥がびっくりしてヒーホーヒーホーと呼吸困難になり、そして封印があった大岩の割れ目から一筋の水が噴き出した。湯気が出ているから温泉だ。

寝そべったまま、その光景をぼんやりと眺める。

温泉出すぎだろ。どんだけ出れば気が済むんだよ。

「エリィ…」

魔力切れ寸前のアリアナが、ふらふらとこちらに近づいて、へたり込んだ。

「大丈夫?」

健気にもこの狐人の少女は、自分より俺の心配をしてくれているようだ。

それに応えるため重い体を何とか引き起こし、アリアナに向かってうなずいた。

「さすがに、死んだわよね?」

「最初から死んでる…」

「骨だけだったからね」

「うん…もう動いてないから大丈夫だと思う」

目を凝らしても、骨の残骸すら見当たらない。

魔力切れ寸前と打撲でぼろぼろの体をなんとか動かし、気絶している亜麻クソの鞄をむしり取って、魔力ポーションが入った小瓶を拝借した。さすがに《電衝撃《インパルス》》と《極落雷《ライトニングボルト》》を最大出力で使っただけあって、魔力がほとんど残っていない。

五本あったので、俺が三本、アリアナが二本飲んだ。

オロナ〇ンCみたいな味で、疲れた体に染み渡る。うまい。

しばらくすると、魔力がほんのりと戻ってきた。

俺達はテントを張り、倒れているメンバーを移動させ、治癒魔法を施した。

仕方ないのでスカーレットも少し離れたところに移動させる。アリアナは冷たい目線を向け、ぼそっと「足手まとい」と呟いていた。

大怪我をしたスルメは、俺が《癒発光《キュアライト》》をかけると呼吸が安定した。かなり血を流しているようなので安静にするべきだろう。魔力切れで気絶したハルシューゲ先生、ガルガインにも、《治癒《ヒール》》をかけておいた。どこを怪我しているか分からないからな。

魔力切れを起こすと、個人差はあるものの、三時間から四時間ほどは目を覚まさない。アリアナが言うには、黒魔法に魔力を譲渡するものがあるらしい。使えたら便利、でも使えない、と言って彼女はがっくり肩を落としていた。すぐできるようになるわ、とまた彼女を慰めなければならなかった。

　大草原はようやく静けさに包まれた。

「エリィ、救援を呼ぼう……」

　アリアナは合宿の冊子にある最終ページをこちらに見せてきた。

『緊急の場合、または引率担当者が行動不能な場合、担当者の持っている発情犬煙玉《ラブリードッグ》を使用して救援を要請すること。ただし、生命の危険がある場合に限る』

「発情犬煙玉《ラブリードッグ》?」

「これ……」

　野球ボールぐらいの煙玉だ。火を点ければ狼煙《のろし》が上がるのだろう。

　アリアナは躊躇《ちゅうちょ》せず、発情犬煙玉《ラブリードッグ》を地面に転がし、火魔法の初歩《ファイア》で燃やした。ピンク色の煙がまっすぐ立ちのぼる。

「アリアナ……」

「エリィ……」

「臭いわね」

「鼻が曲がる」

　くさやと硫黄を大量に混ぜて煮詰めたような、とてつもない香りが周囲に充満する。

　俺達はたまらず鼻をつまんで距離を取った。風下におバカ女子スカーレットがいた気がするが、そこまでは面倒を見きれない。あまり気にしないでおこう。

そして救援を呼べたことにほっとし、ようやく肩の力を抜いた。

「念のため確認しておきましょうよ」

ボーンリザードの残骸を指さした。

まさかとは思うが、倒したかどうか確認したい。

「うん……」

俺とアリアナはボーンリザードがいたところまで歩いて、残骸を確認した。

《極落雷》《ライトニングボルト》の威力は凄まじく、落雷の中心点から半径十メートルほどがごっそりえぐられていた。そこだけぽっかりと草がなくなって地面がむき出しになっている。深さも相当あった。

骨の残骸らしきものはまったく見つからない。

「あれ、何かしら？」

大穴の中心点で、赤い石が光っていた。

「分からない……」

アリアナが小さく横に首を振る。俺は《極落雷》《ライトニングボルト》でできた大穴の降りやすそうなところを探して、中心点に向かった。

赤い石が地面の上できらめいている。

拳サイズの丸みを帯びた石だ。よく見ると石の中で、小さい火花のような物が散っていた。

「これ…魔力結晶」

「なにそれ？」

「魔力を貯めたり出したりできる。この大きさだと、一億ロングらいで換金できるよ…」

「一億円⁉」

「えん…？」

「もらっときましょ」

　ささっとポケットの中に一億円……じゃなくて魔力結晶を入れた。

　こんな石ころが一億円とか、まじでやばいな。地球でいうところの宝石と同じ扱いってやつか。

「換金してみんなで分けましょう」

「私はいらない」

　アリアナが強めの語気で言った。思わず、大きな声で聞き返してしまう。

「どうして？」

「それはエリィが貰うべき。討伐したのはエリィだから…」

「みんながいなければ倒せなかったわ」

「あなたがいなければ全滅していた」

「でも、私だけが貰うなんてできないわよ」

　全部貰えたら、服屋の計画が大幅に進んでありがたいが、エリィはそれを望まないだろう。優しい彼女なら、必ず均等に山分けするはずだ。

「ダメ。少なくとも、私は受け取れない…」

「どうしてよ？　私はアリアナに貰ってほしいのに」

「命を救ってくれた。それで十分。これ以上あなたから貰ったらご先祖様に笑われる…」

あげる、あげない、の押し問答が延々続いたが、アリアナは頑として首を縦に振らなかった。彼女はこう見えて相当の頑固者らしい。

仕方なしにこの話はいったん切り上げ、鼻がひん曲がりそうな臭いを発する発情犬煙玉《ラブリードッグ》の煙が来ないように《ウインド》で風を送りながら、みんなが寝ているテントに戻った。

風向きが変わり、発情犬煙玉《ラブリードッグ》の煙が、猛烈にスカーレットの方向へ流れている気がするが、神の思し召しだろう。「くさいですわくさいですわ……」とうわごとを言っているスカーレットよ、安らかに眠れ。

ようやく落ち着き、俺達は腰を下ろした。

まだ魔物が来る可能性はある。用心のため、眠らないで救援を待つ。

時刻は昼すぎといったところだろう。俺とアリアナは鞄から鍋を出し、簡単なシチューを作ってぼんやりと空を見上げた。

大草原が風に揺れ、草の擦れる優しげな音だけが聞こえる。

「エリィ…」

「なに？」

「さっきは…助けてくれてありがとう」

「いいのよそんなこと」

「あと…庇《かば》ってくれてありがとう」

「だからいいのよ。私ってデブだから、盾にはちょうどいいでしょ？」

「自虐ネタは…ダメ」

そう言ってアリアナはくすっと笑った。

表情のない大きな目がすぼまり、ほんのちょっぴり口角が上がっただけなのに、俺は何とも言えない温かい気分になった。

やだ何コレ。超可愛い。

「あのねエリィ。私達狐人は命の恩人に一生尽くすの…」

「へえ、面白い風習ね」

民族による文化の違いってやつか。

「だから私はエリィに一生尽くす…」

確かに命は助けたけど、一生っていうのはちょっと重くないか？

「だから私の主になって、エリィ」

「主って……ファンタジーじゃないんだから。それにほら、ハルシューゲ先生だってガルガインだってスルメだって、みんな頑張ったじゃない。私だけがアリアナの命の恩人じゃないわ」

「ううん、そんなことない。あなたがいなかったら全滅していた…」

「確かにそれはそうだけど……」

「あなたの落雷魔法、すごかった。伝説の魔法使いとずっと一緒にいれるなら私は本望…」

「落雷魔法ができちゃったのはまぐれなのよ。たまたま呪文を唱えたらできたの。ほら、だって私、白魔法も空魔法も使えないでしょ?」

何とか弁解、というか撤回してもらおう。さすがに一生は彼女に申し訳ないし、主とか無理だ。

「まぐれで落雷魔法は使えない。それに白も空も憶えずにできたのなら、それはまさしく天才。ますます一緒にいたい…」

「ちなみに、狐人の一生尽くすっていうのは具体的にどういうことをするの?」

「雨の日も風の日もいつも一緒。寝るときもご飯を食べるときも一緒」

アリアナは真顔ではっきりと言い切った。

「いやーさすがにそれはちょっと……困っちゃうかなぁ」

「ダメ…なの…?」

瞳に涙を溜め始めるアリアナ。

ちょっと待って。泣かないで!

「だめじゃない! だめじゃないんだけど! ああっ、泣かないでちょうだい! じゃあこうしましょ! 友達になりましょ!」

「…ぐすん…ともだち?」

「ええ、そう!」我ながら名案だ。「友達になりましょう! 私、スカーレットにいじめられて友達が一人もいないのよ」

いじめ、という言葉にアリアナはピクッと耳を動かした。

「エリィ、今ならバレない。あそこで眠っている足手まとい…殺る？」

スチャッ、とアリアナは杖を構えた。

「お願いだから、物騒なこと言わないでちょうだい！」

「分かった」

素直に杖を下ろし、ほっとする。

「じゃあエリィ。私達、友達ね…」

「ええ、友達よ」

俺とアリアナはしっかりと握手をした。ぷよぷよの手と、かりかりの手がしっかりと組み合わさる。なんだかデコボコな二人だな、とつい嬉しくなって笑った。

エリィ、見てるかーっ！

友達ができたぞーっ！

これからは学校で一緒に勉強したり、放課後に町で買い物したりできるぞーっ！

「ねえ、魔力結晶は山分けしましょうよ」

「それはダメ」

「もう。あなたって融通が利かないのね」

「狐人は恩返しできない対価を受け取ったりはしない。命を救われ、お金まで貰ったら、末代までの恥…」

裕福ではないように見える彼女こそ、換金した金貨を受け取るべきだろう。でもアリアナはそれを良しとしない。どんなにそれが必要であろうとも、誇り高き彼女は、受け取りを拒む。

アリアナは長い睫毛《まつげ》をしばたいて、真剣な目でこちらを見つめた。

出逢った頃に感じたどんよりした暗さは、今ではすっかり消えてなくなっていた。彼女に貼りついた無表情は、きっと、冷静であろうとするためだ。

アリアナという人物は、ぱっと見た限りでは、暗くて、痩せていて、愛嬌がない。

だが蓋を開ければ、チャーミングで、芯が強く、真面目で、誇り高く、可愛らしい女の子だった。痩せた頬も、無表情も、今では温かいものに感じられる。とりわけ、長い睫毛《まつげ》と狐耳が何とも美しかった。

この子はエリィの友人にふさわしい。ふと、そんなことを思ってしまう。

彼女の綺麗な鳶《とび》色の瞳を見つめていると、アリアナは不意に、恥ずかしそうに笑った。

「よろしくね、私の主様」

「………へ？」

どう切り返せばいいのか分からず、何も言えなかった。

頬を指でかきながら何となく遠くを眺める。

草は風に揺れて緩やかに形を変え、青い空には一筋の雲がらせんを描いて浮かんでいた。

14 合宿の採点結果とイケメンエリート

救難信号の発情犬煙玉《ラブリードッグ》はパグに似た犬のオスを、瞬間的に発情させて呼び寄せる魔道具だった。グレイフナー魔法学校の合宿管理小屋に飼われているこの犬は、救難信号を匂いで察知し、目標に向けて欲望のままひた走る。

教師と上級生の混合チーム七名は、モンスターを蹴散らしながら、草原入り口からここまで五時間、犬と一緒に休憩なしで走ってきてくれた。

煙を数時間もろに浴びたスカーレットは、気の毒なほど犬に人気だった。

おかげで、レスキュー班がたどり着いてすぐ、スカーレットがパグに似た子犬五匹にまとわりつかれ、荒い息遣いで腰をカクカク振られる、という珍事件が発生。

俺とアリアナはなるべく彼女を見ないようにしていたが、スルメとガルガインは、地べたを這いずり回って死ぬほど笑った。スルメは腹筋が攣《つ》り、ガルガインは呼吸困難になり、スカーレットが「あなた達、憶えておきなさいよ！」と顔を真っ赤にしてすごむと、パグ似の発情した犬が、ハァハァと息荒くスカーレットの頭に飛び乗ってカクカクしたもんだから、二人は笑いすぎで意識を失った。アホだ。

「だから女の子にモテないのよ」

「それは言えてる…」

「な！　そりゃどういうことだ、エリィ・ゴールデン⁉」

スルメがすぐ復活して、暑苦しく顔を寄せてくる。

そこからスルメに対する恋愛指南が始まり、道中ずっとその話題だった。しかし、帰り道だけでは話しきれない。スルメは思った以上に、女心ってものを知らなかったため、説明に時間がかかった。

そんなこんなで、今後も、女にモテたいスルメの恋愛指南をすることになった。それから、ガルガインの知り合いから、カメラに似た『記念撮影具』という魔道具を買うことにもなった。これは計画に必要な物だから、いい収穫だ。

さらに、かなりどうでもいいことだが、スルメとガルガインがグレイフナーに到着する手前で喧嘩をし、それに亜麻クソが巻き込まれる、というアホな事故も発生した。亜麻クソの尻に、特大の《ファイアボール》と《サンドボール》がぶつかり、尻が丸出しになったのには、俺も笑いを堪えきれなかった。

◆◆◆

ボーンリザードに襲われた、という話は俺が帰宅する前にゴールデン家に伝わっており、家に戻ったら深夜にもかかわらず一家総出で出迎えてくれた。クラリスとバリーは涙を流しながら俺がボーンリザードを倒したと信じて疑わない。国王に呼び出されて勲章を貰うはずです、と豪語している。いや、実際に倒したのは俺だけど、評価どんだけ高いんだよ……。

心配してあちこち触ってくる家族の対応もそこそこに、自分の部屋に戻り、疲労で泥のように眠った。

翌日、エイミーと一緒に登校し、教室に入った。

教室内は合宿の話題で持ちきりだった。各々が仲のいいグループに分かれてああじゃないこうじゃないと話をしている。当然、俺に話しかけてくる奴はいない。相も変わらず冷たい視線と、無関心が浴びせられる。オレンジ色のモヒカンカットのボブ・リッキーは、デブだブスだと言いながら、取り巻きの下っ端と俺を見て笑った。無視だ無視。

本日は合宿の翌日ということもあり、採点結果だけを渡して終了という流れだ。

始業時間の一分前にスカーレットが教室に入ってきた。教卓の前の席に座る俺を見ると、勝ち誇ったような顔をして、口元を歪めた。なぜか彼女は制服の上から、真っ白で高級そうな、趣味の悪い金の刺繍《ししゅう》が入ったローブをすっぽりと被っていた。

「何その格好？」

「ピッグーごときに関係なくってよ」

顔を真っ赤にしてまくし立てるスカーレット。

「そんなことより採点結果よ！　負けたほうが謝罪よ謝罪！　よろしくって!?」

「ええ、もちろん」

「今のうちに謝る練習でもしておくことね」

まさに、つーん、という効果音が合うぐらい口を尖らせ、スカーレットは自席へ歩いていく。

通りすぎる瞬間、ほんのりと発情人煙玉《ラブリードッグ》の臭いがした。

あ、そういうことか。あのローブ、落ちなかった臭いを隠すために着てるのか。登校間際まで洗っていたのか、自慢の髪型はセット仕切れず、ゆるいウェーブになっている。

早速、取り巻き連中のバカ女達がスカーレットの姿を褒めそやした。いや、全然似合ってねえよ？　ローブの八割を埋め尽くす痛々しい花柄の刺繍《ししゅう》は、自分は成金ですと宣伝しているようにしか見えない。もうちょい控えめなデザインならマシだったのに。

始業の鐘が鳴り、ハルシューゲ先生がドアを開けて教室に入ってきた。生徒達は先生が手に持っているハガキサイズの用紙に釘付けだ。あれに採点結果が書かれているようだ。

「おはよう諸君。一人の脱落者もなく全員無事に合宿を終了できてよかった。報告を聞くと、今回の合宿ではイレギュラーが多数起こったそうだが、チームでよく協力して困難を乗り越えたようだね。私の引率していた班も、素晴らしいチームワークだった。まずはグレイフナー魔法学校の生徒としてお互いを讃えようじゃないか」

ハルシューゲ先生はにこやかに笑い、拍手を始める。

すると全員が熱のこもった拍手を返し、教室内に手を叩く音が響き渡った。

おそらくみんな、自分のしてきた冒険を思い出しているのだろう。褒められて嬉しくない生徒はいない。いい教師だな、先生は。

「だがこの合宿で君達は自分の力不足に気づいたはずだ。その気持ちを忘れないでほしい。いかなることでも己の弱さを認めてこそ、高みへと上れるものだ。また、仲間の大切さや魔法の多様性を知ったことと思う。この合宿は別の適性クラスと班を組むことで、互いの得手不得手を理解し、より魔法への見識を深める意味合いもあるんだ。合宿で偶然同じ班になった仲間は君達にとってかけがえのない友になるだろう」

先生は生徒ひとりひとりを見つめ、大きくうなずいた。

「では私の長話はこの辺にしておいて、諸君お待ちかね、採点結果の配布に移りたいと思う」

わっ、と教室内が一気に沸騰した。

この魔法学校は日本の学校とは異なり、かなり自由な校風だ。そのため、こういった歓声や拍手はしょっちゅう起こる。

名前順に生徒が呼ばれ、先生が一人ずつに総評を伝えていく。

採点用紙を見て歓喜する者、絶望する者、ハルシューゲ先生の前で一喜一憂が繰り広げられる。

「ボブ・リッキー君」

半分ほど進んだところで、生意気そうなボブが着崩した制服姿で歩き、壇上へ上る。

「リーダーとしてよく頑張ったそうだね」

「うっす」

格好をつけ、ボブが悪ぶって片手で用紙を受け取った。

そして採点結果を見て、ニヤァ、と気味の悪い笑顔を浮かべた。

なーにが「うっす」だ。もっと敬え。ハゲ神とお呼びしろ。お前の笑顔なんぞ見たくねえんだ。早く壇上から消えてしまえ。

ボブは俺を一瞥《いちべつ》して小馬鹿にしたように笑うと、奥の席へと戻り、下っ端どもに点数を見せびらかしていた。どうやらいい点数みたいだ。

この採点結果の配布はアルファベット順ではないらしい。というよりアルファベットは存在していないから、何かしらの異世界語の順番に乗っ取って呼ばれているようだ。

「エリィ・ゴールデン君」

おお、来た。

ついに呼ばれたぜ。

教卓の前まで行くと、ハゲ神――もといハルシューゲ先生が笑顔で採点結果を渡してくれた。

「魔法の発動スピード。正確さ。臨機応変な対応と魔物を恐れない胆力。どれも素晴らしかった」

「ありがとうございます」

「君はいつでもまっすぐだねぇ」

相好を崩し、うんうんとうなずいているハルシューゲ先生は、優しげな目を向けてくれた。

先生が差し出した用紙を、ぷにっとお肉のついた手で受け取って、優雅にレディの礼をし、自分の席に戻った。

そして合宿試験の結果が書かれた用紙を開いた。

『エリィ・ゴールデン

○総合得点　42点

○各班に与えられた場所への到達時間（10点満点）――2点
○指定した魔物を狩ること（10点満点）――10点
○くじ引きで決まったメンバーとの連携（10点満点）――10点
○個人の評価（20点満点）――20点』

おお！　42点！

目的地への到達は時間がかかったから仕方ないものの、その他が全部満点。これは嬉しい。先生ありがとう。アリアナ、スルメ、ガルガインもきっと高得点だろうな。キザの亜麻クソはどうなんだろう。こうなると、スカーレットの点数が気になるところだ。

ちらりとスカーレットを見ると、顎を上げてニヤニヤと笑っている。何がそんなに面白いのだろうか。

周囲の言葉を聞いている限り、42点は高得点のようだ。後ろの生徒なんかは36点で歓喜している。合宿は相当シビアな採点方式らしい。

壇上で採点結果が次々と配られていく。用紙を手に持つ生徒が増えれば増えるほど、喧騒が大きくなり、教室内が騒がしくなっていく。

ほぼ全員が呼ばれたかな、と思った頃にスカーレットが呼ばれた。

「スカーレット・サークレット君」

「はい、でございますわ」

顎を上げて鼻をつんとさせ、おすましした口ーブ姿のスカーレットが、宝塚の舞台に出演している女優のごとく大げさな所作で壇上へ上がる。

ローブ越しにスカートの裾を持ち上げ、うんざりするほどゆっくりと、レディの礼を取った。

ハルシューゲ先生は彼女の採点用紙へ目を落とすと真剣な面持ちになり、おもむろに差し出した。その顔には何やら時別な気概が見え隠れし、先生を男らしく見せ、目には熱い光が宿っていた。

「スカーレット君。ご両親によろしくと伝えてほしい」

その言葉は、壇上の前の席である俺にしか聞こえないほどの声量だった。

怪訝《けげん》な顔を作るスカーレット。

だが、採点結果を受け取ったことでその思いはすぐに吹き飛んだらしい。彼女はクリスマスプレゼントの中身を知っている子どものような顔で、嬉しそうに用紙を開いた。

「…………っ⁉」

そして、声にならない声を上げ、両目を大きく見開いた。

全世界を見下していたような余裕のあった顔はぐしゃりと潰れ、ほんのりと赤みを帯びていた頬が蒼白になる。やがて細い眉が横一直線になり、口は半開き。愕然とした面持ちで首を上下に振り、ハルシューゲ先生と採点用紙へ視線を何度も往復させた。

「どうしたんだい、スカーレット君。早く席に戻りなさい」

「こ、これはどういう――」

「スカーレット君」

強い語気で、ハルシューゲ先生が言葉を遮った。

「次の順番がある。席に戻りなさい」

呆然としたスカーレットは、用紙を握りしめ、歯をギリリと噛んで壇上から降りた。

ちらりと見た俺の目から逃れるようにして視線を逸らし、足早に自席へ戻る。彼女の顔は屈辱で歪み、今にも発狂しそうになっていた。

取り巻き連中はスカーレットのただならぬ雰囲気を察したらしく、声を掛けずに様子を窺っている。他の生徒は自分の点数に夢中で、彼女の異変には気づいていないようだ。

ハルシューゲ先生は何事もなかったように採点結果を配り続ける。

やがて全生徒に用紙を配り終えた先生は、満足げに教室内を見まわした。

「その点数が今の君達の実力だ。点数の良かった者はどこが成功だったのかを検証し、悪かった者は今後の糧にしてほしい。どちらにしても必ず君達を成長させる材料になるだろう。採点結果から逃げず、しっかりと受け止め、今後も研鑽《けんさん》に励んでほしい」

大きな声で言った先生の視線は、スカーレットへ向けられる回数が多いような気がした。おそらく先生は、試験結果が実力なのだ、と彼女に伝えたいのだろう。

スカーレットといえば、俯いたまま、身体を震わせており、表情が見えない。

「それから、エリィ君とスカーレット君は、二時までに必ずグレイフナー城へ登城するように。ボーンリザードの件で、国王が謁見《えっけん》をご所望されている」

一気に教室が騒がしくなった。「ボーンリザード?」「謁見《えっけん》!?」「すげえ」「羨ましいですわ」

「あのデブも？」「デブとスカーレット様は同じ班だったわ」などの声が上がる。

「静粛に」ハルシューゲ先生が一喝し、教室が静まりかえる。「では、ホームルームを終了とする」

それと同時に、終業の鐘が鳴り響いた。

全員が先生に向かって一礼をする。

ハルシューゲ先生はこちらを一瞥《いちべつ》し、優しげにうなずいて教室をあとにした。

すると、一気に生徒がしゃべり出して教室が雑音に包まれ、スカーレットへと詰め寄った。どうやら国王との謁見《えっけん》について根掘り葉掘り聞いているらしい。日本でいったら総理大臣に会えるってことと同義だもんな。そりゃ興奮もするわ。

スカーレットは「おほほほほ！」と高笑いすることもなく、わたくし気分が悪いですの、と言って邪険にあしらっている。野次馬根性まる出しの生徒達も面白くなくなって、三々五々教室から出て行った。

場が落ち着いたところを見計らって、ボブとその取り巻きがこちらへやってきた。

それを見たスカーレットの取り巻き達も集まってくる。親玉のスカーレットは意気消沈したまま、彼女らの後ろへ立った。

「おいブス。てめえの点数は何点だ？」

ボブが、美しい心を持ったエリィを罵倒《ばとう》しながら聞いてくる。どう考えても、エリィがブスなわけないだろ。

この大馬鹿野郎に雷を落とし、尻を二分割から四分割にしてやりたいところだが、ぐっと堪えた。俺ってば、おしゃまで可愛いレディだからな。

「いい加減ブスと呼ばないでちょうだい」

「うるせぇデブ。ブス。いいから点数を教えろ」

「先に教えなさいよ。レディの扱いが下手ね」

そう言うとボブは怒りをあらわにしたが、自分が負けるはずがないと確信しているらしく、不敵に笑って用紙を突き出してくる。

「特別に見せてやる」

ボブの右手にある用紙を見て、点数を確認した。

『ボブ・リッキー
○総合得点　37点
○各班に与えられた場所への到達時間（10点満点）――9点
○指定した魔物を狩ること（10点満点）――8点
○くじ引きで決まったメンバーとの連携（10点満点）――5点
○個人の評価（20点満点）――15点』
勝った！　俺とエリィの勝利！

笑いをかみ殺しながら、俺は肩をすくめてみせた。

「あら、ずいぶんと高得点ね」

「早くてめえの点数を見せろよ、デブ」

「あなたそれしか言えないの？」

そう言いつつ、なるべく丁寧な動作でボブへと用紙を広げてみせた。

嬉々としたボブの生意気な表情は急転直下。一瞬で歪み、顔を引き攣《つ》らせた。

「な、な………てめえが42点だとッ！」ボブは顔面をトマト色に染めた。「ふ、ふざけるな！」

点数を聞いた取り巻き連中、男三人、女四人がギョッとした顔になり、用紙を見て苦虫を噛みつぶしたような表情に変わった。

乱心したボブが、俺の手から無理矢理に用紙を奪い取り、胸ぐらをつかんでくる。

「てめえどんな手を使った！　おちこぼれでシングルのデブがこんな高得点ありえねえんだよ！」

「そ、そうよ！　ボブ様の言う通りだわ！」

スカーレットの取り巻き、おさげ女のゾーイとかいう口の悪い女子が、便乗して腕をつかんでくる。

「あんたみたいな、デブで、ブスで、魔法が下手くそなバカがこんな……こんな高得点を！」

だから触るなって言ってんだろ。

ボブとゾーイの手を振り払った。

彼らは心底悔しそうな顔をして額に青筋を浮かべ、こちらを睨みつける。

見てるかエリィ。こいつらの悔しそうな顔といったらないぜ。傑作だ。写真に収めて青山か代官山あたりで個展を開きたいぐらいだぜ。

心優しきエリィはこの状況を見たら、気遣う言葉を彼らに掛けるのだろう。さらには、いじめられていたにもかかわらず、励ましの言葉を贈るかもしれない。エリィはきっと「もういいんです小橋川さん。それ以上は復讐しないでください」とお願いするはずだ。エリィなら、必ずそう懇願する。

「……ふふっ」

つい、ほくそ笑んでしまった。

最初は、こんなデブでブスの女の子に乗り移ってしまい、怒りや不運を感じずにはいられなかった。でも、今は違う。彼女は、彼女の身体で行動し、話し、考える俺に、様々な想像をさせた。

エリィはまっすぐだった。

その心と、不器用さが、彼らをいじめへと駆り立てたのだろう。他の連中には眩しかったんだ。特に、何事にもひたむきになれない、ひねくれたボブとスカーレットの目には、さぞ目障りに映っただろう。太っているという、それだけのマイナスポイントにつけ込んで、彼らはエリィをいじめた。

お前に出会えてよかった。お前の助けになれて、本当に誇らしいと心から思える。

だからな、エリィ。

やっぱり俺は、こいつらが許せねえ。

エリィが止めると分かっていても許せないんだ。

お前を散々いじめてきたこいつらを徹底的にヘコませずして許す、なんてこと絶対にできないんだよ。

だから……もう少しだけやらせてくれ。

ごめん、エリィ。

相手へなるべくダメージを与えるよう、内心とは裏腹に平静を保って、ゆっくりと口を開く。

「あら。私、スクウェアだけれど？」

発した言葉は、思った以上にすんなりと口からこぼれた。

その言葉に、全員が驚愕した。

ボブは口をぱくぱくと開き、ゾーイが目を見開き、ずっと俯いていたスカーレットがすごい勢いで顔を上げた。

「て、てめえがスクウェアだって？」

「なに嘘を言ってんだよ、デブ！」

ボブとゾーイが必死に声を荒らげる。

「だって42点よ。それぐらいはできて当然でしょう」

「ぐ……」

「嘘だ。絶対に嘘だ……」

中心人物の二人が黙り込んだことで、他の連中も悔しそうに地面を見つめている。

「それより、スカーレット」

急に呼ばれた彼女は蛇に睨まれたカエルのような表情になり、ゆっくりと顔を上げた。

スカーレットを射るように見つめ、機織りで優しく糸を紡いでいくように、丁寧に言葉を発していく。エリィの鈴の鳴るような可愛らしい声が静かな教室に響いた。

「あなたの採点用紙を見せてくれないかしら？　負けたほうが謝罪する、ということでいいのよね？」

ローブ姿の彼女へと全員の目が吸い寄せられる。

俺、ボブ、ゾーイ、取り巻き連中は、スカーレットの顔と彼女が握りしめている用紙を交互に見やり、彼女の言葉を待った。

「わ、わたくしは……」

思い詰めた表情でそこまで言い、スカーレットは細い眉をハの字にして、口をねじ曲げた。

「こんな不正は許されませんわ！　こんな！　こんな結果！　わたくしの！　わたくしの点数ではありませんことよ！　こんな！　こんな！　こんな！　こんなああああああっ！」

激昂して顔を真っ赤にし、用紙を地面に叩きつけて、スカーレットは何度も踏みつけた。

そこにはプライドも、威厳も、余裕の表情も、優越感も、何も存在していなかった。

ただの負け犬になったいじめっ子の姿だけがあった。

「ス、スカーレット様……」

「わたくしに触らないで！」

手を伸ばしたゾーイを払いのけると、彼女の被っていたローブが取れる。自慢の縦巻きロールはそこになく、セットに失敗したゆるいパーマ風の髪型があらわになり、スカーレットはあわててローブを被りなおした。

その隙を逃さず、こっそりと《ウインド》を唱え、踏んづけられた採点結果をこちらへ滑らせた。靴跡のついた用紙を拾い上げて、点数を確認する。

『スカーレット・サークレット
○総合得点　16点
○各班に与えられた場所への到達時間（10点満点）――2点
○指定した魔物を狩ること（10点満点）――3点
○くじ引きで決まったメンバーとの連携（10点満点）――4点
○個人の評価（20点満点）――7点』
ぷーーーーーーーーっ！

16点！　じゅうろくてえぇん！

おすまし縦ロールスカーレットさま、じゅうろくてんでございますわ！

何もしてないからこんな点数になるんだよ。当然の結果だ。

ご両親によろしく、と言っていたハルシューゲ先生は、きっとスカーレットの家から圧力を掛けられていたんだろうな。それを、クビ覚悟で正規の方法で採点することにしたんだろう。だから、さっき、決意を固めた目をしていたんだ。そうに違いない。

先生、まじで男だぜ。

最高の教師だぜ。

「スカーレット。あなたの点数は16点ね」

さも当然、といった声色で俺は用紙を見ながら呟いた。

ボブとゾーイ、取り巻き連中が「えっ？」と右手に持った用紙を覗き込んでくる。

「あ、あ、あ、あ………っ！」

点数を見られた恥辱と屈辱、粉々になったプライド。スカーレットは骨格が歪むほどに顔をぐしゃぐしゃにし、ローブを引きちぎらん勢いで握りしめた。

「不正ですわ！　そんな点数ありえないですわ！」

「あなた合宿中、何もしていなかったものね。仕方のないことよ」

「な、なな、なにを言って……」

「光魔法上級の《ライトニング》、教えてあげましょうか？」

優しげに言った俺を鬼の形相で睨みつけ、充血した目をこちらに向ける。

「こ、このデブ……」

「次はしっかりとできるようにね」

周囲にいる連中は何のことか分からずに、スカーレットへ説明を求める目を向ける。

「黙りなさい！　その汚い口を今すぐ閉じなさいぃぃぃっ！」

そこまで言うと、スカーレットは杖をポケットから引き抜いた。

「《ウインドブレイク》！」

前方にある物体を押し倒そうとする突風が巻き起こり、女子生徒達のスカートがはためいた。

ボブとゾーイ、取り巻き連中が教室内で魔法を使ったことに驚き、思わず悲鳴を上げる。

「《エアハンマー》」

スカーレットだけに当たるよう調整した《エアハンマー》で即座に迎撃。

風魔法中級と上級。当然、打ち勝つのは上級である《エアハンマー》だ。

「きゃあ！」

風と風がぶつかって一瞬大きな突風が巻き起こり、突き抜けた風の拳がスカーレットに尻餅をつかせた。

さすがに、怪我をさせるわけにはいかないので手加減をした。エリィも悲しむだろうしな。ありがたく思えよ。

自分の魔法が相殺され、あまつさえ突破されたことに驚きを隠せず、呆けた顔のまま尻餅をつくスカーレット。杖を持っていないことにも驚愕しているようだ。

「何してるの？」

廊下から不意に声がかかり、俺を含めた全員が一斉に顔を向けた。

開いたドアの傍では、アリアナが眉間に皺を寄せ、剣呑《けんのん》な雰囲気を隠そうともせずに杖を構えて立っていた。

「エリィ、大丈夫…？」

「ええ、平気よ。アリアナ」

「一緒に…帰ろう？」

彼女は俺を見ると表情を一変させ、狐耳を動かし、尻尾をふりふり、恥ずかしそうに内股を擦り合わせて誘ってくる。いかん、鼻血が出るレベルの可愛さだ。

「いいわよ。でもその前に、野暮用を終わらせるわね」

アリアナにそう言い、再びスカーレットに向き直った。

「約束は守ってもらうわよ。採点結果で負けたほうが勝ったほうに謝罪するのよね？」

「な……なにを言っているのかしら！　どんな手を使ったのか知らないけど、そんな不正した点数は無効ですわ！　無効！」

「不正なんかじゃないわよ。アリアナ、合宿の点数何点だった？」

「42点…」

「彼女は私と同じ班だったの。危険度Aランクのボーンリザードから、全員を守ったのよ。ハルシューゲ先生を含めた全員をね。お分かり？」

スカーレット、ボブ、ゾーイは悔しそうな顔で俺とアリアナを見る。

やはりアリアナも同じ点数だった。さすがハルシューゲ先生。神采配！

「しかも彼女もスクウェア魔法使い。当然ね」

「黙りなさいっ！　揃いも揃って不正なんて恥ずかしくないのかしらねぇっ！」

息を乱してそういった彼女は、自分自身の言葉に整合性を見出したのか、幾分か自信を取り戻した。

「そ、そうですわ！　不正なんて破廉恥《はれんち》な真似をしてレディの風上にもおけませんわ！」

「そんなことはどうでもいいのよ。あなたは負けたの。点数で私に負けたのよ」

ことさら、負けたことを印象づける。

完膚《かんぷ》無きまでの敗北感を味わわせるために、何度も言ってやる。

「負けたのよ、あなたは。デブでブスとバカにしていた私に、負けたのよ」

「だまりなさい！　だまりなさい、デブッッ！」

「私は42点。あなたは16点。聞こえてる？　42点と16点よ」

カッ、とスカーレットが点数を言われて顔をゆでだこみたいに赤くさせた。

「無効！　無効！　無効ですわ！　あなたみたいなデブでブスに構ってられませんことよ！」

そう吐き捨て、スカーレットは取り巻き連中を引き連れて教室から出て行く。

取り巻き連中とおさげ女ゾーイは、去り際、憎々しげにこちらを睨んだ。

ボブ達も、面白くないものを見た、という表情で大きな舌打ちをして出て行く。

うん、まあ、ある程度の意趣返しはできたな。スカーレットはこれで、約束を破ったという負い目と、点数と魔法で負けたという意識がしっかりと記憶に刷り込まれたはずだ。

だが、まだ足りないな。まだまだあいつの心は折れてない。ボブの野郎もな。

引き続き、意趣返しは続行だ。

「どうしたの…？」

アリアナが狐耳をぴこぴこさせて、心配そうに顔を覗き込んでくる。

「ちょっとね」

「あいつら…殺っておく？」

いじめられていた、と勘違いしたらしいアリアナは、再度杖を構えた。

「待って待って！　物騒なこと言わないでちょうだい！」

こくり、と素直にうなずいて杖をポケットにしまうアリアナが可愛い。

「それより、スカーレットの点数が16点だったのよ」

「ハルシューゲ先生は優しいんだね…」

「どういうこと？」

「私の見立てではもっと低い…」

「あらあら」

「うーん…」

真剣な顔で採点を始めたアリアナを見て、つい可笑しくなって笑ってしまった。

◆◆◆

そのあとアリアナをゴールデン家に招待し、初めて連れてきた友達を見てクラリスとバリーが号泣。遠慮する彼女を説得して昼ご飯を一緒に食べて、馬車に乗り、グレイフナー大通りを直進して城へと向かった。

城の入り口にある物々しい鉄門の前には、合宿のメンバーである、ハルシューゲ先生、スルメ、ガルガイン、亜麻クソ、そしてスカーレットが国王に会うという期待と緊張の面持ちで俺達を待っていた。

15 日本にて

病室は静かであった。

生命維持装置の機械音だけが、無縁慮に静寂の中で響いている。

「……プレゼンは惨敗だ」

小橋川の同僚であり、高校からの親友でもある田中は、真っ白い顔をした寝たきりの友人を見下ろしていた。

「お前がうちの会社にいるありがたさが、よく分かったよ……」

当然、返事はない。

黒塗りの高級車に轢《ひ》かれて意識不明の重体。生きていることが奇跡に近い、と医者が言い訳がましく言っていた。

「まさかお前も香苗ちゃんのところに逝くつもりか?」

田中の独白は続く。

「あの子が死んでから、お前がちゃんと恋愛できないのは知っていた。お前は絶対に認めようとしなかったけどな。何が千人斬りだよ。誰かと付き合う度に傷ついていたくせに……」

田中は無表情で眠っている小橋川が、段々といつものふてぶてしい態度を取っているように見えてきて、なんだか腹が立ってきた。小橋川は田中がまじめな話をすると、聞いていないフリを

したり茶々を入れたりする。いつでも自信満々で俺は何でも分かってるぜ、という態度をするのだ。

「田中さん?」

突然後ろから声をかけられ、田中は素早く振り向いた。

「小橋川さん、起きましたか?」

病室の入り口には、同じくプレゼンのメンバーである佐々木がいて、無理に笑顔を作って明るい声を上げた。

「いや、まだ」

若くて、社内でも評判のキレイ系の女子である佐々木が、場を明るくしようとしている意図に気づき、田中も便乗し、大げさに首を振った。

二人は小橋川の病室を掃除して、花瓶の水を入れ替え、しばらく雑談した。出てくる話題は小橋川のことと、準備していたプレゼンの内容がメインだ。とりとめもなく、思いつくままに話をする。小橋川の話題には二人とも事欠かない。

「わたし思ったんですけど、もし小橋川さんが女だったら凄まじくモテると思うんですよね」

「こいつが女? 想像したこともないな」

「他の部署の子が、一瞬だけ小橋川さんが窓によりかかってぼーっとしているところを目撃したそうなんですよ。そのときの顔が女の子みたいだったって言うんですね。確かに言われてみれば、角度によっては中性的な顔に見えますよね」

「まあ、そうかもな……」

田中はそう言われて寝たきりの小橋川を眺める。

二十九歳の顔にしては、皺一つない。

「この性格と能力で女の子。すごくないですか？　きっとすごい美人になりますよ」

「あーなんかそれ分かるかも。こいつ変なところで完璧主義だし」

「いつもふざけてますけど、自分に厳しい人ですからね」

「バカだけど」

「スケベですけど」

そう言って二人は笑い合った。なんだか小橋川が寝たきりのまま「うるせーよ！」とツッコミを入れてきた気がしたのだ。

「どこに行っても何かしらヤラかしてそうだよな」

「ですね。今頃、夢の中で色々やっているかもしれませんよ」

「佐々木ちゃんって結構空想するタイプ？　でも言わんとしていることは分かる。こいつがただ寝てるだけって、ありえない。タダでは転ばないって言葉は、こいつのためにあると思う」

「意識不明のくせして不敵に見えるってすごいですよね」

「たしかに」

「今にも起き上がって、ドッキリ大成功、とか言いそう」

田中と佐々木は再び軽く笑い合った。

だが、何となく虚しい空気が漂い、小橋川を見てどちらからともなく小さなため息をついた。

彼の顔は白いままだ。

「田中さん。小橋川さんが目を覚ます可能性って……」

恐る恐る、といった様子で佐々木は聞いた。

「０・００１パー」

「れーてんれーれーいちぱー……？」

「十万人に一人の割合だな」

「つまり、十万人の中に目を覚ました人が一名いたってことですか？」

「そうらしい。まあ奇跡って言ったほうがしっくりくるな」

「こういう言い方は好きじゃないですけど、はっきり言って絶望的ですね」

「それでもこいつなら、って俺は思ってる」

「そう……ですね」

田中は真剣な表情でベッドに眠っている小橋川を見つめていた。現実主義の佐々木は、複雑な心境で田中と小橋川の寝顔を交互に見やり、悲しめばいいのか笑えばいいのか分からず曖昧《あいまい》な笑みをこぼした。

病室には心電図の音だけが、一定のリズムで響いていた。

番外　ミサの多忙で刺激的な日常

私は、エリィお嬢様が考案された服を試着して、感動のあまりしばらく動けなくなった。

特筆すべきは、なんといってもカーキのロングパンツ。ズボンを穿いて町中を歩く女性は冒険者か、野暮な女だけだ。それなのに、ズボンでお洒落するなんて前代未聞だ。しかもこのズボンはただのズボンではなく、丈は膝下までになっていて、裾が広がっている。エリィお嬢様が「ガウチョパンツ」と名付けていた。どうやったらこんな発想が出てくるのか不思議でしょうがない。常識破り、型破り、という言葉はお嬢様のためにあるのかもしれない。

トップスはボタン付きの白ワイシャツの袖を全部なしにする、という大胆極まりないデザイン。エリィお嬢様が「ノースリーブシャツ」と名付けたそれは、二の腕が全部見えてしまうので正直ちょっと恥ずかしい。痩せたら私も着るのよ、と意気込んでいたお嬢様は可愛らしかった。

ベルトは細い茶色のベルトを指定してくる。ベルトなんて、と思ったが、エリィお嬢様が怖い顔をして、小物がダサいとすべてが無駄になると断言していた。あの眼力はすごかった。

足下はやはりサンダル。もうすぐ夏だからね、とお嬢様は当然のように言う。色は黒で、艶出し加工。かかとが五センチも高くなっていて、非常に歩きづらそうだ。お嬢様曰く、郊外じゃ無理だけどしっかり舗装されている町中なら大丈夫。よかったわねミサ、町に暮らすシティガールしかできない格好よ、とのこと。

極めつけは麦わら帽だ。あってもなくてもいいけど、できれば作ってほしい、と言っていた。麦わら帽子なんて農家の人か、村のおじさんぐらいしか被っていない。でもやはり、エリィお嬢様が注文したデザインは普通の麦わら帽子と少し違った。通常はツバが広めで頭の部分が球状になっているが、ツバは狭く、頭の部分は平べったい円柱状になっている。お嬢様は「カンカン帽」と名付けていた。相変わらず謎のネーミングセンスだ。このカンカン帽、エイミーお嬢様のワンピーススタイルにも使えるそうだ。

ガウチョパンツ、ノースリーブシャツ、細身のベルト、黒サンダル、カンカン帽を身につけた自分を、鏡で何度も見る。

これが私なのだろうか。

鏡に映っているのは清楚な中にも知的な雰囲気を持ち、女の色気を醸し出している私だった。真っ白なノースリーブシャツから惜しげもなく二の腕が伸び、カーキのガウチョパンツと、特注したかかとの高いサンダルが大人っぽさを演出し、カンカン帽が涼しげな印象を与える。鍛冶屋の親方に散々バカにされた極細の金色のブレスレットが、なんとも言えないアクセントになっていた。私のボブカットと非常にマッチしている。髪型も計算のうちだろう。あと……足が長く見える。何コレッ。すごい。これはすごい！

この服装を見て、グレイフナーの人々が何というかは分からない。

でも、これだけは断固とした決意と確信を持って言える。このコーディネートは、新しく、そして女性の魅力を引き出してくれる。

この三週間は怒濤《どとう》だった。

各卸業者、専門店に通い、新デザインの服を作ってもらい、独占契約を結ぶ役割をお嬢様から、仰せつかっていた。できればエリィお嬢様についてきてほしかったが、これは店主である私の仕事だ。いつまでも甘えていたら、店は大きくできない。私自身も成長しなくては。

織物店、靴屋、皮物屋、帽子屋、鍛冶屋へ足繁く通った。

各親方から言われた言葉は以下の通り。

織物屋「これでは防御力が低くてゴブリンに一撃で破られてしまいます」

靴屋「サンダルを普段着に？　防御力は大丈夫ですか？」

皮物屋「こんな子どもが付けるような弱っちいベルトに需要があるんかねえ」

帽子屋「デザイナーは素人ですね。このツバの広さでは日光を遮断できません」

鍛冶屋「HEY！　なんだこの紙細工みてえなブレスレットは⁉　お洒落で腕につけるぅ？　こんなもんゴブリンに殴られただけでぶっこわれちめぇYO」

私は何日も通い、粘り強く交渉して、『防御力の低い商品及びミラーズがデザインした類似品を他社に卸さない独占契約』を結んだ。どの店も、グレイフナーでは有力な店だ。

特に手強かったのは布屋だった。相手取ったのはグレイフナーで老舗の布店『グレン・マイスター』。店の規模は王国の中堅、といったところだが、老舗らしく品質が良く、多くの家と繋がりがある。何としても新デザインを注文し、うち以外に卸さない独占契約を結びたい。

店主と話をするため、二週間、毎日店に通った。アポなしのため、何度も丁稚《でっち》や番頭に追い出されたが、どうにかして私の存在に気づいてもらえた。侍女時代に知り合い、そこそこ仲が良かった店主と会えればこちらのものだ。

私は緊張しながら、掃き清められた店へ入り、店主の待つ店の奥へと足を進めた。

恰幅のいい店主は、上質なローブ姿で現れ、私を奥のテラスへと誘導した。お茶を頂き、少しばかり雑談したところで注文票を出すと、店主が目を白黒させた。

「ミサちゃん、こんな薄い生地じゃあ洋服はだめだよ」

「あら、そうですか？」

「防御力がゼロじゃないか」

「店主。もう〝防御力〟の時代は終わります。これからは〝おシャレ力〟の時代です。こういった防御力ゼロの商品が売れますので、生地の量産をお勧めしますわ」

「こんな薄い生地じゃ……ベッドのシーツか、テーブルクロスにしか使えないよ。売れるとはとても思えない」

やはり防御力重視だ。

武の王国らしい予想通りの反応に、私は営業スマイルが崩れそうになるが、何とか堪えた。

交渉で大切なことはまず「聞く」ことだ、とお嬢様からは言われている。その次に、ハッタリと度胸。最後には誠実さ。

私はその言葉を思い出し、何も言わず、ただ笑顔で親方の言葉にうなずいた。

「作るのは吝《やぶさ》かではないが……平気かい、こんなに注文して？」

彼は私の言葉を軽く受け流して、注文票に目を落とした。

「大丈夫です。その代わり、流行ったら他の店にはこういった防御力の低い商品は卸さないでください」

店主は思案顔で首をひねり、恰幅のいいお腹を何度もさすっている。癖なのだろう。

「私は、新デザインに店の命運を賭けています。それに、いま現在のグレイフナーの服に、疑問は浮かびませんか？」

「疑問？　そりゃあないこともない」

「あら。それはどういった？」

「かれこれ数百年、新しいデザインが出ていない。シャツ、ローブ、チュニック、ブーツ。色は控えめ、防御力を高く。流行は既製品にちょっとしたアクセントを付随させ、数年おきの奇妙なサイクルで動く。今の流行は、女性物のフリルだ。革ドレスにフリルを付ければ、流行の商品に早変わりする」

「ええ、そうですわね。三年前はミスリル繊維を使った高級ベルトでした。その前は、白いブラウス。男性は白シャツ。デザインは両者とも、特に何の変哲もない物だったと記憶しています」

「ああそうだったそうだった。ミスリル繊維ブームのときは、サークレット家がずいぶん儲けていたな。あの家は高慢ちきで好きじゃあない」

「うふふ、私もです。侍女をやっていたとき、何度か拝見しましたが、取っつきにくい印象でした」

私は、心配げな顔を作り、大げさに周囲を見まわした。聞かれていたら大変だ、という演技に店主も気づいたのか、首もとをすぼめて目を左右に向け、楽しげに笑う。

「あまり大きな声じゃ言えないな」

「ですね」

声を落として、二人で控えめに笑い合った。

女性のユーモアに男性は付き合ってくれる、というお嬢様の言葉は本当だった。それに、そういった女性は好かれる傾向にある、とも教えてくれた。うまくできているだろうか？

「そうか。それでミサちゃんは、新しい流行を作りたい、そういうことだね」

「はい。見てください、この『ストライプ柄』を。今、ワンピースを試作しているんですよ。これを着れば世の女性は皆、防御力重視ではない、可憐で儚《はかな》げな女に生まれ変わります」

「いま君の着ている服のようにかい？」

「ええ、素敵でしょう？」

ゆっくりと立ち上がり、私は店主の前で一回転した。

「何度見ても不思議な服だね。現行で存在している生地を使って、うまくデザインしている。歩きづらそうなサンダルだが……足が長く見えるね」

「そうなんです！　これを着て、新しいファッションの可能性を感じました」

しげしげと私を見つめ、店主はお腹をさすりながら、『ストライプ柄』の描かれた用紙を手に取った。私は椅子に座り、前のめりになる。

「こういった柄の布は、グレン・マイスターにございますか？」

「ないね。革新的だ。正直、見た瞬間に胸が高鳴ったよ」

「では、このデザイン『ストライプ柄』を、好きにお使いください」

「……それは。いいのかい？」

「もとより、お見せした時点で店主の頭にデザインが記憶されたでしょう？　作るのは簡単では？」

「おっと、これは手厳しい」

「その代わり、洋服以外での利用のみでお願い致します。洋服に利用するのはミラーズだけ、ということで契約をしたいのです」

「ふむ」

店主は笑顔のまま、ワイングラスに手を伸ばし、味わうようにのんびりと飲んだ。今、彼の頭の中では、儲けがいくらになるか数字が弾かれていることだろう。

「この柄を、テーブルクロスや、別商品に使えば儲けられますよ。さらに、他のデザインもございます。我々との独占契約を結んで頂ければ、そちらもお見せします」

実はこれ、すべてエリィお嬢様の知恵だ。

流行になった商品は他社が必ず追随して、最終的にはコモディティ化してしまう。流行の第一人者はその利権を確保すべきだそうだ。コモディティの内容は説明してもらっても全然分からなかった。要約すると、新しい魔法の特許のように、他社に製品を盗られなければいい、ということだろう。もちろん布屋はグレイフナーに複数存在しているため完全独占は不可能だが、最初のノウハウは私が契約した店が持っているため、他社が真似をして開発している期間は完全独占になる。その期間で相当稼げる、とお嬢様は言っていた。

そしてその期間中に追随してくる店との差別化を図り、ミラーズをブランド化させる。

正直、私には半信半疑だ。ブランド化、というものがピンとこない。服は服屋に行けば売っている物で、どこで買っても同じ、というのが常識だ。そんなことを言う私に、お嬢様は分かりやすい解説をしてくれた。

「例えばだけど、ミサはこれから卵焼きを作ろうとしています。行ったお店には二種類の卵があって、一種類は普通の卵。もう一種類は国王御用達と書かれています。値段はほとんど変わりません。さあどっちを買う？」

「もちろん国王御用達の卵です」

「それはどうして？」

「国王様が食べている卵のほうが美味しいに決まっています」

私は当然だと思って、国王御用達を選んだ。

お嬢様は嬉しそうに笑って、うなずいた。

「ミサ、それがブランド力よ。国王が食べているから美味しいだろう。あの冒険者が使っている剣だから切れ味がいいだろう。有名料理店の暖簾分けした店だから美味しいだろう。そして、ミラーズで買ったから町で一番お洒落な服だろう……。蓋を開けると、商品に関しては、そこまで大差がない」

「なるほど……そういうことですか。何となく分かってきました」

「ミラーズの商品にはすべてタグをつけるわ。それから私がデザインした商品には〝エリィモデル〟と記載してちょうだい。あと、ロゴは考えた？」

「いまジョーが必死に考えています」

「いくつかジョーに案を出してもらってミサが厳選し、最後に私がチェックする、という方向でいいかしらね」

「もちろんですわ」

「ありがとう。グレイフナーの女性達が自分の着ている服に疑問を持てば、瞬く間に売れるわよ。そのときにミラーズのロゴ付き商品が爆発的人気になるわ」

お嬢様は実に楽しそうに計画をお話になっていた。

そして宣伝方法についても、色々とアイデアがあるそうだ。

グレイフナーの町並みを眺めながら、あの建物と、あれがいいわね、と自分の言葉にうんうんとうなずいていた。きっとまた突拍子のないことを言うのだろう。

そんなことを考えているうちに、グレン・マイスターの店主は決意したのか、お腹をぽんと叩いて立ち上がった。

「面白い。ミサちゃんの心意気を買おう。おい、契約書を準備しろ！」

「ありがとうございます」

私は飛び上がりたい気持ちを抑え、深々と礼をした。

そして、こちらから発注した新デザインは、洋服、その他ファッション関連の用途で一切他社へ卸さない、という独占契約を結んだ。さらには双方が不利にならない形で、ストライプ、ドット、ボーダー、チェック柄、その他細々した生地の取引を他店とはしない、という契約も取り付けた。新しい柄を見た店主は、驚いて、何度も用紙をめくっていた。いい反応だ。

「ところでミサちゃん、結婚は？」

「まだしておりません。相手が中々見つからなくて」

「どうだろう、うちの次男がまだ結婚していないんだ。見た目も悪くないし、器量もいい。魔法だってトリプルだ」

「それに関しては……じっくり考えてから、返答させて頂きますわ」

今は洋服命だ。結婚なんてしていられない。

◆◆◆

忙しくも楽しい日々を送っていると、特訓でお店にまったく顔をお見せにならなかったお嬢様から連絡がきた。なんでも、今日、ゴールデン家に来てほしいとのこと。タイミングのいいことに、ちょうどエイミーお嬢様専用のワンピースが完成したところだった。私とジョーは、嬉々として新しい服を箱に収め、馬車に乗り込んだ。ジョーは自分の考えた服を見てもらおうと、ラフ画を大量に鞄に詰めている。もちろん私は、お嬢様がデザインしてくれた服を身に纏《まと》っている。

面白かったのが、私の格好を見た護衛のマッチョな人だ。

ぽかんと口を開けて、しげしげと上から下まで私を見て、顔を赤くしていた。ふふ、そうでしょうそうでしょう、可愛いでしょう、この服は。

次にエリィお嬢様専属メイドのクラリスさんは、私の服を見て、お嬢様はやはり天才だ、と涙腺から大量の水分を放出させた。この人はいつも泣いている気がする。

そして、エリィお嬢様がエントランスから駆け降りてきた。

ああ、やはりお嬢様は素敵だ。優しげな表情と仕草。それでいて力強い、確信めいた瞳をしている。

エリィお嬢様は、私の姿を見るなり満面の笑みになった。

「ミサ！　とても似合っているわ！　あなたの魅力が百二十パーセント発揮されているわね！」

「お嬢様」私は思わず跪《ひざまず》いてしまった。「この服に感激し、言葉もございません……このような素晴らしい、いえ、革命的なデザインに感服致しました」

「やめてミサ、顔を上げてちょうだい」

「エリィ、俺もだよ」

「ジョーまで膝をつかないで。もう、調子が狂うじゃないの」

雑談もほどほどに、いよいよエイミーお嬢様の試着が始まった。

私は人生で一番胸が高鳴った。エイミーお嬢様がお部屋から出てくるまでの時間が、何時間にも感じられたほどに。ゴールデン家のサロンに通され、家族全員、使用人の方々まで勢揃いしている。

家長のハワード・ゴールデン様。炎の上位魔法使いとして名高い奥様のアメリア様。長女のエドウィーナお嬢様に、次女のエリザベスお嬢様。

美男美女で有名なゴールデン家は、息が詰まるほど華やかだった。エリィお嬢様はこんな方々に囲まれ、よく卑屈にならず成長したものだ。やはりただ者ではない。

エイミーお嬢様が恥ずかしそうにサロンに現れると、全員から感嘆ともため息とも取れる声が上がった。

「どう、かな？」

何と表現していいのか分からないほどに可愛い！

薄手のストライプワンピースがスレンダーな身体の曲線と、エイミーお嬢様の可憐さを強調し、白い足に纏《まと》われた革紐サンダルが足下をすっきりと見せている。肩にかけた薄緑色のカーディガンが大きな胸をやんわりと隠して、さらさらの金髪と相まってお嬢様度をこれでもかと上げていた。

「姉様、スーパー可愛いですわっ」

エリィお嬢様があまりの感動で、よく分からない言葉を呟く。

「これは……素晴らしいデザインだ」

旦那様はいたく感動していた。

そしてて奥様と長女のエドウィーナお嬢様が、どこにいけば売っているの、とすごい食いつきを見せる。若いメイド達も、耳をそばだて興味津々だ。次女のエリザベスお嬢様だけは首をかしげていたが、斬新なデザインだ。全員が全員、良いとは思わないだろう。

「ミサ、カンカン帽を貸してちょうだい」

エリィお嬢様がおもむろに私のかぶっている帽子を取って、エイミーお嬢様にかぶせる。

これまた何とも言えない爽やかさが、サロンに吹き抜けた。エイミーお嬢様がくるっと回って、どうでしょう、と裾をつまむと、女の私ですらつい口元がにやけてしまった。人間は真に可愛い物を見ると口元がゆるんでしまうものだ。

「ジョー、頼んでいたピンクのカーディガンを」

「オーケー」

ジョーからカーディガンを受け取ると、エリィお嬢様は肩に掛けていたカーディガンを取って、エイミー様にピンクのカーディガンを着せた。

なんてこと！

凶悪なまでに可愛いわ！

ピンクのカーディガンを着ただけで年相応の十七歳に見え、アーモンド形の垂れ目とぴったり合う。

奥様とエドウィーナお嬢様、若いメイド達がエイミーお嬢様を囲んできゃいきゃいと黄色い声を上げる。男性陣はただただニヤけ面でエイミーお嬢様を見つめ、頬を染めていた。

「これをエリィが……？」

旦那様がエリィお嬢様に尋ねた。

「素晴らしいでしょう、お父様」

「ああ、本当に素晴らしいな。我が娘なのが惜しいほどだ」

「ふふ、そのお気持ちはよく分かります」

「それにしても……エリィはいつの間にか立派になっていたんだな。一人で服を注文してデザインまでお願いしているとは思わなかったよ」

旦那様は優しくお嬢様の頭をなでています。

「今までエリィには貴族の自覚を持ってほしく厳しく接してきたが、これからは一人前のレディとして対応しないといけないな」

そう言った旦那様は爽やかに白い歯を見せて、にこやかに笑っていた。

エリィお嬢様は嬉しそうに、よろしくお願いします、とお辞儀をしている。

今度はアメリア奥様が来て、お嬢様を抱きしめた。普段は厳格であろう奥様が、相好を崩している。

「私は鼻が高いです。よくやりましたね、エリィ」

「ありがとう、お母様」

「ところで……私の服もデザインしてくれないかしら？」

奥様がひそひそとお願いすると、エイミーお嬢様が割り込んできた。

「あー、お母様！　いま私が頼もうと思ってたのにぃー」

「あらエイミー。次は私ですよ」

エドウィーナお嬢様がその輪に加わって、楽しげなエリィお嬢様争奪戦が始まった。その華やかな光景はまるで物語の一ページを見ているみたいだ。そんな話を女性陣がしている中、ジョーがお嬢様に自分で開発した新デザインを広げて見せている。旦那様が、娘はやらねえよ小僧、という怖い目を向けていたが、二人はそんなことそっちのけでラフ画とにらめっこをしていた。こうなると中々終わらないことを知っている。

舞台上の役者になった気分で、私は思った。

これからグレイフナー王国にオシャレ旋風が巻き起こるであろうと。

その中心にいることが誇りに思え、まだ見ぬ明るい未来を想像させた。

私は寝たきりの父と家を守ってくれている母、肉屋をやめて服屋をやると説得したときの家族の顔、ミラーズを立ち上げてからの苦労と葛藤の連続、利益が上がらない辛酸《しんさん》と焦燥《しょうそう》、デザインに対する理想と現実、全部がないまぜになって涙がこぼれ、ゴールデン家の華やかなサロンを見ながら両手を胸に当てた。

「ミサ、どうしたの？」

エリィお嬢様が心配そうな顔で私を気に掛けてくれる。

どんなに忙しくても人の機微に鋭く気づき、優しく接するお嬢様が私は好きだ。

私は精一杯笑顔を作って「何でもありませんわ」と泣き笑いの顔で答える。

すべてを理解したのか、お嬢様は不敵に笑って、「大変なのはこれからよ」と言った。

私はお嬢様が男であったら間違いなく惚れているだろうな、と思いながら、最近ジョーに教えてもらったビシッと親指を立てるポーズをお嬢様に送った。そう、大変なのはこれからなのだ。まだまだやることはたくさんある。

私とジョーとエリィお嬢様の洋服物語は、これから始まるのだ。

ノベルス

エリィ・ゴールデンと悪戯《いたずら》な転換《てんかん》
ブスでデブでもイケメンエリート

2016年8月21日　第1刷発行

著　者　四葉夕卜《よつばゆうと》

カバーデザイン　オグエタマムシ（ムシカゴグラフィクス）

発行者　稲垣潔

発行所　株式会社双葉社
〒162-8540　東京都新宿区東五軒町3番28号
［電話］03-5261-4818（営業）　03-5261-4851（編集）
http://www.futabasha.co.jp/（双葉社の書籍・コミック・ムックが買えます）

印刷・製本所　三晃印刷株式会社

［電話］03-5261-4822（製作部）
ISBN 978-4-575-23975-1 C0093　